얀스크 산 소사…

테이칸 왕국

아르카스 해

켈튼 연…

마틸 산

레스틴…

타이백 산맥

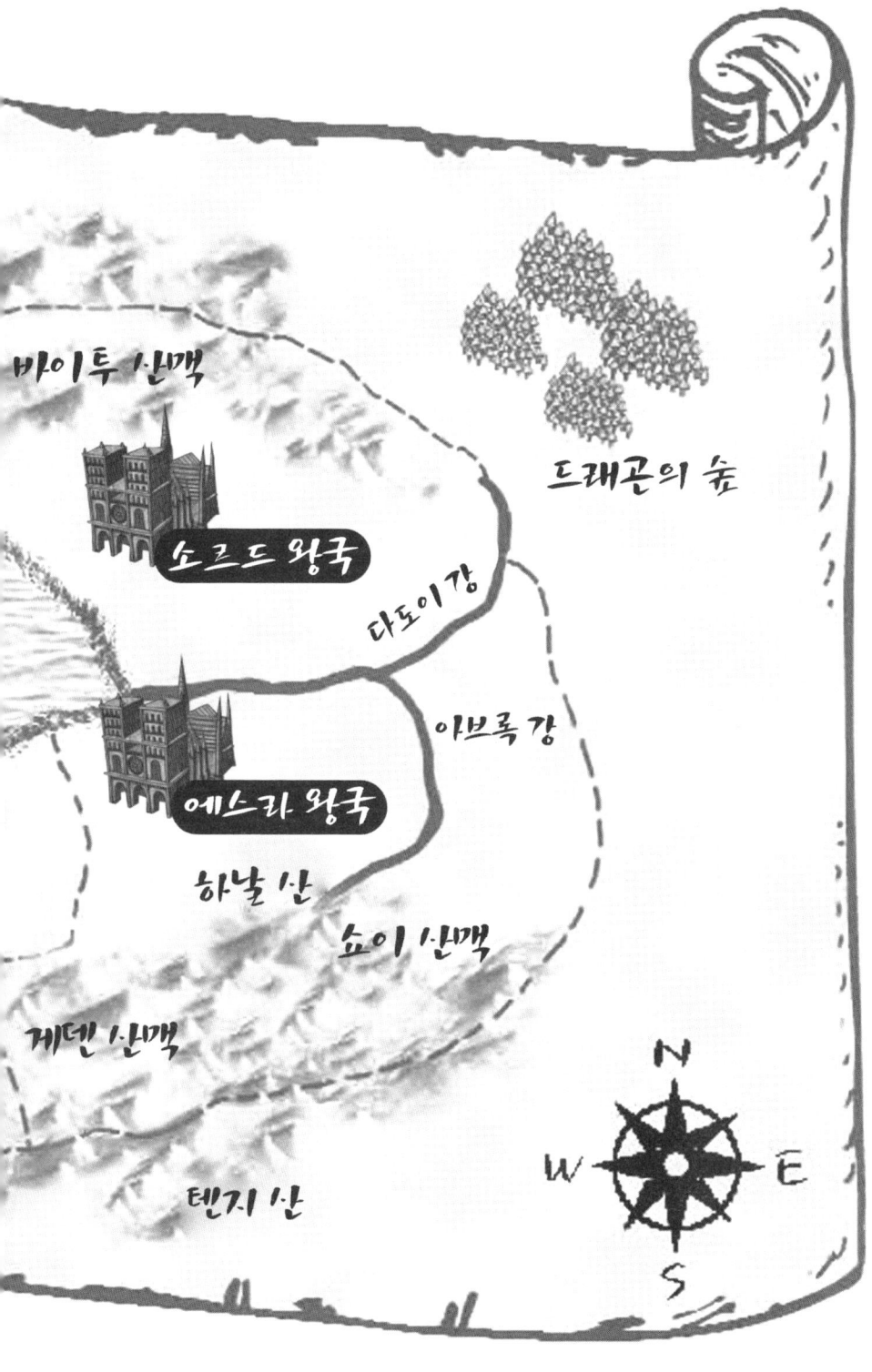

아린이야기
Arin's Story

아린 이야기 8
박신애판타지장편소설

초판 1쇄 찍은 날 § 2001년 8월 20일
초판 1쇄 펴낸 날 § 2001년 8월 30일

지은이 § 박신애
펴낸이 § 서경석
펴낸곳 § 도서출판 청어람
편집 § 문혜영·허경란·박영주·김희정·권민정
마케팅 § 정필·강양원·김규진

등록번호 § 제1081-1-89호
등록일자 § 1999. 5. 31
어람번호 § 제1-0134호

주소 § 경기도 부천시 원미구 심곡동 350-1 남성B/D 3F ㈜420-011
전화 § 032-656-4452   팩스 § 032-656-4453
e-mail § eoram99@chollian.net

ⓒ 박신애, 2000

값 7,500원

※ 잘못된 책은 바꿔드립니다.
※ 저자와 협의하여 인지를 붙이지 않습니다.

ISBN 89-5505-022-4 (SET) / ISBN 89-5505-143-3 04810

박신애 판타지 장편 소설

아린이야기
Arin's Story

본격적으로

목 차

제16화 왜 다 일루 왔어? / 7

제17화 또다시… / 49

제18화 왜들 그러지? / 83

제19화 자벨리안 영지 / 111

제20화 두메산골 마을 / 147

제21화 '그 존재' 팀 대 우리 팀 / 193

제22화 패싸움 / 235

제16화
왜 다 일루 왔어?

왜 다 일루 왔어?

다 큰녀석이 초롱초롱한 눈빛을 한 채 나에게 풀쩍 달려들어 안겼다.

"아린~!! 보고 싶었어~!!"

왕녀와 헤어지고 난 다음날부터…

난 할 일이 없어서 무지무지 심심했다.

'파멸되어 가는 존재'를 놓친 이후로 또다시 어디에 나타났다는 보고라도 들어와야 출동(?)할 수 있었으므로 그전까지는 아무 할 일이 없는 '대기' 상태였던 것이다.

"우… 심심해라. 뭘 해야지 안 심심할까? 뭘 해야만 잘 놀았다고 소문이 나지?"

입속으로 투덜투덜대고 있는데 옆에 서 있던 흄이 웃었다.

"아가씨, 그렇게 딴 짓을 하면서 수련을 하시면 제대로 될 리가 없지 않겠습니까?"

그랬다.

난 지금 진검의 무게와 같다는 길다란 목검을 들고 열심히 기본 동작을 수련하고 있었다.

것두 찌르기만.

"쳇, 지루함을 견디지 못해 검술 훈련을 하겠다고 찾아온 게 잘못이었어. 설마 처음부터 다시 하라고 할 줄 누가 알았겠어?"

"험, 하지만 아가씨는 마법과 기를 전혀 사용하지 않은 상태의 순수한 검술만으로는 알렌에게도 지셨지 않습니까?"

사실이었다.

첨에 라몬트(알렌의 아버지이자 울 아빠 사병대 대장)의 주도 하에 가문의 기사들이 연습하는 곳으로 쭐레쭐레 가서 나도 끼워달라고 부탁을 하였을 때, 라몬트는 허락하면서 내 검술 실력을 본 적이 없으니 알렌과 한번 겨루어보라고 했었다.

단, 자신은 검술 전문이므로 마법과 정령술, 그리고 검기는 사용하지 않는다는 조건 하에서였다.

물론 난 알렌을 어찌할 생각이 없었으므로 흔쾌히 승낙했고 가벼운 마음으로, 내가 이길 것이 뻔하다는—어디서 그런 자신감이 펑펑 솟았는지는 모르겠지만—기분으로 나섰다.

반대로 알렌은 아무도 막아내지 못했던 '그 존재'를 유일하게 막아내는 날 상대하게 되었기에 잔뜩 긴장한 채로 목검을 들고 마주 섰다.

그리고 결과는…

위를 보면 알지 않는가?

나의 참패였다.

알렌은 자신이 이겨놓고도 믿어지지 않는지 어벙벙한 표정으로 넘어져 있는 날 일으켜 줄 생각도 못한 채 그 자리에 서 있었다.

웃긴 넘.

날 일으켜 준 건 라몬트 옆에서 같이 관전하고 있던 흄이었다.

그리고 내가 흄의 손을 잡고 일어나자 그 모습을 바라보고 있던 라몬트가 입을 열어 날 나락으로 떨궜다.

"흠, 기초부터 다시 하셔야겠군요."

'젠장……'

그리고 친절하게도 내 기초를 다져줄 스승으로는 흄을 지정해 줬다.

"그라면 괜찮은 스승이 될 겁니다."

그리고 나서 이 꼴이다.

"쳇, 쳇… 나도 검술이 꽤 뛰어나다고 생각했었는데… 그게 착각이었다니……"

또다시 투덜대자 흄이 힘줄이 하나 뽀록 솟은 얼굴로 웃는다.

"저도 놀랐습니다. 검기까지 쓸 줄 아시는 분이 아직 검기를 겨우 일으킬 정도의 알렌에게 참.패.를 당하실 줄이야 누가 상상이나 했겠습니까?"

"그거야… 난 원래 마법부터 배웠으니까… 검기도 마나를 다루는 거잖아? 그러니 알렌보다도 더 수월할 수밖에……"

그러면서 슬며시 검을 내려놓았다.

흄이 의아해하면서도 '농땡이 치시는 겁니까?' 하는 눈으로 쳐다보길래 '찌르기를 200번이나 했는데 조금 쉬어도 되지?' 하는 눈으로 애처롭게 그를 보자 나의 눈빛 공격에 져버린 흄은 별로 만족스럽다는 표정은 아니었지만 어쩔 수 없이 허락한다는 듯 고개를 끄덕이며 수건을 건넸다.

"흠, 그럼 마법사로 나가셨어도 되었지 않습니까? 뭐 하러 힘들게 검술까지 익히십니까?

보통 사람은 하나만 해도 힘들어하는데 말입니다."

"그냥… 튀고 싶으니까."

나는 벙쪄 있는 그의 손에서 수건을 낚아채듯 받아 땀을 닦으며 따가운 햇빛을 피해 그늘로 걸어갔다.

"이유가… 단지 그것뿐?"

잠시 후 제정신을 차린 그가 나를 쫓아오면서 묻는다.

"후훗, 그건 농담이고… 내가 마법을 배울 때는 나에게 소질이 있었는지 너무 쉽게 익혀지더라고(사실 난 드래곤이니까 당연한 거지…). 그래서 그런지 몰라도 마법에 대해서는 더 이상 관심이 생기지 않는데, 대신 검술 쪽으로 눈이 돌아가더라고. 또 보통 마법사들을 보면 방에 콕 박혀서 연구다, 마법을 익힌다 해서 모두 허약 체질이잖아? 난 그러고 싶지 않아 마법을 중단하고 검술을 배웠지."

"거기다가 정령술도 하시지 않습니까?"

"정령술이야… 정령 친화력은 타고난 거잖아. 내가 노력해서 된 게 아니니까 별로 자랑할 건 못 된다고 보는데? 아, 그건 그렇고, 흠?"

"예?"

"나 말야, 검술에 소질이 보여? 얼마나 훈련하면 알렌을 따라잡을 수 있을 것 같아?"

나는 내가 그래도 어느 정도 소질이 있다고 스스로 생각하고 있었으므로 기대감을 가득 담은 눈으로 흠을 쳐다보았다.

그러자 흠이 어색하게 웃었다.

"후후후, 글쎄요… 운동 신경이 특출나신 건 아니지만 그래도 뛰어나신 편이니까 소질이 아예 없다고 볼 수는 없군요. 게다가 체력도 괜찮으시구요. 그동안 여행을 하셨다니 단련된 건지도 모르죠. 하지만……."

흄이 말끝을 흐리자 나는 재촉하는 의미에서 물었다.

"하지만?"

흄이 이런 말은 정말 하기 미안하다는 듯 씨익 웃는다.

"검술은 엉망이에요."

"에… 그래?"

'내가 그 정도였었나?'

나 자신에 대한 자부심이 스르르 녹아 스러지면서 어깨에 힘이 좌악 빠졌다.

"예. 예전에 검술을 배우신 듯하지만, 글쎄요… 제대로 배우지 않으셨거나 아니면 조금 배우다 마신 듯한데요? 너무 엉성해요."

"아……."

하긴 내가 해츨링 때 검술을 배운 건 거의 대부분이 독학이었고, 유스에게 배운 것도 단 몇 달뿐이었다.

"지금 아가씨가 휘두르는 건… 글쎄요, 용병들이 휘두르는 것과 비슷하다고 할 수 있겠군요. 체계적으로 배운 게 아니라 실전에서 저절로 익히게 된… 하지만 그것도 엉성해요. 아마도 어떤 일이 있으면 검술보다는 마법과 정령술을 사용하셨을 테죠?"

"에… 생각해 보니 그랬던 것 같아."

"그러니 지금의 알렌과 대등하게 겨룰 수 있으려면, 아마 지금부터 특훈을 하지 않는 한 1년은 걸려야 할걸요? 하지만 알렌도 그동안 가만있지는 않겠죠. 녀석에게도 꽤 소질이 있어서 실력이 부쩍부쩍 늘고 있거든요."

"에… 그렇게나 오래? 흠… 결국 검술로는 알렌을 이길 날이 오기 힘들다는 건가?"

"아마도요."

"에구… 기운 빠져라……."

내가 축 늘어지자 흄이 웃는다.

"아가씨는 마법이 무척 뛰어나시고 정령술도 하시는데 검술 하나 알렌에게 져주시는 것도 분하신가요? 욕심이 많으시군요."

"이왕이면 이기는 게 좋잖아?"

"후후후, 그럼 특훈을 한번 받아보실래요? 단시일 내에 실력이 향상될 수 있게."

그러면서 나를 바라보는 흄의 눈이 왠지 사악하게 빛나는 것 같아 나는 식은땀을 흘렸다.

"엥? 아냐, 아냐. 검술은 그냥 알렌에게 양보하지 뭐."

"그러시겠습니까? 이거 참… 아가씨를 위해 제가 특별하게 훈련시켜 드릴 수 있는데, 아쉽군요."

"난 하나도 안 아쉬우니까 걱정 마."

"뭐, 아가씨가 그러하시다면야… 그럼 이제 충분히 쉬신 것 같으니 다시 훈련을 시작할까요?"

"…그러지 뭐……."

아무리 내가 자청한 거라지만 역시 훈련을 받는 건 좋아지지가 않는다.

내가 어기적어기적대며 자리에서 일어나는데 티모시가 훈련장에 들어서서 이리저리 고개를 둘러보다가 나를 발견하고는 다가왔다.

"아가씨."

"무슨 일?"

"레드포드 공작 가문에서 사람이 왔습니다. 레드포드 자작이 지

위를 받은 기념으로 팀 동료들과 함께 저녁을 같이 하고 싶다는…….”
"저녁을? 레드포드 공작 저택에서?"
"예."
생각하고 자시고 할 것도 없었다.
"거절해."
"예."
티모시는 어떠한 놀라움도 당황함도 표시하지 않고 무표정한 얼굴로 알겠다는 듯 고개를 끄덕이고는 그 즉시 돌아서서 가버렸다.
아마도 답을 기다리고 있는 시종에게 간 것일 테지.
"왜 거절하신 겁니까?"
티모시 대신 옆에 있던 흄이 의아함을 나타내었다.
"가기 싫으니까."
흄이 삐질 웃는다.
"언제나 답이 명쾌하시군요. 단지 그 이유뿐이십니까?"
"그거면 됐지 뭘 더 바래? 나 찌르기 더 해?"
다시 나에게 할당된 연습장의 귀퉁이에 서서 목검을 들고 흄을 바라보자 그가 고개를 저었다.
"아니요, 이번에는 내려치기를 200번하십시오."
"이건 내 생각인데 말이지… 혹시 이거 다 하면 횡으로 베기 시킬 거 아냐?"
정말 혹시나 해서 물어본 거였는데 흄은 반색하며 대답했다.
"맞습니다. 잘 아시는군요? 그럼, 괜찮으시다면 내려치기 끝난 다음 곧바로 들어가 주실래요?"

"엥… 이거 기본 동작만 하다가 끝내는 거 아냐?"
 내가 불만 어린 어조로 부루퉁하니 흄을 쳐다보자 그가 슬쩍 시선을 돌리며 뭔가 생각하는 척 자신의 턱을 만진다.
 "글쎄요… 뭐, 날이 저물 때까지 끝내지 못하면 그렇게 되겠죠."
 "쳇……"
 나는 더 이상 아무 말도 하지 못하고 검을 들어 올려 내려치기를 시작했다.
 '하나, 둘, 셋……'
 옆에 있던 흄은 여전히 내가 뿌루퉁한 표정이자 맘에 걸렸는지 실실 웃으며 입을 열었다.
 "아가씨, 검술에서 기본 동작은 중요한 거랍니다. 저보다도 훨씬 실력이 뛰어나고 능력도 인정받는 대장님도 아직까지 아침마다 기본 동작을 연습하신다구요."
 "누가 뭐래?"
 나는 흄을 한번 흘겨봐 주고는 다시 시선을 돌려 앞을 바라보며 내려치기를 계속했다.
 그리고 나서 잠시 쉬었다가 다시 횡으로 베기를 200번하고 나자 아직 날은 안 저물었지만 온몸이 다 쑤시는 데다가 다리까지 후들후들 떨려서 도저히 서 있지도 못할 것 같았다.
 '에고… 내 체력이 이 정도밖에 안 될 줄이야……'
 나는 간신히 헥헥대지는 않고 입을 열었다.
 "흄, 더 할 거야?"
 내가 애처로운 얼굴로 그를 올려다보자 그가 삐질 웃었다.
 "하하하, 힘드신가 보군요. 그럼 오늘은 이만 할까요?"
 집 안까지 부축해 주겠다는 흄의 손길을 뿌리치고 휘청휘청대면서 집 안으로 들어가 겨우겨우 기다시피 해서 욕실 안의 미지근한 물에 몸을 담갔다.

두 명의 하녀가 나와 같이 들어와서 내게 마사지를 할 준비를 하고 있는데 잠시 후 나이가 지긋한 하녀장이 들어왔다.

"아가씨."

"응?"

나는 물에 몸을 담근 채 눈을 감고 있다가 뜨지도 않고 물었다.

"레드포드 자작님께서 오셨습니다."

"뭐?"

너무 놀라서 욕조에 편안히 기대고 있던 몸을 똑바로 일으키고 앉아 하녀장을 바라보았다.

"빨강 머리 녀석이 왔단 말야?"

내 거친 말투에 하녀장의 눈살이 살짝 찌푸려졌지만 순순히 대답해 줬다.

"자작님께서 붉은 머리를 가지신 건 확실합니다."

"그 녀석이 왜 왔대?"

"아가씨, 귀족가의 레이디께선 그런 말투를 쓰지 않으십니다."

결국 하녀장이 참지 못하고 더욱 눈살을 찌푸린 채로 입을 열었다.

"흥, 됐네요. 그건 그렇고, 그 남자가 무슨 일로 왔냐니까?"

말은 그렇게 했지만, 하녀장의 엄한 눈초리에 눌려—내가 왜 눌리는 것인지 나중에 심각하게 고찰해 봐야겠다고 결심하면서—슬쩍 '그 녀석'에서 '그 남자'로 말을 바꾸어 다시 물었다.

하녀장은 한숨을 푹 내쉬면서 대답했다.

"아가씨를 만나러 오셨답니다. 지금 응접실에서 기다리고 계십니다."

"쳇, 그 녀석이 갑자기 왜?"

"아가씨이이이~!!"

"아, 알았어, 알았다구."

내가 왜 그녀에게 주눅이 드는지 알 것 같았다.

그녀의 한번 쏟아지기 시작하면 끝없이 늘어지는 잔소리… 것두 한숨을 푹푹 쉬어가면서 매번 같은 레퍼토리를 듣고, 듣고, 또 듣는 것보다는 항복하는 게 육체적으로나 정신적 건강에 좋다는 것을 일찌감치 깨달은 탓이다.

"아가씨, 아가씨의 언행 하나하나가 주인님의 명성을 좌우한다는 걸 왜 아직까지……"

'역시나 이번에도 시작되었군.'

그녀는 내 약점을 잘 알고 있었다.

바로 아빠를 들먹이는 것.

물론 아빠가 그런 거에 눈 하나 깜짝할 위인이 아니라는 건 잘 알고 있지만, 마샬(하녀장)의 말은 어떻게 내 철벽 같은 양심 방어막을 뚫고 들어와 콕콕 찔러대는지, 도저히 견딜 수가 없게 만들었다.

"알았어, 알았다니까."

이번에도 나는 일찍이 그녀에게 항복한다는 뜻으로 그녀의 말을 자르고 두 손을 들어 올려 보였다.

도대체 나랑 얼마나 오래 있었다고 저런 걸 족집게처럼 집어내는 건지…….

"하는 수 없지. 마사지는 하지 말고 그냥 나가 봐야겠어. 오래 기다리게 할 수는 없으니까."

마샬이 고개를 끄덕이고 두 하녀들에게 손짓하자 그녀들은 신속한 동작으로 벌여놨던 물품들을 다 치웠다. 그리고 그동안 나는 재빨리 온몸에 비누칠을 하고 몸을 헹궈냈다.

"로라, 아가씨께 수건을 가져다 드려라. 비키, 넌 나가서 아가씨 옷을 준비하고."

"어떤 걸로 준비할까요, 하녀장님?"

"지금 치장할 시간 없으니까, 아이보리색 평상복을 꺼내놔."

"예."

비키라고 불리워진 하녀가 급하게 욕실을 나가자 마샬의 시선이 다시 막 욕조를 나오던 나와 내게 수건을 건네주던 하녀에게로 향했다.

"아가씨, 마사지는 안 한다고 해도 몸에 코오롱(이 시대의 로션)은 바르셔야죠. 그렇지 않으면 피부가 거칠어진다구요. 로라, 뭐하고 있니? 아가씨께 발라드리지 않고."

로라의 재빠른 손길이 내 몸에다 시원한 물질을 바르고 나자 욕실을 나왔고 기다리고 있었다는 듯이 비키가 나에게 옷을 내밀었다.

집에서 편히 입을 수 있는 단순한 디자인의 롱 원피스를 입고 거기에 맞게 머리는 풀어 늘어뜨리고 아직 물기가 마르지 않아 촉촉한 머리가 흘러내리지 않도록 원피스와 같은 색의 리본으로 머리띠를 했다. 그리고 나서 마샬의 닦달에 못 이겨 얼굴에 아이라인과 립스틱을 바르는 정도의 가벼운 화장을 하고 문을 나섰다.

"아가씨, 맨발로 나가시면 어쩝니까?"

그러나 내 옷차림에 만족하지 못한 마샬의 잔소리가 나를 막았다. 하지만 다시 방으로 들어가기 귀찮았던 나는 그대로 밖으로 나가며 마샬에게 입을 열었다.
"마샬, 슬리퍼에 스타킹 신는 것도 웃기지 않아? 그냥 갈래."
"아가씨이~!!"
마샬의 처절한 외침을 뒤로하고 응접실로 내려오자 마침 대접받은 차를 즐기고 있던 애쉬가 나를 보고는 자리에서 일어서며 고개를 살짝 숙였다.
"플레이저 자작······."
"안녕하세요, 레드포드 자작님. 저에게 무슨 용건이신지요?"
나는 들어오자마자 의자에도 앉지 않은 채 그에게 단도직입적으로 용건을 물었다. 그러자 녀석이 심술궂은 눈빛을 빛내며 씨익 웃었다.
"제가 온 것이 자작님의 맘을 불편하게 했나 봅니다. 손님으로 대접도 안 해주시고 빨리 용건만 말하고 가라고 하시는 걸 보니 말입니다."
'흥, 겨우 그런 수에 내가 당할 것 같냐?'
나는 더욱더 화사한 미소를 지으며 입을 열었다.
"어머, 잘 알고 계시네요? 그럼 제가 굳이 눈치를 안 드려도 되겠군요? 무슨 일이시죠?"
그러자 애쉬는 졌다는 듯이 고개를 설레설레 저었다.
"쿡, 제가 졌습니다. 당신을 만만히 본 것이 실수군요."
'그러면서 왜 웃는데?'
졌다면서도 기분 좋게 웃는 녀석의 태도에 나는 기분이 상해 버렸다. 이건 마치 녀석이 일부러 져줘서 이긴 것 같은 느낌이랄까?
내가 아무 말도 안 하고 녀석만 노려보자 녀석은 다시 피식 웃으며 그제야 온 용건을 말하기 시작했다.

"오늘 제가 보낸 요청을 거절하셨더군요. 같은 팀으로 활약한 데다 폐하께 칭찬까지 받은 기념으로 동료들끼리 한자리 모여 식사를 하자고 한 것뿐인데 왜 거절하셨습니까?"

이유를 묻는 질문치고는 참으로 서두가 길기도 했다.

그냥 '왜 거절했냐'고 물으면 될걸.

"저녁때 외식하는 건 별로 안 좋아해서요."

내가 시큰둥하니 대꾸하자 애쉬 녀석 벙찐 얼굴이다.

"그게… 이유입니까, 고작?"

"왜요? 그 정도면 이유가 될 수 없나요? 그럼 한 가지 이유를 덧붙이자면, 난 국왕에게 받은 칭찬 따위 하나도 안 기쁘니 그런 자리에 가고 싶지 않군요."

애쉬가 움찔거렸다.

"아… 물론 폐하께서 오해를 하셔서 제가 주된 공을 세웠다고 알고 계신 듯합니다만… 그래도 당신이나 나나 똑같은 작위를 받지 않았습니까?"

"그깟 작위쯤이야 저에겐 별 필요도 없습니다."

애쉬는 깊게 한숨을 내쉬더니 다시 한 번 날 설득하고자 입을 열었다.

"그래도… 이번에 동료들에게 폐하께서 따로 특별히 포상을 내리셨습니다. 그러니 자작께서 심기가 불편하시더라도 같은 팀으로서 축하하는 의미로 식사 한 끼 정도는 함께하시는 게 어떻습니까? 아직 범인이 잡히지 않았으니 앞으로도 같이 활동할 텐데요."

진지한 말투에 조리에 딱딱 맞는 말을 듣고 있자니 나는 마음이 약간 흔들렸다. 내가 원해서 팀을 이룬 것도 아닌 데다 앞으로도 같이 활동하고 싶은 마음은 없었지만, 그동안 같이 동행한 정이랄까?

게다가 스와카나 반담은 처음부터 같이 여행한 사람들이었고 꽤 괜찮은 동료라는 데까지 생각이 미치자 끝까지 거절하려는 것이 왠지 그들에게 미안해졌다.

"음… 저녁 식사가 아니라면 한번 생각해 보죠."

애쉬가 다시 황당한 표정을 지었다.

"아까도 저녁 식사라고 해서 거절하셨다고 했는데… 저녁때 모이는 것이 싫으십니까? 보통 이런 식사는 저녁에 많이 하지 않습니까?"

"그냥 내 취향이에요."

아빠가 같이 저녁을 안 먹으면 툴툴댄다는 말을 특히 저 녀석에게 어떻게 말하겠는가?

"그, 그럼… 점심은 괜찮겠습니까?"

"괜찮군요. 날짜는 언제로 하실 건가요?"

"간단한 점심이니 준비할 건 없겠죠. 내일 어떻습니까?"

"좋아요. 난 상관없으니까. 그럼 내일 점심때쯤 레드포드 공작 저택으로 가면 될까요?"

"예, 어차피 저희 집에 일행이 다 있으니까 저희 집에서 준비하도록 하죠. 아참, 오실 때는 두 호위 기사들도 같이……."

"그러죠."

그의 말이 끝나기도 전에 딱 잘라 버리며 대답하는 날 보고 애쉬가 쓴웃음을 지어 보였지만 목적이 달성되어서 그런지 순순히 물러났다.

"알겠습니다. 그럼 전 용건이 끝났으니 이만 가보도록 하죠."

"그러세요. 티모시!!"

문밖을 향하여 크게 소리쳐 부르자 마치 대기하고 있었다는 듯 금방 티모시가 문을 열고 나타났다.

"부르셨습니까, 아가씨!"

"자작님께서 가신다니 배웅해 드리세요."

"알겠습니다."

"그럼 내일 뵙도록 하죠."

티모시가 건네주는 자신의 망토를 집어 들며 애쉬가 가볍게 목례를 했다.

"멀리 안 나가겠습니다. 안녕히 가세요."

"안녕히 계십시오."

애쉬가 티모시의 안내를 받으며 밖으로 사라지자마자 기다리고 있었던 듯 마샬이 나에게 달려왔다.

"아가씨, 손님을 앉게 하지도 않으시고 서서 이야기를 하시다가 보내시면 어쩌십니까? 그건 실례라구요."

"대단한 용건도 아니고 이야기도 간단했는데 뭐 어때?"

"그래도 그러시는 게 아닙니다."

"괜찮아. 다리도 튼튼한 사람인데 뭘."

"글쎄, 그게 그런 게 아니라니까요? 이건 예의에 어긋난다구요."

"나도 안 앉았잖아. 그럼 됐지."

"아가씨, 그러니까 그게 실례라니까요. 손님이 오셨으면 우선 의자를 권하신 후에 차나 다과라도 대접해야 예의입니다. 그런데 아가씨는 기껏 차를 대접해 드렸더니만 손님께 의자를 권하지도 않고 서서 이야기를 끝내고 보내시면 어쩝니까? 이건 대단한 실례라구요.

그리고 아가씨의 실례는 주인님께도……."

'으윽… 또 시작이군.'

나는 그녀의 레퍼토리가 시작될 것 같자 사전에 미리 차단을 해버렸다.

"아, 아, 알았어… 다음부터는 안 그럴게. 그럼 됐지?"

그러나 내가 너무 무성의하게 대답해서 마샬이 불만 어린 표정을 지었다.

"아가씨, 그렇게 무성의하게 대답하시면 아가씨의 말에 믿음이 안 간다구요."

"알았어. 진짜 다음부터는 안 그런다니까. 내가 언제 허튼소리 하는 거 봤어?"

그러자 마샬이 찔끔했다. 하지만 그녀는 그걸로 만족을 못하고 좀 누그러든 목소리였지만 한 번 더 다짐시키는 집요한 면을 보였다.

"정말 다음부터 그러시면 안 됩니다, 아셨죠?"

"응, 응, 알았어. 아주 자알~ 알았다구."

다음날, 나는 오전에 훈련을 잠깐 받고 나서 흄과 알렌을 데리고 레드포드 공작 저택으로 향했다. 아빠는 아침 식사 시간에 애쉬네 집에 간다고 하니까 눈살만 살짝 찌푸렸을 뿐 별다른 말은 하지 않았다. 하지만 별로 좋은 표정이 아닌 것을 보면, 아무래도 아직까지 애쉬 녀석에게 내가 신경 쓸까 봐 걱정을 하는 것 같았다.

하지만 약속을 해버렸으니 이제 와서 안 갈 수도 없고, 게다가 애쉬만 만나는 게 아니라 딴 사람들까지 있을 테니 그걸로 위안

삼고 반대는 하지 않은 듯했다. 게다가 나도 이제는 신경 안 쓴다고 몇 번이나 이야기를 했으니까.

"어머나! 어서 와요, 아린 양… 기다리고 있었어요."

레드포드 공작 저택에 도착하자 나를 기다리고 있다가 제일 먼저 반겨주는 사람은 내 동료들이라고 불리워지는 인간들이 아니라 바로 레드포드 공작 부인이었다.

"안녕하세요?"

얼떨떨했지만 우선은 예의 바르게 그녀에게 인사를 했다.

그녀는 함박웃음을 지으며 내 손을 덥석 잡아 위아래로 흔들었다.

"오랜만이에요. 그동안 왜 한 번도 안 놀러 왔나요?"

"아.하.하.하… 제가 좀 정신이 없어서요……."

등 뒤로 땀이 삐질 흘렀다.

'오랜만? 왕성 파티가 바로 며칠 전이었을 뿐인데…….'

"그러고 보니 왕성 파티 때는 말도 없이 그냥 가버리고… 내가 아린 양과 이야기를 하려고 얼마나 찾았는 줄 알아요? 나 많이 서운했어요."

그녀는 서운한 걸 강조하기라도 하듯 한껏 서운한 표정을 지어 보였다.

'우리가 그렇게 친했던가?'

"죄송해요. 제가 파티는 별로 좋아하지 않아서 일찍 집으로 갔어요."

정말 미안하다는 표정을 지으며—나도 연기자가 다 되었다—고개를 살짝 숙이자 그녀가 내 넓은 이해심으로 용서해 준다는 듯이 표정을 풀었다.

"그래요, 그래요. 어쨌든 이렇게 다시 만나게 되어서 기쁘네요. 앞으로도 자주자주 놀러 왔으면 좋겠어요."

'다시는 안 온다.'

"하.하.하… 그러도록 노력할게요. 저… 그런데 공작 부인?"

그러자 공작 부인이 다시 서운하다는 표정을 가득 지으며 입을 열었다.

"아린~ 공작 부인이 뭐예요, 공작 부인이?"

황당무지로소이다.

"예? 아… 제가 뭐 실수라도……?"

"그렇게 부르니까 너무 딱딱하잖아요. 나도 이름을 부르는데… 그러니까 아린도 내 이름을 불러줘요."

'이 부인과 함께 있으면 도저히 정신을 차릴 수가 없군… 아니, 도대체 언제 나에게 이름을 알려주기라도 했나?'

"아… 하지만 어떻게……."

"어머, 왜 못 불러요? 내가 허락했으니까 괜찮아요. 괜히 고리타분한 예의 같은 거 따지지 말고 불러줘요."

'당신한테는 철저하게 지키고 싶은데…….'

"예……."

어쩔 수 없이 고개를 끄덕이자 그녀의 얼굴이 환하게 퍼졌다.

'나중에 애쉬 녀석에게 이름을 물어봐야겠군.'

"저… 그런데 제 동료들은 어디에 있나요? 그들을 만나러 왔는데…….'

그러자 공작 부인은 그제야 생각이 났다는 듯한 포즈를 취했다.

"어머나, 내 정신 좀 봐. 아린을 만난 게 너무나 기뻐서 들뜨다 보니 내가 깜빡했네요. 모두들 정원에서 기다리고 있어요. 모두들 아린을 마중 나오고 싶어했는데 내가 하겠다고 극구 우겨서 나 혼자 나왔어요. 기분 상하지는 않았죠?"

'정신이 없어서 싱싱한지 상했는지 모르겠음.'

"괜… 찮아요."

 그녀의 뒤를 따라 정원으로 나가니 멋드러진 목초들로 둘러싸인 넓은 잔디밭 위에 커다란 식탁이 놓여져 있었고 막 시종들과 시녀들이 그 위에 음식이 담긴 접시들을 날라다 놓고 있었다. 그리고 그 주위에서는 일명 내 동료들이 서서 화기애애하게 대화를 나누고 있었다.

"아시리안님~!!"

 나를 제일 먼저 발견한 사르하 꼬맹이 신관이 반색을 하면서 뛰어왔다.

"정말 오랜만이에요."

"하하하, 그러네. 수도에 온 뒤로 처음 만나는 거지?"

"예, 너무하셨어요. 어떻게 그동안 한 번도 안 오실 수가 있어요?"

"미안… 나름대로 바빴거든. 잘 지냈지?"

 거기까지 이야기를 나누자 나머지 사람들도 내 주위로 몰려왔다.

"이거이거, 더 아름다워지셨군요. 자작 직위를 받으셨다는 소리는 들었습니다."

"당신의 말솜씨 또한 여전하군요, 스와카. 혈색이 좋은 거 보니 그동안 잘 쉰 것 같은데요? 모두들 오랜만이에요."

 내가 그들에게 인사 건네는 것을 시작으로 흄과 알렌도 그들과 인사를 나누었다. 그리고 어느 정도 대충 인사가 끝났을 무렵 공작 부인이 우리들 사이에 끼어들었다.

"자, 자, 음식이 다 준비되었으니 나머지는 식탁에 앉아서 하는 건 어때요?"

그녀의 말에 의하여 우리는 잠시 대화를 멈추고 모두 식탁으로 가서 앉았다.

그런데…

식탁에는 각자의 이름이 쓰여져 있었다.

그래서 우리는 자연스럽게 자신의 이름이 쓰여진 자리에 앉았는데 우연인지 아니면 누구의 사주인지 내가 애쉬의 옆 자리에 앉게 되었다. 그런데 앉으면서 나는 아무 뜻 없이 애쉬 녀석을 힐끔 쳐다보았는데 그는 내 시선과 마주치자 괜히 딴 곳을 보면서 헛기침을 해대는 것이었다.

'뭐야, 이거?'

그리고 그런 애쉬 녀석에게 공작 부인은 뭔가가 담긴 묘~ 한 미소를 지어 보이며 한쪽 눈을 찡끗해 보인 후 짐짓 자신은 아무 것도 안 한 척 활달한 목소리로 말했다.

"자, 그럼 모두 앉으신 것 같으니 나는 이만 물러가도록 하죠. 모두 즐거운 시간을 보내시기 바래요."

모든 이들이 그녀의 말에 일제히 일어서면서 인사를 하려 하자 그녀가 먼저 만류했다.

"아니에요, 일어나지 말아요. 아참, 아린 양?"

그리고 나를 바라보는 그녀의 시선에 나는 의아해졌다.

"예?"

"호호호, 아니, 이 식사 끝나고 가기 전에 나랑 잠깐 차 한잔할 수 있을까요?"

직접적으로, 그것도 동료들이 있는 앞에서 초청하는 거라 나는 거절할 명분도 없고 해서 별 생각 없이 초청을 받아들였다.

"아, 예. 그러죠."

"호호호, 그럼 기다릴게요. 여러분, 모두 즐거운 시간 보내시길."

그러나 몇 시간 후.

나는 별 생각 없이 그녀의 제의를 받아들인 것을 두고두고 얼마나 후회했는지 모른다.

그녀가 가고 난 후 식사를 하면서 그들과 나눈 이야기는 대부분 애쉬와 내가 작위받은 것에 대한 축하와 그들이 받은 상여금을 어떻게 나누며 무엇을 할 것인가와 앞으로 '그 존재'가 어떻게 나올 것인가에 대해서였다. 그리고 결론은 앞으로도 '그 존재'에 모두 같이 똘똘 뭉쳐 대응하자는 거였다.

모두들 주머니가 두둑해진 데다가 잠깐의 휴가(?) 비슷한 시기에 좋은 집에서 맛있는 음식을 앞에 두어 기분이 좋은 상태였으므로 분위기는 무척 화기애애했다.

단지 애쉬 녀석이 식사가 끝날 때까지 거의 대화에 참여 안 하고 남들이 물어볼 때도 '글쎄…'라고만 성의없이 응대하기에 뭔가 일이 있나… 하는 생각이 들며 맘에 걸렸지만 녀석은 원래 말수가 적은 데다 나랑 별 상관 없었기에 그러려니 하고 넘어갔다.

식사가 끝나고 달콤한 아이스크림을 얹은 파이가 후식으로 나왔지만 나는 공작 부인이 기다리겠다고 한 말이 떠올라 너무나 맛있어 보이는 파이를 눈물을 머금은 채 사양하고 그들에게 양해를 구해 자리에서 일어났다.

흄과 알렌이 후식을 즐기며 담소를 하는 동안 공작 부인을 만나고 올 생각이었기 때문이다.
 물론 완전히 자리가 파한 다음에 그녀에게 가도 되었지만, 그렇게 되면 그 둘이 날 기다리고 있어야 할 테고, 그러면 내가 그 둘에게 신경이 쓰일 테니 그런 불편을 피하고자 하는 의도였다. 그리고 그때까지 나는 공작 부인과의 담소 시간이 길어야 한 시간 남짓일 거라고 너무 간단하게 생각하고 있었던 것이다.
 "마님, 플레이저 자작님께서 오셨습니다."
 한 하녀의 안내를 받아 그녀의 방 앞에 이르자 하녀가 문을 두드리면서 안을 향해 말했다.
 "오, 어서 모셔라."

 …….

 "호호호, 그래서요 제 아들 녀석이… 어머나, 그러고 보니 우리 애쉬가 어렸을 때인데… 그래서요, 제가… 그랬더니 그애가……."
 '오, 신이시여, 어찌하여 저에게 이런 시련을 내리셨나이까?'
 나는 속으로 줄줄 흘러내리는 눈물을 억지로 삼켜야만 했다.
 '젠장, 이게 몇 시간째야?'
 공작 부인은 소위 친해지자는 명목 하에 나를 앉혀놓고 벌써 몇 시간째 끊임없이 떠들어대고 있었다.
 그리고 그녀의 주된 화젯거리는 이 세상에 둘도 없는 자신의 아들 애쉬 녀석!!
 처음에야 간간이 놀라는 척과 감탄하는 척도 해주면서 맞장구를 쳐주었지만 이야기가 끝도 없이 진행되자 질려 버려서 가만히 듣고만 있었는데 그 녀석은 정말 몇백 년이라도 살았었는지 그에 대한 이야기는 정말 끊이질 않고 계속 쏟아져 나왔다.

하지만 이제는 그러고 있는 데도 죽을 지경이었다.

'젠장할… 평소 수다 떨지 못한 데 대한 한이라두 있었나… 인내력 테스트도 아니고, 도대체 이게 뭡니까?'

"…호호호, 그랬답니다. 아린, 어때요? 애쉬가 참 장하지 않나요?"

'장하기는 개뿔이……'

"하.하.하… 그렇… 군요."

'더 이상 있다가는 다 뒤집어 버리고 말거야아아아~!! 누가 이 아줌마 좀 말려봐아아아아~~!!'

나의 이 속에서 처절하기 울려 퍼지는 절규 소리가 전~혀 들리지 않는지 공작 부인이 차를 한 모금 마셔 목을 축이며 싱긋 웃었다.

'앗, 저것은 다시 수다가 시작된다는 신호!!'

그녀의 입을 막기 위해서 나는 정말 필사적으로 머리를 굴리기 시작했다.

'어떻게 해서든 막아야 한다!'

그러나 별 뾰족한 수는 떠오르지 않았고, 그녀는 차를 목구멍 너머로 다 넘기고 서서히 찻잔을 내려놓기 시작했다.

바야흐로 그녀의 입이 열리려는 절대절명의 순간이었다.

그러나 이때!!

똑, 똑, 똑.

'오, 신은 아직까지 날 버리지 않으셨구나~!!'

"어머니, 들어가도 될까요?"

애쉬의 목소리가 천상에서 들려오는 천사의 목소리로 착각이 될 정도였다.
"애쉬군요. 호호호, 내가 너무 아린 양을 붙잡고 있었나 봐요."
'너무~ 가 아니지. 아주아주아주 엄~ 청 붙잡고 있었지.'
나는 예의상 '아니요'라고 말을 해주고 싶었지만 차마, 정말 차마 입이 떨어지지 않아 그냥 미소만 떠올리고 있었다.
"들어오너라."
공작 부인의 허락이 떨어지자마자 찰칵 하는 소리와 함께 문이 열리고 나타나는 애쉬의 뒤에서 휘광이 비치는 것만 같았다.
"어머니, 너무 늦었습니다. 이제 그만 플레이저 자작도 돌아가야지요."
'애쉬야, 내가 지금까지 너 나쁜 놈이라구 했던 거 다~ 취소다!!'
"어머나, 시간이 벌써 그렇게 되었나?"
"예. 자작이 지금 돌아가면 저녁이 다 되었을걸요."
"아쉽네… 아린 양, 차라리 저녁까지 같이 먹고 가지 않을래요? 이제 헤어지면 언제 다시 만나겠어요? 그러니까……"
'절대 사양이야!!'
최대한 미안한 미소를 지으면서 나는 거절의 말을 하려고 입을 열었다.
"어머, 정말 고마우신 말씀이군요. 하지만……"
그러나 공작 부인은 거기서 내 말을 잘라 버렸다.
"호호호, 그렇죠? 아린 양도 좋아한다니 참 다행이군요. 정말 잘됐어요."
'으갸갸갸, 이야기가 왜 이렇게 가는 거냐?'
나는 너무 황당하기도 하고 다급하기도 해서 재빨리 입을 열었지만 너무 다급한 나머지 말이 제대로 나와주지 않았다.

"아, 저… 그게……"

"그럼 저녁은 뭐가 좋을까나?"

'으… 신이시여, 왜 절 동방예의지국에서 살게 하셨나이까……'

생각 같아서는 너무나 즐거운 표정으로 저녁 메뉴를—것도 지금—궁리하든지 말든지 자리를 박차고 밖으로 나가 버리고 싶었지만… 그놈의 예의가 뭔지…….

그런데 쓰라린 속으로 눈물을 줄줄 흘리고 있는 나에게 다시 한 번 천상의 목소리가 들려왔다.

"어머니, 자작이 여기에 있으면 재상께서는 혼자 저녁을 드셔야 하잖아요."

'허거걱… 애쉬야, 너 오늘따라 왜 이렇게 이쁜 짓 하는 거니? 고맙다. 내 이 은혜는 잊지 않으마.'

나는 너무 기뻐서 애쉬 녀석에게 고마운 눈빛을 보내고 공작부인이 딴말하지 못하게 그의 말에 재빨리 맞장구를 쳤다.

"죄송합니다. 기껏 청해주셨지만 자작의 말씀대로 아버지 혼자 저녁을 드시게 할 수는 없거든요."

"어머, 아린 양은 착하기도 하지… 그렇다면 어쩔 수 없군요. 다음 기회를 기대할 수밖에……"

"죄송합니다. 그럼 전 이만 가보도록 하겠습니다."

"그래요, 잘 가요. 아, 애쉬야, 네가 나 대신 아린 양 배웅을 해주겠니?"

"그러죠."

그녀의 허락이 떨어지자마자 나는 그녀가 또다시 잡기 전에 얼른 그녀의 방을 빠져나왔다.

"에휴~ 살았다……."

내가 안도의 한숨을 내쉬는 걸 뒤따라 나오던 애쉬가 봤는지 미안한 어조로 입을 열었다.

"미안하군요. 원래 어머니가 이러시는 분이 아니었는데… 당신이 맘에 쏙 드시나 봅니다."

"됐어요. 어쨌든 다음부터 조심하면 되니까요."

아래층으로 내려가자 흄과 알렌이 기다리고 있었다.

"드디어 나오셨군요, 아가씨. 목이 빠지는 줄 알았습니다."

피식피식 웃으며 말하는 흄의 표정을 보니 기다리느라 지루한 흔적은 보이지 않았다.

"흄, 목이 전혀 안 늘어났는걸요?"

마음속으로 그들이 기다렸으면 어쩌나… 했던 걱정이 날아가면서 나도 기분 좋은 얼굴로 그에게 응대했다. 그리고는 애쉬를 돌아보았다.

"그럼, 이만 가도록 하죠."

애쉬가 천천히 고개를 끄덕였다.

"나중에 다시 만나도록 하죠."

"그래요. 단, 당신의 집에서는 말고요. 아참, 그런데 말이죠."

나는 몸을 돌리려다 말고 의아한 얼굴로 나를 바라보는 그를 바라보았다.

"당신 어머니 성함이 어떻게 되시죠?"

그는 그걸 아직까지 몰랐냐는 듯한 표정으로 나를 바라보면서 순순히 대답해 주었다.

"엘레나요. 엘레나 G. 레드포드."

"그렇군요. 말해 줘서 고마워요. 그럼."

문밖에서는 마차가 대기하고 있었고 스와카와 반담, 그리고 꼬마 신관과 리틀 조로가 나를 배웅해 주기 위해 기다리고 있었다.

"아시리안님, 나중에 다시 만나요."

"안녕히 가시길……."

"그러죠. 모두들 다시 만날 때까지 건강히 있길 바래요."

나는 이제야 집으로 갈 수 있게 되었다는 기쁨에 차서 그들 모두에게 진심으로 웃으며 작별 인사를 하고는 마차에 올랐다. 그러자 내 표정을 가만히 바라보고 있던 흄이 마차에 올라타서는 작게 속삭였다.

"엄청 시달리셨나 보군요."

"두말하면 입 아프죠. 나 다시는 여기 안 올 생각이에요."

나는 마차 안에 놓여진 쿠션들 속으로 쓰러지다시피 몸을 깊숙이 파묻으며 기운없는 목소리로 덧붙였다.

"흄, 나 잠시 누워 있을 테니 집에 도착하면 불러요."

"쿡쿡쿡, 알겠습니다, 아가씨."

애쉬는 도망치듯이 빠른 걸음으로 자신의 집을 빠져나가던 아린을 떠올리며 쓴웃음을 지었다. 그리고 그녀가 탄 마차가 시야에서 사라지자 몸을 돌려 어머니의 방으로 향했다.

그의 어머니는 자신이 올 줄 알고 있었다는 듯이 자신이 들어왔는데도 태연한 표정으로 차를 홀짝이고 있었다.

"그래, 아린 양은 갔니?"

그리고는 뭔가를 아는 듯한 묘한 미소를 머금으며 자신의 아들을 올려다보았다.

"예, 도망치듯이 가더군요. 왜 그러셨어요, 어머니? 어머니가 그렇게 이야기를 많이 하시는 분일 줄은 몰랐는데요?"

"호호호, 나는 뭐 여자 아니니? 오랜만에 속이 후련할 정도로 수다를 떨어봤다. 뭐, 아린 양은 죽을 것 같은 표정이더구나."

"그걸 알면서도 그녀를 그렇게 잡아두셨단 말이에요?"

애쉬는 평소 자신이 알던 것과는 다른 모습을 보이는 어머니를 보면서 황당함을 감추지 못했다. 그걸 보면서 공작 부인은 고개를 흔들었다.

"쯧쯧쯧, 애쉬야… 넌 아직 멀었구나."

"예?"

"넌 모르겠더냐? 네가 내 마수에서 아린 양을 구해주기 위해 들어왔을 때 널 보던 그녀의 눈빛을… 마치 천사를 보는 듯한 표정이더구나. 아마 속으로 너에게 무지 고마워했을걸?"

애쉬는 생각지도 못한 어머니의 말에 놀라움을 감추지 못했다.

"혹시, 그걸 생각하시고?"

"뭐, 신나게 수다도 떨어볼 겸 겸사겸사… 후후훗… 역시 아린 양은 내 생각대로야."

"어떻게 생각하셨는데요?"

공작 부인은 애쉬의 얼굴에서 궁금함을 읽어내자 짓궂은 미소를 띠었다.

"보통 귀족 영애들과는 다르다고 생각했지."

공작 부인은 그녀의 말이 끝나자마자 애쉬의 얼굴에 또다시 떠오르는 황당한 표정을 즐겁게 감상했다. 이런 표정을 자주 볼 수 있게 해준 아린 양에게 고마워하면서.

그리고 '아들 결혼 골인 대작전'의 다음 단계를 어떻게 실행할지에 대해 진지하게 고민하기 시작했다.

 집으로 돌아온 다음날부터 당연한 건지 아니면 나한테만 그런 건지는 모르겠지만 여러 곳에서 초대장이 들어왔다.
 들도 보도 못한 귀족들 이름이 찍혀 있는 초대장들을 매일 아침마다 티모시는 아빠에게뿐만이 아니라 나에게까지 잔뜩 가져다 주었던 것이다.
 그러나 저번에 한번 공작 부인에게 크게 데인 이후부터 나는 가차없이 거절해 버렸다.
 뭐, 아빠가 나에게 온 초대장들을 한번 쓰윽 훑어보고 난 뒤 괜찮다고 말해 주어야만 마음 편히 그럴 수 있었지만 아빠의 영향력이 워낙 컸던 탓인지 대부분의 초대장들이 그냥 쓰레기통 속으로 사라져 갈 수 있었다. 그리고 그동안 나는 흄과 함께 검술 연습에 더욱더 열을 올렸다.
 그렇게 평안한 일상생활이 반복되길 일주일.
 동면에서 깨어난 뒤로 계속 무슨 일이 벌어지는 생활 속에서 살아와서 그런지 이런 편안한 생활이 조금은 지루하게 느껴질 무렵, 그날도 나는 어김없이 흄과 함께 검술을 연습하고 있었다.
 진도는 조금도 나가지 않아 여전히 기본기에 충실히 훈련을 하고 있어 내 능력에 대한 회의가 들기 시작하여 우울해질 것 같았는데, 드디어 흄이 나에게 검술을 가르쳐 주겠다고 한 날이기도 했다.
 "와, 정말?"
 "예, 그동안 열심히 하셨으니 검술을 가르쳐 드려도 될 것 같습니다. 하지만 앞으로도 기본 동작은 계속하셔야 합니다."

"물론이지!!"

드디어 나도 마구잡이식 검술에서 벗어나는구나… 라는 생각에 얼른얼른 가르쳐 주기를 기다리고 있는데, 너무나 강한 마나의 기운이 나를 비웃기라도 하는 듯 내 뒤통수를 후려갈겼다.

"얼라리오……."

그리고 그와 함께 맑은 물에 떨어진 잉크 방울이 퍼져 나가는 것처럼 대기를 물들이며 다가오는, 몸이 오싹오싹할 정도의 무서운 살기가 느껴졌다.

너무나 강렬하고 익숙한 그 느낌에 갑자기 찬물을 끼얹은 것처럼 정신이 번쩍 듦과 동시에 그 살기가 어디를 향하고 있는지도 직감적으로 깨달았다.

"날 찾아왔구나."

아빠에게 말은 들었지만 설마 수도로 찾아올 줄은 꿈에도 생각지 못한 일이라 잠시 멍해 있었지만, 이러고 있을 시간이 없었다.

"흠, 오늘 수업은 여기까지야. 그리고 나 나갔다 올게. 손님이 왔어."

재빨리 몸을 날려 저택 안의 내 방으로 뛰어 올라갔다.

아직 무더운 날 검을 들고 날뛰어서 그런지 몸은 땀으로 흥건히 젖어 있었지만 그런 걸 씻을 여유 따윈 없었다.

빠른 속도로 아빠의 팔찌를 차고 할머니의 서클렛을 끼자마자 내 검을 들고 다시 뛰어 내려와서 밖으로 뛰어나가려 했으나, 밑으로 뛰어 내려갈 때 걸리는 시간조차 아까워서 실프를 불러내고는 곧장 창문을 박차고 허공으로 떠올랐다.

"아가씨!!"

아래에 있던 시종들이 놀라서 외치는 소리가 들렸지만 무시해 버리고 이제 스멀스멀 피어 오르기 시작하는 검은 연기만 침중한 눈으로 바라본 채 계속해서 날아갔다.

다급한 상황을 알리는 요란스러운 종소리가 울려 퍼지고, 그 소리에 거리에 나와 있던 사람들이 무슨 일이 생긴 줄 알아차린 듯 여기저기, 자신이 생각하는 안전한 곳으로 몸을 피하느라 소동이 벌어지고 있었다.

"이런……."

이번에는 내가 좀 늦었나 보다.

아니면 일의 시작된 곳이 성안이었는지, 성문 근처에 있던 여러 채의 집들이 부서져 있었고 곳곳에서 불이 타오르고 있었다.

사람들은 그곳에서 벗어나기 위하여 성의 중심 쪽으로 달려 들어가고 있었고 성문을 지키는 병사들과 기사들이 한 존재를 둘러싸고 몇 겹으로 버티고 서 있었다.

"이게 어찌 된 일이야?"

그곳의 대장인 듯한 기사가 외치는 소리를 듣고 그의 뒤로 가서 살짝 내려섰다.

"병사의 말로는 성안으로 들어오려는 걸 검문하기 위하여 제지하자 다짜고짜로 마법을 난사했답니다."

"젠장할! 그 살인마인가?"

"성문에 올 때까지는 아무도 죽이지 않았다고 합니다만……."

부하의 목소리는 확실하지 않은 듯 힘이 없었고, 대장은 그런 부하의 말은 들을 가치도 없다는 듯이 씹어버렸다.

"저게 살인마가 아니면 누가 살인마란 말야? 젠장, 마법사들은 뭐 하고 있는 거야?"

"벌써 마법사 두 명이 당했습니다. 지금 마법사 길드에 연락했으니 곧 지원이 올 겁니다."

"뭐라구? 이런, 젠장. 마법사도 못 당한 녀석을 우리가 어떻게 감당한단 말야? 지원이 올 때까지 버틸 수나 있을 것 같아?"

대장은 절망적인 표정으로 자신의 머리를 쥐어뜯었다.

"알았으면 모두 뒤로 물러나게 해요. 한 1km 정도 뒤로 물러나야 목숨을 부지할걸?"

나는 녀석들의 목숨을 살려주기 위해 한 친절한 충고였건만 내 목소리를 듣고 뒤를 돌아본 대장 녀석이나 그 부하 녀석은 날 보더니만 '이건 또 뭐야?'란 표정을 노골적으로 드러내었다.

"지금 여기서 뭐 하는 거야? 여기가 무슨 여자들이 호박씨 까는 찻집인 줄 알아?"

퍼억—

어느 시대에서든, 어느 상황에서든 말 한번 잘못해서 피 보는 녀석들이 꼭 하나씩은 있었다.

이곳도 예외는 아닌 듯 그 대장인 기사 녀석은 말을 끝내자마자 날아간 내 주먹에 맞아 쌍코피를 흘리면서 뒤로 나자빠져야만 했다. 나는 주먹을 탁탁 털면서 넋이 나가 턱이 빠져라 입을 벌리고 있는 부하 녀석에게 외쳤다.

"난 플레이저 자작이다! 여기서 살고 싶으면 잽싸게 물러나라고……"

그러나 이번에도 내가 한 박자 늦은 듯 말을 끝마치기도 전에 커다란 폭음 소리와 함께 병사들이 쳐놓은 사람의 장벽 한쪽이 박살나 버렸다.

콰앙!!

"크어어억!!"

"케엑~!!"

"큭~!!"

"어머니~!!"

"말자야~!!"

라고 비명도 질러보지 못하고 한 방에 횡천으로 가버린 동료들을 본 병사들은 공포에 질려 부들부들 떨면서 자신들도 모르게 주춤주춤 뒤로 물러났다. 그리고는 얼마 후 현명한 병사 하나가 뒤로 슬금슬금 물러나 후다다닥 도망가 버리자 그걸 본 몇 명의 병사들이 슬금슬금 뒷걸음질치면서 물러났다.

그리고 조금 후에는 좀 더 많은 병사들이… 나중에는 떼거지로 우르르 달아나 버렸다.

내 앞에 있던 녀석은 그래도 그나마 예의를 아는 녀석인지 거수경례를 하며 한마디 한 후 튀는 것을 잊지 않았다.

"그럼, 잘 부탁드리겠습니다!!"

"이럴 수는 없어~ 나의 자랑스러운 성문 경비대들이~ 안 돼! 돌아와아아아아~~ 기사단이 올 때까지 버텨야 한단 말이다아아아~~"

저 멀리 날아갔다 뒤늦게 쌍코피를 흘리며 일어선 대장 기사는 처절하게 울부짖었지만 이미 저 멀리 튀어가는 사람들에게 들렸을지 의문이었다.

"당신도 여기 있지 말고 가지 그래? 당신 하나 있어봤자 도움되는 건 없어."

주위의 수많은 방해물들을 제거한 나는 마지막 잔해물마저 치우기 위해 그쪽으로 다가가며 말을 걸었다. 그러나 그 기사는 나의 이런 친절한 충고에도 불구하고 나를 죽일 듯이 노려보며 자신의 검을 빼어 들었다.

"나는 자랑스러운 수도 성문 경비대 대장. 우리 경비대를 수치스럽게 만든 당신 말 따위 듣지 않겠소. 기사란 자고로 적을 앞에 두고 등을 보이지 않는 법. 내 이 자리에서 죽는 한이 있더라도 저 살인마를 처단하고야 말겠소."

아까는 야, 자, 하면서 반말로 외치더니만 내가 자작이라고 말하는 걸 들었는지 이번에는 제법 높임말을 써주었다. 하지만 비장한 각오로 멋들어진 대사를 읊어대는 그의 모습은 나에게는 짜증만 돋울 뿐이었다.

"당신 처자식 없어? 아님 부모님이나? 가족을 생각해야지, 가족을!!"

"난 아직 결혼하지 않았소. 그리고 부모님은 벌써 3년 전에 돌아가셨소."

'허걱… 나이가 무지 많아 보이는데… 적어도 40살쯤?'

나는 가벼운 패닉 상태에 빠져 그가 '그 존재' 앞으로 걸어가는 것을 보고만 있었다.

"자, 덤벼라!"

자기가 덤비라고 외쳐 놓고서는 검을 가로로 빼어 들고 자신이 달려 들어가던 그 기사는 '그 존재'가 가벼이 손을 내뻗음과 동시에 날아온 마나의 폭풍을 이기지 못하고 다시 뒤로 날아와 내 앞에서 떨어졌다.

"커억!!"

그래도 다행한 것은 마나의 기류를 약하게 내뿜어 그를 날릴 뿐이어서 그는 그나마 목숨을 유지할 수 있었다.

"괜찮아요?"

입술이 터지는 바람에 입가에 피가 흘러내리는 그를 서서 내려다보며 묻자 그는 힘겹게 실눈을 뜨고 나를 바라보더니 비장하게 입을 열었다.

"누가… 나에 대해서… 물어보면… 크윽… 살인마와… 싸우다가… 장렬하게 전사했다고… 커억!!"

까지 말하고는 기절해 버렸다.

"재미있는 기사 양반이야."

슬그머니 뒤를 돌아보니 저 멀리에 기사들이 진을 치고 있었다. 그러나 함부로 다가오지 않는 것을 보면 지금 막 내 쪽으로 다가오고 있는 애쉬 녀석이 그들에게 뭔가 지시를 한 것 같았다.

"실프!!"

나는 실프를 불러내어 내 앞에 기절한 기사 양반을 저 뒤에 있는 기사 무리들에게로 옮기게 하고는 천천히 '그 존재'에게로 몸을 돌렸다.

"날 찾아왔죠?"

싱긋 웃으며 말을 건네자 '그 존재'가 희미하게나마 고개를 끄덕였다. 그리고는 천천히 검을 앞으로 잡아 세우며 자세를 잡았는데 그 몸에서는 마나와 함께 살기가 치솟아올랐다.

아까보다도 더욱더 온몸이 짜릿짜릿한 것이, 까딱 잘못하다간 스파크까지 파바박 튈 분위기였다.

"쳇, 이게 누구 때문인데 누구에게 화를 내는 겁니까?"

라고 태평하게 중얼거리기는 했지만 속으로는 잔뜩 긴장한 채로 나도 검을 뽑아 드는 척하다가 잽싸게 몸을 숙이고 왼손으로 땅바닥을 짚으며 강하게 외쳤다.

"라필타!!"

눈부시게 강렬한 빛이 내 왼손에서 시작되어 땅을 가르며 '그 존재'에게로 뻗어 나가 '그 존재'의 발 밑에서부터 빛의 기둥을 이루며 치솟아올랐다. 하지만 나는 그에 만족하지 않고 내 레이피어에 마나를 잔뜩 머금고 달려들었다. 어차피 '라필타' 정도로는 커다란 타격을 주지는 못하기 때문이었다.

'라필타'는 단지 약간의 시간을 벌기 위한 연막 작전일 뿐이었다.

그러나 그런 내 생각을 미리 읽기라도 한 듯 빛의 기둥이 서서히 사라지는 지점으로 허공에서부터 내리꽂는 나에게 초승달 모양의 붉은빛이 뿜어져 나왔다.

"이런!!"

설마 그 상태에서 검기를 날릴 거라곤 상상도 못한 나는 검을 거두고 아빠의 팔찌를 앞으로 내밀었다. 내가 가까이 다가올 때까지 기다렸다가 날린 검기여서 피할 여유조차 없었던 것이다. 필사적으로 마나를 끌어 모아 아빠의 팔찌에 주입시키자 팔찌가 하얗게 빛나며 둥근 방어막을 형성했고, 그러자마자 곧장 검기가 날아와 막에 충돌하였다.

콰앙!!

요란한 소리가 귀를 멍멍하게 하는 가운데 나는 팔이 떨어져 나갈 것만 같은 고통을 느끼며 뒤로 날아가는 몸을 느껴야만 했다. 그러나 그와 함께 허공으로 도약하며 나에게 날아오는 붉은 그림자가 날 경악시켰다.

"쳇, 역시 한 수 위라니까!!"

너무 아파서 힘이 들어가지도 않는 왼손으로 방어막을 치는 대신 오른손으로 검을 빼어 들고 가로로 눕힌 다음 마나를 주입했다.

"콰앙!!"

마나를 주입한 검과 검이 부딪치자 마치 커다란 폭발이 일어난 것 같은 소리가 났고 뒤로 날아가던 내 몸은 곧장 방향을 바꿔 밑으로 낙하했다. 그러나 플라이 주문을 욀 수가 없는 것이, 내 위에서 다시 나에게 수직으로 검을 내리꽂는 '그 존재'의 모습이 보였던 것이다.

"젠장!!"

아까의 충격으로 검까지 떨어뜨린 상태에다 오른팔까지 시큰거려 나는 마지막 방법으로 온몸에서 마나를 뿜어내려고 했다. 그러나 그보다 먼저 어디선가 검은 기운이 날아와 '그 존재'와 충돌했다. 그리고 밑으로 떨어져 내리는 나를 부드러운 바람이 감싸 안아 천천히 땅에 내려줬다.

"어?"

땅에 부드럽게 착지한 나는 누가 나를 구했는지 알기 위하여 시선을 돌린 나에게 웬 검은 머리의 사람과 초록빛 머리의 사람이 보였다.

"누구지?"

둘 다 내 쪽으로 등을 보이고 있어서 얼굴은 볼 수 없었지만 허리까지 내려오게 기른 그 뒷모습들이 왠지 굉장히 낯이 익은 느낌이었다. 그러나 나는 그들이 누구인지 알아낼 여유를 갖지 못했다.

"아시리안님!!"

언제 왔는지 반담이 달려들어 나를 안아, 그 즉시 다시 뛰어서 그 장소에서부터 멀리 떨어져 있는 꼬맹이 신관 앞에 내려놓았던 것이다. 그리고 미리 준비하고 있었던 듯한 사르하가 달려들어 나에게 치유의 기를 내뿜었다. 청량하고 부드러운 느낌이 밝고 성스러운 빛과 함께 내 양팔 속으로 스며들었고, 그제야 나는 팔들의 감각을 되찾을 수 있었다.

"고마워!"

사르하에게 진심으로 미소를 띠며 말하자 그녀 대신 옆에 있던 애쉬 녀석이 불쑥 말을 꺼냈다.

"고맙다는 말은 저 사람들에게 먼저 해야 할 거요. 그들이 당신을 구했으니까."

그제야 두 사람이 생각난 나는 나 대신 '그 존재'와 맞서고 있는 그들에게 시선을 돌렸다.

"얼라리오?"

막 바람의 정령왕을 불러내는 저 녀석은 분명히 엘프의 마을에서 잠깐 만났던 류미르였다.

'그렇다면 다른 쪽은?'

맨손으로 '그 존재' 쪽을 바라보고 있는 검은 머리의 녀석에게 나는 천천히 다가갔다.

"너……?"

그러자 내 목소리를 들은 그 녀석이 '그 존재'를 매섭게 노려보던 시선을 나에게 획 돌렸다.

"아린~!!"

그리고는 다 큰 녀석이 초롱초롱한 눈빛을 한 채 나에게 폴짝 달려들어 안겼다.

"보고 싶었어~!!"

"세… 이몬?"

"웅!!"

확신없는 목소리에 크게 대답하며 고개를 끄덕이는 녀석의 반응을 보니 분명히 세이몬이었다.

"류미르?"

그리고 우리 앞에 바람의 장벽을 형성하고 있던 녀석이 싱긋 웃으며 나를 돌아보았다.

"오랜만이다, 아린."

나는 잠시 어이가 없어서 말을 잃고 있다가 황당한 음성으로 외쳤다.

"왜 다 일루 모인 거야~?"

제1장

포닥시…

또다시…

음… 아린이 죽이려고 하는 정도면 굉장히 나쁜 사람이구나?
알았어. 나도 아린을 도와줄게. 그 사람 무지 강하니까 아린 혼자선 힘들 거야.

"너네 여긴 어떻게 온 거야?"

나에게 매달리는 세이몬을 떼어놓으며 류미르에게 물어봤지만 류미르는 '그 존재'를 상대하느라 뒤돌아보지도 않았고, 대신 세이몬이 입을 열었다.

"아린 찾아왔지."

"어떻게?"

"류미르가 여기 오면 어디 있는지 알 수 있을 거라 했는걸? 그 말대로 오니까 아린 만났네."

"그랬어?"

"응!!"

세이몬은 나보다 키가 반 뼘쯤 더 커 있었다. 거기에다 머리도 더 길어졌고 얼굴도 그때보다는 조금 더 성숙해져 있었다.

예전에는 나보다 키도 작고 얼굴도 17세쯤으로 어려 보였었는데 이제는 류미르나 이 녀석이나 모두 나보다 더 커 보인다. 덕분에 전에는 류미르가 첫째, 내가 둘째, 세이몬이 막내라고 하면서 다녔는데 이제는 내가 막내라고 해야 할 것만 같았다.
"너… 많이 컸구나?"
갑자기 세월이 많이 지났다는 느낌과 함께 이들이 인간이었으면 큰일 날 뻔했다는 서늘한 감정과 함께 인간이 아니라서 정말 다행이라는 안도감이 들었다.
그렇다면 지금 이렇게 다시 만나지는 못했을 테니까.
"그치? 하지만 봐봐. 류미르도 꽤 많이 성장했어."
"그래그래."
싱긋 웃으며 류미르를 가리키는 세이몬에게 나도 생긋 웃어주는데 류미르만 화가 나서 소리쳤다.
"이봐, 이봐, 감격적인 해후는 그쯤 해두고 나 좀 도와주는 게 어때? 나 혼자서는 힘들단 말야!!"
그제야 여기가 어디인지 깨달은 나와 세이몬!
"앗, 미안. 지금 간다!!"
"좀만 버텨!!"
세이몬은 걸치고 있던 여행용 검은 망토를 멋지게 펄럭이면서 멋진 폼으로 롱 소드를 스르릉— 꺼내 들었다. 이곳에서 흔히 볼 수 있는 철검으로 만들어진 것이 아닌 듯한, 검신이 무척이나 검어서 어느 것이 손잡이고 어느 것이 검날인지조차 구분이 잘 안 되는 검이었다.
내가 놀라서 보는 시선을 느낀 듯 세이몬이 나를 돌아보며 싱긋 웃었다.
"이 검 멋지지? 내가 집에서 슬쩍해 온 마검이야."

예전에는 저렇게 싱긋 웃을 때는 귀엽다는 느낌이 들었는데, 이제는 저렇게 싱긋 웃으니까 멋있다는 느낌이 들었다. 하지만 몰래 하는 건 여전한 것 같다.

"괜찮겠냐?"

"괜찮아, 괜찮아."

황당한 표정으로 바라보는 나에게 자신만만한 표정으로 손짓까지 하더니, 곧바로 표정을 진지하게 바꾸고는 '그 존재'를 바라보았다. 그러자 방금 전까지만 해도 들뜬 분위기였었는데 세이몬의 표정 하나가 바뀌자 그의 주변을 맴돌던 분위기도 착 가라앉음과 동시에 검에서 날카로운 마기가 솟아올랐다.

"류미르, 방어 벽 치워. 내가 나간다!!"

오케이. 하나, 둘, 셋!!"

류미르가 셋을 셈과 동시에 바람의 상급 정령이 형성하고 있던 방어막이 사라지면서 세이몬이 솟구쳐 올랐다.

검을 곧추세우고 뛰어오르는 동작이 군더더기없이 날렵하고 안정되어 있어 보는 이로 하여금 경이로움까지 느끼게 만들 지경이었다.

"저 녀석… 언제 검술까지 익혔지? 전에는 주먹 쥐고 무조건 달려들기만 했었는데……"

놀란 표정으로 세이몬이 달려드는 것만 바라보고 있는 나에게 류미르가 다가와 말을 받았다.

"놀랐지? 나도 놀랐어. 정말 대단하더라니까. 아마 모르긴 몰라도 그동안 검술만 죽어라고 연습했나 봐."

"그런가 보네."

검술만으로는 세이몬이 '그 존재'보다 우세했다.

하지만 파워와 마력이 딸리다 보니 세이몬이 하는 공격은 '그 존재'에게 좀처럼 먹히지가 않았고, '그 존재'의 공격은 세이몬에게 너무 큰 충격으로 다가가는 바람에 세이몬은 우위를 점하지 못하고 방어를 위주로 하면서 빈틈을 노리고 있었다.

그런 세이몬을 귀찮다는 표정으로 바라보던 '그 존재'가 순간적으로 내가 있는 쪽을 바라보는 찰나, '그 존재'의 눈이 번쩍이는 것 같았다. 하지만 너무 순간적으로 일어난 일이었으므로 나는 내가 제대로 본 것인지, 아님 착각한 것인지 갈피를 잡을 수가 없었다.

그러나 그 다음 순간 세이몬이 '그 존재'에게서 허점을 발견하고 찔러 들어갔다.

하지만 그것은 '그 존재'의 함정이었던 듯, 세이몬이 찔러 들어가는 자리에 있어야 하는 '그 존재'의 몸은 순간적으로 사라져 세이몬은 찔러 들어가던 속력을 이기지 못하고 '그 존재'를 지나쳐 가버렸고, 그 틈을 탄 '그 존재'가 나에게 달려들었다.

"왁!!"

세이몬의 너무나 멋있는 검술에 넋이 빠져 그냥 구경만 하고 있던 나는 갑자기 내 앞에 나타난 '그 존재'가 나에게 달려드는데도 불구하고 너무 놀라서 어쩔 줄 몰라 하고 있는데 갑자기 류미르가 나를 확 밀쳤다.

"위험!!"

그리고 그와 함께 류미르의 몸도 내 쪽으로 쓰러졌는데 그보다는 '그 존재'의 검이 조금 더 빨라서 류미르의 등을 길게 그어놓고 말았다.

"류미르!!"

류미르의 등에서 흘러나오는 피를 보자 다급해진 나는 무조건 류미르를 들쳐 업고 뛰려고 했다. 하지만 그전에 한 번 공격이 실패한 '그 존재'가 인상을 팍 찡그리면서 몸을 돌려 다시 나에게 달려들었다.

"우갸갸~!!"

나는 류미르를 들쳐 업은 채로 재빨리 왼손을 들어 올렸다. 그리고 아빠의 팔찌에게 마나를 주입하려는 찰나!

"에어로 붐!!"

바람으로 만들어진 진공탄이 날아와 '그 존재'와 부딪쳤다.

퍼억~!!

비록 폭발력이 있는 건 아니었으나 바람으로 이루어진 커다란 물리적 충격에 의하여 '그 존재'는 한순간 몸을 휘청거렸고, 그 틈을 놓치지 않은 나는 재빨리 뒤로 물러났다.

"괜찮으십니까!"

스와카였다.

"빨리 이 녀석 좀!!"

나의 다급한 목소리에 스와카와 같이 왔던 반담이 류미르를 넘겨받아 다시 들고 뛰었다.

그 모습을 한번 힐끔 본 나는 검을 빼어 들고 그와는 반대 편으로 달려갔다.

"브라스트 웨이브!!"

내 손으로부터 흘러나오는 엄청난 양의 마나를 검이 받아들이더니 마법으로 화하여 뜨거운 불꽃이 일어났다. 그리고 그 불꽃은 점점 더 붉어지더니, 나중에는 아예 노란빛으로 찬란하게 빛났다.

"하앗!!"

검술이고 뭐고 없었다.

나를 살기 어린 눈으로 바라보고 있던 '그 존재'에게 달려들어서는 두 손으로 검을 부여잡고 그대로 밀어붙였다.

콰과광!!

'그 존재'의 마나가 감싸고 있는 검과 내 검이 부딪치자 커다란 폭음과 함께 강한 충격파가 일어나면서 일대로 퍼져 나갔다. 그리고 내 양팔에도 엄청난 충격이 밀려왔다.

"크윽!"

나도 모르게 신음을 내뱉으며 하마터면 팔에 힘이 빠져 버려 검을 놓칠 뻔했다.

하지만 여기서 검을 놓친다면 남는 건 죽음뿐이기에 입술을 악물고 마나를 양팔 쪽으로 보내면서 버팅겼다.

입 안으로 찝찔한 맛이 퍼져 나갔지만 신경 쓸 겨를도 없이 '그 존재'의 살기 어린 눈을 마주 보았다.

예전에… 내가 아직 해츨링이었을 때… 딱 한 번 어른들 몰래 인간들을 만난 적이 있었다.

그때 좋지 못한 사건에 휘말려 위험에 처한 적이 있었는데 다행히도 할아버지가 제때 와주셔서 겨우 살았었다. 하지만 나에게 해를 가하려 한 인간들은 할아버지의 무시무시한 분노를 받아야 했는데, 그때 할아버지가 내뿜던 살기는 나에게 향한 것이 아닌데도 불구하고 내 온몸이 덜덜 떨렸었다.

그나마 지금은 성룡이 된 지 100년이나 지났지만 아직도 그때를 생각하면 심장이 오그라드는 것만 같다.

그런데 지금 나는 그 살기를 마주 대하고 있었다. 그것도 1미터도 안 되는 거리에서 눈을 마주 대하고 있던 나는 서서히 공포에 질려갔다.

 팔이 아픈 것이나 입 안에서 피가 흐르고 있다는 것은 문제도 되지 않았다.

 단지 그 눈빛이 온몸을 마치 갈기갈기 찢어놓으려는 것만 같아 몸이 덜덜 떨릴 지경이었고 등 뒤로 식은땀이 흘러내렸지만 억지로 이를 악물고 버텨내고 있었다. 눈빛만으로도 사람을 죽일 수 있을 것 같다는 말을 처음으로 실감하는 순간이었다.

 하지만 아무리 내가 애를 쓰며 버텨도 힘이 딸렸는지, 처음 검을 맞대었을 때에는 정중앙에서 힘 겨루기를 하던 검들이 서서히 내 쪽으로 밀려왔다.

 "큭!!"

 힘들기도 하고 무섭기도 해서 울고 싶은 심정이 내 얼굴에 고스란히 드러났는지 날 뚫어지게 바라보고 있던 '그 존재'의 입술이 말려 올라가며 잔인한 미소를 만들었다.

 그리고 '그 존재'가 손에 힘을 더 주자 나는 이번에는 뒤로 한 걸음이나 주륵 밀려났다.

 '으윽… 더, 더 이상은……'

 못 버틸 것 같았다.

 이제 죽는 것인가… 하는 생각이 떠오르면서 눈에서 눈물이 솟아나 시야가 뿌예졌다.

 그러자 더욱더 크게 미소를 짓는 '그 존재'…….

 '이젠 끝……'

 이야… 라고 말하려는 순간 '그 존재'의 잔인한 미소가 크게 일그러졌다.

 '그 존재'의 눈은 경악으로 물들어져 크게 떠졌고 검을 쥐고 있

또다시… 57

던 손에서는 힘이 서서히 빠졌다. 덕분에 힘이 빠져나가던 나는 쓰러지지 않고 버티고 설 수 있었다.

'그 존재'는 내가 얼른 뒤로 물러나서 기운을 차리려고 하는 것에는 관심도 없다는 듯이 서서히 고개를 뒤로 돌렸다. 그리고 나는 그제야 '그 존재' 복부에 삐죽이 얼굴을 내밀고 있는 검끝을 볼 수 있었다.

암흑처럼 새카만 검날의 끝.

"세이몬?"

바싹 마른 입술에서 힘없이 이름이 흘러나오자 밝은 목소리가 들려왔다.

"괜찮아, 아린?"

'그 존재'의 복부를 뚫었던 검끝이 다시 들어가 버렸다.

그리고 '그 존재'의 뒤에서 모습을 드러내는 세이몬.

그가 들고 있는 검에서 핏방울이 또르르르 굴러 떨어졌다.

"크윽—!!"

'그 존재'는 원망스럽다는 표정으로 세이몬을 바라보면서 한 걸음 두 걸음 비틀거리며 뒤로 물러났다. 지금 달려든다면 '그 존재'를 얼마든지 처리할 수 있었겠지만 나는 몸을 지탱하는 것도 힘겨웠다. 그래서 세이몬에게 부탁하려고 그를 바라보니 그가 무지 창백한 얼굴로 싱긋 웃었다.

그런 그의 입가에 가느다란 실핏줄이 흐르고 있어 밤에 봤다면 귀신인 줄 착각할 정도였다.

"하하하, 저 녀석의 방어막을 뚫는 게 쬐께 힘들더군."

그리고 그 말을 끝으로 세이몬의 몸은 서서히 앞으로 쓰러졌다.

녀석의 몸도 심히 안 좋은 상태였었나 보다.

"그랬냐?"

녀석의 몸을 받쳐 주고 싶었지만 내 몸이 내 의지를 거부하려는 듯 조금도 앞으로 나아가지 않아 포기해 버리고, 다시 고개만 겨우 돌리니 '그 존재'가 자신의 복부를 움켜쥐고 나를 노려보고 있었다.

"다음에 다시 만나야겠네요. 그쵸?"

생긋 웃어주니 '그 존재'의 눈빛이 한번 더 희번덕하더니 공간이동해 버렸다.

"에구… 살았… 구나……"

온몸에 긴장이 풀어지면서 안도의 한숨을 내쉬려는데 왠지 이놈의 땅이 나에게 반한 듯 불쑥 튀어 올라왔다.

'오지 마, 임마!!'

소리 내어 말해 주고 싶었지만 그럴 힘도 없어서 나는 될 대로 되라는 식으로 눈을 감아버렸다.

그리고 정신을 잃었다.

내가 다시 정신이 들었을 때 제일 먼저 눈에 들어온 것은 걱정스런 눈으로 나를 내려다보고 있는 아빠의 얼굴이었다.

"괜찮아?"

"흠… 저 살았군요?"

아빠의 얼굴이 안도감으로 인하여 부드럽게 풀렸다.

"그래, 그 정도에 죽으면 어쩌냐? 아직 얼마 살지도 않은 녀석이……"

"후… 이번에는 정말 죽는 줄 알았어요. 내가 너무 쉽게만 생각했나 봐요."

그렇게 말하며 몸을 일으키려고 하자 아빠가 자리에서 일어나 나를 부축해 주는 동시에 편히 앉도록 내 등 뒤에 쿠션들을 받쳐 주었다.

그제야 주위의 풍경이 눈에 들어왔는데 어느새 옮겨졌는지 이곳은 아빠 저택의 내 방이었다.

'하긴, 그러니 아빠가 곁에 있는 거겠지만.'

"뭐, 그쪽도 자신의 목숨이 달린 거니 죽기 살기로 덤볐겠지… 그리고 쉬웠으면 네 할머니께서 왜 그분의 힘을 남기고 가셨겠냐? 어쨌든 이번에도 수고했다. 비록 결말은 내지 못했지만."

아빠가 기특하다는 듯 머리를 쓱쓱 쓰다듬어 주자 기분이 좋아져 헤헤 웃었다. 그리고 마음이 편안해지자 떠오르는 녀석들이 있었다.

"아, 애들은요?"

"애들? 아아… 엘프 녀석 하나하고 마족 녀석 하나?"

"예. 아, 아빠? 혹시 마족 애 정체를 밝히신 건?"

"그냥 입 다물고 있어줬다. 덕분에 녀석은 마법사에게 치료를 받게 해야만 했지. 쪼끄만 신관 계집애가 고개를 갸웃거리길래 녀석이 가지고 있는 마검 때문이라고 둘러댔다."

아빠의 말에 나는 안도로 가슴을 쓸어 내릴 수 있었다.

"후후후, 감사합니다. 역시 아빠가 최고예요. 그럼 그애들은?"

"지금 손님 방에서 쉬고 있다. 그런데 아린아?"

"예?"

"그애들 말인데… 혹시 예전에 너랑 같이 다니던 그 꼬맹이 녀석들 아니냐?"

"아! 아빠도 그애들 만난 적이 있었죠? 에스라 왕국에서… 예,

맞아요. 이번에 다시 만났지 뭐예요?"

아빠는 뭐가 맘에 안 드는 건지 살짝 찡그린 얼굴로 생각하는 표정을 짓다가 결정했다는 듯 고개를 끄덕였다.

"그으래? 흠… 네 곁에 붙어 있는 건 맘에 안 든다만, 이번 일에 쬐끔이나마 도움이 될 테니 그냥 두기로 하마."

"후훗, 고마워요. 아, 그런데 아빠? 나 이번에도 추적 못했어요. 어쩌죠? 기껏 새로 만들어진 단서를 놓쳐 버렸으니……."

내가 미안한―왜 미안한지는 모르겠지만―표정으로 아빠를 바라보며 씨익 웃자 아빠가 피식 웃었다.

"괜찮다. 네가 싸우느라 정신없는 동안 편안히 구경만 한 마법사 녀석이 추척 마법을 펼쳐 놓고 있었으니까."

"응? 마법사요? 아, 스와카 말씀하시는 거예요?"

"그래. 녀석이 대충 소재를 파악해 놨더구나. 그러니 몸을 추스른 다음에 한번 가보도록 해라."

"예. 하지만 지금은 먼저 그애들부터 봐야겠어요."

어느 정도 정신을 차린 내가 침대에서 내려오자 아빠도 자리에서 일어섰다.

"그래라. 나는 할 일이 좀 있어서 서재에나 가봐야겠다. 참, 몸이 아직도 불편하면 시녀라도 하나 불러줄까?"

침대에서 내려와 근처에 있던 옷걸이에 걸린 가운을 걸쳐 입는 동안 다리가 약간 후들거리는 것 외에는 괜찮은 것 같아 나는 고개를 가로저었다.

"아뇨, 괜찮아요. 하지만 애들이 있는 방을 모르니 안내할 사람 하나는 불러주세요."

"그래, 내 나가면서 들여보낼 테니 조금 기다리고 있어라. 아, 뭐 좀 먹을래? 배고프지 않아?"

아빠가 나가려다가 깜빡 잊었다는 표정으로 돌아보자 나는 내 배가 고프다는 신호를 보내는지 잠시 기다려 보다가 아무런 신호도 보내지 않자 고개를 저었다.

"아직 정신이 없는지 배고프지는 않아요. 나중에 고프면 그때 먹죠 뭐."

아빠는 고개를 끄덕이고는 내 방문 고리를 잡아 열며 말했다.

"그래, 알았다. 그리고 상처가 다 치유가 되었다고는 하지만 본체일 때보다는 회복이 빠르진 않을 테니 아직 너무 무리하지는 말거라."

"예."

아빠가 문을 닫고 나간 후 나는 침대 근처에 있던 안락의자에 앉아 시녀가 들어오기를 기다렸다. 괜찮은 줄 알았는데 한참 동안 누워 있다가 갑자기 일어난 탓인지 머리가 어지러웠다.

"우… 잠에 취한 것만 같아……."

잠에 취해본 사람만 알겠지만, 그거 머리가 띵하고 정신이 하나도 없는 게 할 것이 못 된다.

이마에 양손을 얹어 지끈지끈거리는 머리를 누르고 있는데 문에서 노크 소리가 들렸다.

"들어와!"

문이 열리고 이제는 얼굴이 익숙한 내 전속 시녀가 들어왔다.

"괜찮으세요, 아가씨?"

"흠… 그런 것 같아. 내가 얼마나 누워 있었지?"

"하루쯤 되셨어요. 어제 아가씨가 실려오셨을 때 주인님께서 얼마나 놀라셨는 줄 아세요? 이성을 잃으시고는 안절부절못하시는데 그런 모습 처음 봤어요."

"그… 랬어?"

"예. 아가씨를 치유한 다음에도 깨어나지 않으시니까 신관의 멱살을 잡고 흔들어대셨다니까요."

'신관의 멱살을 잡고 흔들어대는 아빠의 모습이라……'

상상이 안 됐다.

"아가씨가 깨어나시기 전까지는 집 안이 얼마나 살벌했는지 아마 모르실 거예요."

그녀는 다시는 생각하고 싶지 않다는 듯 고개를 설레설레 저었다.

'당연하지… 난 자고 있었으니까.'

나는 피식 웃고는 자리에서 일어나 그녀의 도움을 받아 간단하게 몸을 씻고 옷을 갈아입었다.

평소 같으면 아빠가 옷을 골라주고 머리도 손질해 주었지만 오늘은 그냥 나간 걸 보니 아까는 몰랐었지만 아마도 정신이 없었던 듯했다.

'후후후, 되게 기분 좋네.'

덕분에 오늘은 시녀가 대신 머리를 빗겨주었다.

그리고 나서 그녀의 안내를 받아 세이몬과 류미르가 머무는 방으로 갔다.

아빠의 배려인지 아니면 정신없는 상황이어서 신경을 못 쓴 탓인지 세이몬과 류미르는 한 방을 같이 쓰고 있었다. 그리고 내가 들어가니까 식탁에 앉아서 식사를 하고 있었다.

"둘 다 괜찮아?"

혈색은 좋아 보였지만 아직 눈동자에는 기운이 없어 보이는 둘이 나에게로 시선을 돌렸다.

"아아, 그럭저럭 견딜 만해."

세이몬이 고개를 끄덕이자 류미르도 같이 고개를 끄덕였다.

"뭐, 나야 검상만 입었을 뿐인걸. 너희들처럼 그와 맞선 것도 아니고 말야. 아린은?"

나는 그애들이 앉은 탁자에 앉으면서 대꾸했다.

"난 아직 어질어질해."

그리고는 시녀를 돌아보고 말했다.

"내가 먹을 것도 좀 가져다 줘. 나도 먹게."

"알겠습니다."

시녀가 고개를 숙여 보이고 방을 나가자 나는 애들을 다시 돌아보았다.

"그나저나 세이몬은 정말 오랜만이다. 너, 되게 멋있어졌는걸? 실력도 많이 늘었고 말야."

세이몬은 예전에 보였던 앳되고 귀여운 모습이 사라지고 대신 날카롭고 이지적인 미남의 모습이 되어 있었다. 여기에 안경만 걸친다면 학자라 해도 아무도 의심할 것 같지 않았다.

"헤헤헤, 그래?"

하지만 저 얼굴에 어울리지 않는 초롱초롱한 눈빛은 전혀 변하지 않았다.

"그나저나 여긴 나를 만나러 왔다 치고, 너희들은 어떻게 만난 거야?"

나의 물음에 류미르와 세이몬이 번갈아가며 대답한 것을 종합해 보자면, 세이몬은 마계로 돌아간 뒤 당연하겠지만 벌을 받았다고 했다.

그런데 그 벌이라는 것이 20년 간 동굴에 갇혀 있는 것과—이건 이해가 갔다. 여기에서도 흔한 벌이니까—아벨리아 마족 중에서 혹독하게 가르치기로 소문난 마족에게 검술을 수련받는 것이었단다. 기간은 그 마족이 하산(?)하라고 할 때까지(이건 이해가 안 갔다. 얼마나 지독하게 가르쳤으면 가르침을 받는 것이 벌이 되었을까?). 하긴, 그것으로 세이몬이 어떻게 그렇게 검술 실력이 뛰어나게 되었는지에 대한 의문이 풀리기는 했다.

어쨌든 그렇게 해서 어언 70년이 흘러서야 형벌을 다 마칠 수 있었다고 했다.

똑, 똑, 똑.

"아가씨, 식사 가져왔습니다."

"아아, 들어와."

내 시녀가 내 식사를 가져오는 바람에 잠시 중단이 되었던 대화는 그녀가 내 앞에 음식을 놓고 나가자 다시 시작되었다.

"그럼 그 뒤에는 뭐 했어? 넌 여기에 100년 만에 온 거잖아?"

"아아, 그게……"

세이몬은 부끄러운 듯 얼굴을 붉히며 머리를 긁적였다.

"교육받았어. 원래는 성년이 되면 일정 기간 동안 교육을 받아야 했는데 나는 벌받느라고 70년이나 늦게 받게 되었거든. 덕분에 일반 마족들이 받는 거에 비해 거의 두 배 가까이 되는 시간 동안 받게 되었지만 말야."

여기에서 나는 마계 또한 인간계와 시간의 흐름이 비슷하다는 것을 알 수 있었고, 마족들도 인간들처럼 사회를 이루고 살아간다는 것도 알 수 있었다. 그럼 마족들은 마계에 사는 인간들이라고 할 수 있을라나?

세이몬은 그렇게 교육을 끝내고 나서 인간계로 넘어올 수 있었다고 했다.

"그런데 세이몬, 궁금한 게 있는데 마족들은 인간계로 맘대로 드나들 수 있어?"

평소 마족 보는 것이 무지무지 어렵다는 것을 볼 때 마족들은 인간계로 함부로 넘어올 수 없으리라고 생각했는데 세이몬은 아무렇지도 않게, 마치 친구네 집에 놀러온 양 말하는 것을 보니 어리둥절했던 것이다.

"응."

"뭐?"

"그게 정말이야?"

세이몬의 너무나도 당연하다는 듯 쉽게 나오는 말에 류미르와 나는 무척이나 놀라 되물었다. 그러자 세이몬은 몰랐냐는 듯한 표정으로 우릴 쳐다보았다.

"에? 몰랐던 거야? 능력있으면 가능해. 넘어오는 게 힘들어서 그렇지 넘어오는 거에 특별한 제재는 없어. 아린, 너네 종족만 해두 마계에 갈 수 있을걸? 하지만 못 가게 하는 특별한 제재 같은 건 없지 않아?"

"에? 우리? 뭐, 그렇기야 하지만… 그럼 왜 마족들은 인간계로 안 넘어오는데?"

나는 지금까지 마족들은 호시탐탐 인간계로 넘어오고 싶어하는데 못 넘어오게 막고 있는 제재 같은 게 있어서 못 오는 줄로만 알고 있었다. 그리고 마족들은 인간계로 와서 이곳을 점령하길 무척이나 원한다고만 알고 있었다.

생각해 보니 그건 누가 가르쳐 줘서 그렇게 알고 있는 게 아니라 예전에 내가 인간이었을 때 읽었던 판타지 소설의 영향이었던 것 같았지만… 그걸 지금에야 깨달은 나도 참 멍청하다.

하지만 류미르도 나와 비슷한 생각을 하고 있었던 듯 놀란 얼굴로 내 질문에 같은 의문을 가지고 있었다는 듯 고개를 끄덕였다.

그러자 세이몬은 오히려 황당하다는 표정으로 우리를 바라보았다.

"뭐 하러 넘어와? 나야 맨 처음 도망치느라 나도 모르게 넘어온 거구, 지금은 너희들 만나러 넘어온 거지만 마족이 특별히 인간계에 넘어와야 할 일이라도 있어?"

그렇게 되묻자 나는 할 말이 없어졌다.

옆에 있던 류미르는 한참이나 멍한 표정으로 있더니만 말까지 더듬으면서 물었다.

"내, 내가 알기론… 마계는 이곳보다 환경이 안 좋아서… 기회만 있으면 와서 이곳을 차지하길 원한다고 하던데? 아, 아니야?"

"누가 그래? 그런 황당무계한 말은 어디서 들었냐?"

"아, 아니냐?"

"아니야. 물론 마계가 이곳보다는 환경이 거칠긴 하지만, 그렇다고 우리가 불편함을 느낄 정도가 아니고, 더욱이 그곳이 익숙한 우리는 여기가 더 좋다고도 생각하지 않는걸. 게다가 우리 마족은 힘으로 승부하는 건 좋아하지만 인간들처럼 누군가를 억누르고 지배하고… 뭐, 그런 데는 흥미없어."

류미르와 나는 놀란 시선을 한번 교환한 뒤 다시 세이몬에게로 시선을 돌렸다.

그리고 류미르가 계속 물었다.

"그럼, 이곳으로 넘어와서 사람들과 계약을 맺어 그들의 부탁을 들어주고… 뭐, 그러는 건 뭐냐? 게다가 가끔 이곳으로 온 마족들이 뭘 부수거나 파괴를 일으키는 건 뭐야?"

그러자 세이몬은 뭔가를 생각하는 표정이 되었지만 곧 잘 생각이 안 나는지 인상을 찡그리며 머리를 쓸어 넘겼다.

"글쎄… 내가 여기 얼마 없어서 그런 건 잘 모르겠지만, 인간들 사이에도 계약 같은 게 있잖아? 아니면 약속이라던가… 뭐, 그런 걸 마족들과 한 거 아냐? 나도 마족이 인간들이랑 그런 걸 한다는 이야기는 들은 적이 있으니까. 게다가 그런 안 좋은 일은 인간들도 하는 거 아니냐?"

"하, 하지만… 계약할 때 재물이 뭐 어린애의 피라든가 심장, 처녀 같은 거라던데?"

류미르는 이제는 자신없는 표정으로 우물쭈물 물었다.

그러자 세이몬 왈…

"별식을 좋아하나 보지. 나도 이곳 짐승들의 심장은 맛있던데? 뭐, 아직 인간 것은 못 먹어봤지만."

"그, 그럼… 그게 그냥 너희들 음식이었단 말야?"

"그렇겠지. 나도 잘 모르지만, 마족들 중에서도 미식가는 있거든. 그들에게 별식 주겠다고 하면 무지 좋아하지 않을까?"

류미르는 멍하니 있다가 허탈한 듯 웃음을 터뜨렸다.

"하.하.하. 이거야 원… 완전히 잘못 알고 있었잖아?"

"그러게. 역시 잘 모르면서 단정하는 건 잘못된 거야."

"아린, 그런데 그렇게 알면서 마족을 친구로 삼은 우리는 뭐냐?"

"별종이지 뭐. 우리 심장을 마족 미식가들에게 주면 무지 좋아하겠군? 아, 그건 그렇고… 세이몬은 그렇게 해서 인간계에 왔다고 치고 류미르랑은 어떻게 만난 거야?"

그러자 류미르가 허탈한 표정을 지우고는 다시 본래의 표정으로 돌아와 싱긋 웃었다.

"아아, 나? 난 아린의 충고를 받아들여 엘리사에게 딱 잘라 거절했었지. 그랬더니 내 집에 들어앉아 하루 종일 대성통곡을 하길래 그날로 마을을 빠져나왔어."

"엘리사? 거절했다고? 아아, 전에 너희 마을에 갔을 때 날 네 첩으로 인정해 주겠다고 한 그 맹랑한 꼬맹이 엘프 말하는 거야?"

"그래, 바로 그애. 하도 울고불고 난리 치길래 슬쩍 마법으로 재워놓고 도망쳐 나왔지. 그런데 산을 다 내려가기도 전에 산속을 헤매고 있는 세이몬을 만났지 뭐야?"

그러자 세이몬이 불쑥 끼어들어 반박했다.

"류미르, 전에도 말했지만 난 희미하게 느껴지는 엘프의 기운을 쫓아서 간 거였다니까."

"에? 세이몬, 너 엘프의 기운을 느껴? 난 엘프의 기운 같은 건 모르겠던데?"

내가 또 한 번 놀라서 세이몬을 바라보자 류미르가 웃으면서 정정해 주었다.

"엘프의 기운이 아니라 정령의 기운을 느낀 거야. 우리 하이 엘프들이야 상급 정령까지 다루니까 정령의 기운이 강하게 느껴지는 거지. 그걸 쫓아온 거야."

"정령이나 엘프나……"

세이몬이 작게 투덜투덜거렸다.

"잠깐만, 사람들 사이에서도 정령술사가 있잖아. 그런데 어떻게 산으로 간 거야?"

난 혹시 엘프들에게서 느껴지는 정령 기운은 사람들에게서 느껴지는 것과 다른 건가 하고 그걸 느끼는 세이몬이 대단하게 느껴져 경이로운 눈으로 그를 바라보자 그는 별 대수롭지 않다는 듯 대답해 줬다.

"그거야… 전에 류미르가 엘프들은 산속에서 산다고 했잖아. 그래서 산들만 찾아다녔지."

"에? 그런… 거야?"

내가 실망해서 그러자 의아한 눈으로 세이몬이 날 바라봤다.

"응, 그런 거야. 그럼 뭘 바랬는데?"

"하하하, 암 것도 아냐. 아, 그건 그렇고… 류미르, 그 엘리사라는 애 안 쫓아올까? 네가 도망쳤다는 걸 알면 가만 안 있을 것 같은데?"

나는 얼른 류미르 쪽으로 화제를 돌렸다. 그러자 류미르는 끄떡없다는 표정으로 자신만만하게 대꾸했다.

"아아, 괜찮아. 그앤 성년식을 치를 때까지 마을에서 못 나올걸? 내가 가출한 뒤로 또 가출하는 애들이 생길까 봐 마을 규칙과 감시망이 철저해졌거든. 그러니 40년은 까딱없어."

"그 뒤가 문제겠네."

"하하하, 뭐 어떻게든 되겠지."

"무책임하군."

내가 콕 찝어서 말하자 류미르는 그냥 웃어넘기려 했다.

"하하하……."

"아, 그건 그렇고, 아린?"

세이몬이 갑자기 생각났다는 듯이 물어왔다.

"응? 왜, 세이몬?"

"어제 그 사람 누구야? 왜 너 죽이려고 했던, 대단하기도 하고 이상한 마나를 가지고 있던 사람 말야."

류미르가 그 얘긴 안 한 듯했다. 그래서 나는 그 이야기를 세이몬에게 해줄까 고민하다가 다시 설명하기 귀찮아서 슬쩍 넘기기로 했다.

"아아, 날 죽이고 싶어하는 사람이야."

"뭐? 아니, 왜 아린을 죽이려고 해?"

세이몬은 무척이나 놀랐는지 목소리가 높아졌다.

"그게… 내가 그 사람을 죽이려고 하거든."

말을 안 해줘서 미안하기도 하고 해서 어색하게 웃으며 말하자 세이몬이 진지한 표정을 지었다.

"음… 아린이 죽이려고 하는 정도면 굉장히 나쁜 사람이구나? 알았어. 나도 아린을 도와줄게. 그 사람 무지 강하니까 아린 혼자선 힘들 거야."

내가 죽이려 한다는 것 하나로 나를 믿어주고 '그 존재'를 나쁜 사람으로 단정하는 세이몬에게 놀랍기도 하고 너무 고마웠다.

"고마워, 세이몬."

그러자 세이몬은 쑥스럽다는 듯이 얼굴을 살짝 붉히며 웃었다.

"헤헤헤, 뭘 이런 걸 가지고… 우린 친구잖아?"

"그래, 친구지… 난 네가 친구라는 게 무척 기쁘다."

내가 진심으로 웃자 세이몬의 표정이 더욱 밝아졌다.

"응. 나도 그래, 아린."

"어이? 왜 나만 따시키냐? 나도 여기 있다고."

어쩌다가 따가 되어버린 류미르가 뿌루퉁하니 끼어들었다.

다음날, 슬슬 출발하려고 준비하고 있는 나에게 전갈이 왔다. 루실이 보낸 것인데 출발하기 전에 시간이 있으면 잠깐 들러달라는 거였다.

뭐, 특별히 준비하는 데 시간이 많이 걸리는 것도 아니고 어려울 것도 없었기에 나는 전갈을 받자마자 곧바로 준비하고 왕성으로 갔다.

엄밀히 말하면 왕녀가 머물고 있는 태자궁이었지만.

"어서 오십시오, 플레이저 자작님. 이렇게 자작님을 모시게 되어 무한한 영광입니다."

내가 태자궁에 도착하여 마차에서 내리자마자 드럼통보다도 더 허리 둘레가 클 것 같은 시종장이 과장되게 허리를 숙였다. 그렇게 살이 많은데도 허리가 90도까지 꺾일 수 있다는 사실을 경이롭게 바라보면서 고개를 끄덕이자 그가 허리를 폈다.

덕분에 그의 얼굴을 정면에서 볼 수 있었는데 딱 보자마자 눈에 들어온 것은 무지 두툼하고 커다란 그의 입술이었다.

그리고 생각나는 것은…

'메기 입!!'

굴곡이 없이 완전 똑같은 두께로 입을 감싼 입술이 옆으로 쫘악 벌어졌다.

"저로 말씀드릴 것 같으면 이 태자궁을 파라다이스처럼 만들기 위해 밤낮으로 노심초사하고 있는 시종장 파라다이스라고 합니다."

"만나서… 반가워요, 파라다이스……."

'웃긴 넘… 언니도 참 희한한 녀석을 데리고 있군.'

"왕녀님께서 기다리고 계십니다. 제가 안내해 드릴 테니 따라오시지요."

"그러죠. 부탁해요."

자신을 파라다이스라 소개한 시종장은 그 커다란 몸집에 어울리지 않게 너무나도 가벼이 몸을 돌려 사뿐사뿐 걸어가기 시작했다.

'하. 하. 하… 대단한 능력이군. 저것이 바로 무협지에서 많이 나오는 허공답보일 거야.'

"왕녀님, 플레이저 자작께서 오셨습니다."

시종장이 커다란 문 앞에서 안을 향하여 외치자 곧 익숙한 루실의 목소리가 들렸다.

"어서 모셔라."

안은 커다란 응접실이었다.

아마 루실의 취향인 듯 커다란 창문에 달린 레이스 커튼이나 루실이 앉아 있다가 막 일어난 커다란 소파는 모두 베이지 색 천으로 이루어져 있었다. 게다가 그곳을 장식하고 있는 장식장이나 탁자 등은 금박 무늬가 새겨져 있는 하얀 대리석이었다.

덕분에 응접실은 깔끔함과 함께 우아함을 보여주고 있었다.

"오랜만이야, 아린."

루실이 방긋 웃으며 나를 맞았다.

"여전히 예쁘네요, 언니. 안녕하셨습니까, 대공 저하?"

루실 옆에 같이 있던 에릭에게 살짝 고개를 숙였다.

"다시 만나 반갑습니다, 플레이저 자작."

"자자, 이렇게 서 있지 말고 앉도록 해. 파라다이스, 여기 차 좀 가져다 줘."

"알겠습니다, 왕녀님."

파라다이스라 불린 시종은 약간 과장된 몸짓으로 정중히 절을 한 뒤 나가 버렸다. 그가 나간 문을 바라보며 나는 약간 황당함이 깃든 어조로 입을 열었다.

"언니는 재미있는 사람을 시종장으로 데리고 있네? 약간 황당하기는 하지만 심심하지는 않겠어."

"호호호, 좀 과장이 심하지? 약간 아부가 심하고 욕심이 많긴 하지만 일 처리는 확실한 사람이야. 그건 그렇고 아린, 이번에 크게 다쳤다며? 몸은 좀 어때?"

그제야 나는 루실을 바라보며 싱긋 웃었다.

"헤에… 벌써 이야기를 들었나 보지? 괜찮아. 워낙 건강 체질이라서 좀 누워 있었더니 멀쩡해졌어."

"이번에도 큰 공을 세우셨군요."

"별말씀을요, 대공 저하. 그게 제 임무인데요."

"그래도 수고했어. 이번에는 너 혼자서 나섰다며? 그 레드포드 자작은 가만있고."

"뭐, 그렇게 됐어. 그래도 이번에 내 친구들이 와서 도와줘서 무사히 끝낼 수 있었지, 그렇지 않았으면 나도 정말 큰일 날 뻔했지 뭐야."

"아아, 그 갑자기 나타났다는… 마검을 가진 검사와 엘프 말이구나?"

"응, 알고 있네? 그애들이 전에 여행을 잠깐 같이 다녔던 친구들인데 이번에 우연찮게 만났어. 다행히도 이번 일을 그애들이 도와준대."

이곳에서도 정보의 전달이 제법 빠르구나 하는 생각에 감탄하면서 고개를 끄덕이자 루실은 진심으로 방긋 웃었다.

"잘됐구나."

"응, 덕분에 한시름 놓게 되었어. 솔직히 지금 팀으로는 안심이 안 되었었거든."

"그럼 이번에 같이 가겠군요?"

"예, 그렇게 하기로 이야기가 되었습니다."

이렇게 내가 루실 부부와 같이 이야기를 나누고 있는데 갑자기 문이 '쾅!' 소리와 함께 거칠게 열렸다.

놀란 우리가 문을 향해 시선을 돌리자 그곳에서는 서슬이 시퍼런 자카르가 검을 빼어 들어 파라다이스를 겨눈 채 서 있었다.

"자벨리안 경? 무슨 일입니까?"

자카르의 태도가 심상치 않다는 것을 안 에릭이 자리에서 일어나 그에게 걸어가며 물었지만, 자카르는 그에 대한 대꾸는 하지 않고 살벌한 목소리로 시종장에게 명령했다.

"들어가라."

파라다이스 시종장은 새파랗게 질려 벌벌 떨면서 응접실 안으로 들어왔고, 그가 다 들어오자 자카르는 응접실의 문을 꼭 닫으며 안으로 들어왔다.

"어떻게 된 겁니까?"

에릭이 자카르와 시종장을 번갈아 쳐다보며 다시 한 번 묻자 이번에는 자카르가 제대로 대답해 주었다.

"이자가 문 곁에 서서 엿듣고 있었습니다."

그러면서 다시 한 번 시종장을 노려보자 시종장은 이번에는 하얗게 질리더니 루실에게 와서 매달렸다.

"왕녀님, 아닙니다. 오해십니다. 저는 단지 시녀가 다과를 가지고 오길 기다리고 있으면서 그전에 혹시 왕녀님께서 시키실 일이 있을까 봐 문 앞을 지키고 있었던 겁니다. 제발 믿어주십시오. 제가 그동안 왕녀님께 얼마나 충성을 했는지 잘 아시지 않습니까?"
 그러자 가당치 않다는 표정으로 자카르가 물었다.
 "거짓말하지 마라. 그렇다면 왜 문에 귀를 대고 있었던 거지?"
 "전 단지 저를 부르실 때 잘 들리지 않을까 봐 그랬던 겁니다. 제가 요즘 청력이 낮아졌거든요."
 거짓말이 뻔한 변명을 정말 사실을 말한다는 듯한 표정으로 천연덕스럽게 말하는 시종장을 경멸스런 표정으로 바라보며 자카르가 다시 한 번 추궁했다.
 "흥, 그렇다면 계속 그렇고 있을 것이지 갑자기 문에서 귀를 뗀 다음 주위를 살피고 어디론가 가려고 했던 것은 뭐지? 네 녀석은 그러다가 나와 눈이 마주쳤지 않느냐?"
 파라다이스 시종장은 두 팔까지 내저으면서 고개를 저었다.
 "오해십니다, 자카르 경. 오해세요. 전 시녀가 너무 늦게까지 오지 않아 왜 안 오나 하고 알아보려 했던 겁니다. 믿어……."
 그러나 그는 말을 끝까지 다 할 수가 없었다.
 루실이 자리에서 일어나 하이힐을 신은 발로 있는 힘껏 그의 턱을 걷어찼기 때문이었다.
 퍼억—
 "우객~!!"
 독특한 비명을 지르면서 시종장은 옆으로 넘어지더니, 아마 입 안을 깨문 듯 피가 나고 걷어차여 벌겋게 부풀어 오르는 턱을 부여잡고는 끙끙거리며 일어났다.
 "아이오오… 아이오오오……."
 아마 혀를 깨문 듯 그는 제대로 말을 하지도 못했다. 그러나 루실은 그런 모습을 가증스럽다는 듯이 쳐다보며 날카롭게 말했다.

"네 녀석이 그랬단 말이지? 그래, 도대체 누구에게 엿들은 것을 말하려고 했던 거지? 대답해!!"

"우어, 우어, 우어어……"

시종장은 턱을 부여잡고 나오지도 않는 말을 열심히 내뱉으며 고개만 도리도리 저을 뿐이었다. 그러자 루실의 눈이 더욱더 차가워졌다.

"죽고 싶으냐?"

"우어어어… 우어어어어……"

"이, 이 녀석이 그래도—!!"

루실의 눈에서 불이 번쩍인다 싶더니만 다시 루실의 발이 올라갔다. 그러자 사색이 된 시종장은 재빨리 땅에 엎드려 버렸고, 그런 그를 발로 차지 못하게 된 루실은 그의 등을 하이힐로 짓밟아 버렸다.

"꾸에에엑~!!"

에릭 대공과 자카르는 그 모습에 식은땀을 흘렸고 나는 그 모습을 정말 재미있게 보고 있었다.

"당장 불어!!"

"우어어어……"

"죽여 버리겠어!!"

루실의 눈에서 살기가 뿜어져 나오면서 등을 짓밟던 발이 방향을 바꿔 여전히 실토하지 않고 있는 시종장의 옆구리를 하이힐의 뒷굽으로 찍어버렸다.

"꾸오오오~!!"

그것으로도 루실은 분이 안 풀리는지 몇 번이나 시종장의 옆구리를 걷어찼다.

어느 정도 루실의 화가 풀어지기를 기다렸지만, 루실의 화는 풀어질 기미가 안 보였고 실토도 못하고 분풀이만 되다 이 세상을 하직할 것만 같은 시종장을 가엾게 여긴 나는 루실을 불렀다.

"저기, 언니?"

"응?"

루실은 여전히 시종장의 등에 발을 올린 채 나에게 대답했다.

"그 사람 실토도 하기 전에 죽을 것 같은데?"

"어쩔 수 없지. 자기 운명이려니 하겠지."

어지간히 화가 났는지 루실은 딱 잘라 거절한 채로 그를 팰 의지를 팍팍 드러내었다. 그런 그녀의 모습에 나는 싱긋 웃으며 은근한 어조로 입을 열었다.

"음… 나에게 실토하게 할 좋은 방법이 있는데… 그냥 하지 말까?"

그제야 루실은 나를 돌아보더니 슬그머니 발을 내렸다.

"그래? 그럼 아린이 실토시켜 줘."

"기꺼이."

나는 자리에서 일어나 생글생글 웃으며 파라다이스에게 다가갔다. 그러자 시종장은 불안한 눈으로 나를 올려다보며 몸을 부르르 떨었다.

"어머, 너무 그렇게 겁먹지 말아요. 난 당신을 괴롭히고 싶은 마음은 없거든요. 흠, 이런… 입에서 피가 나네? 그럼 말을 하고 싶어도 할 수가 없겠죠? 힐링!"

내가 그의 입가에 대고 주문을 외우자 곧 내 손에서 나온 하얀 빛이 그의 입속으로 스며 들어갔다.

"어때요? 좀 괜찮아요?"

그러자 그가 넙죽 나에게 엎드렸다.

"감사합니다, 자작님. 자작님께선 저의 결백을 믿어주시는군요."

"물론이죠. 단지 문제가 있다면 당신의 충성을 받는 자가 언니가 아니라는 점이지만."

시종장의 몸이 움찔하더니 서서히 고개가 올라와 불안한 눈이 나를 바라보았다.

"자, 자작님?"

그런 그에게 나는 생긋 웃어 보이고는 나와 같이 와서 지금까지 내 뒤에 서 있었던 알렌과 흄을 바라보았다.

"알렌, 흄, 이 탁자 좀 치워주겠어요? 언니, 괜찮죠?"

루실이 의아한 표정이었지만 허락한다는 뜻으로 고개를 끄덕이자 마찬가지로 의아한 표정을 짓고 있던 알렌과 흄이 내 옆에 있던 탁자를 멀리 치웠다.

그러자 탁자가 있던 자리에는 빈 공간이 생겨났고, 나는 그 자리를 바라보며 회심의 미소를 지었다.

'이미지 형상!'

그리고 겉으로는 진지한 어투로 중얼중얼거렸다.

"타오르는 마계 지옥의 업화 속에서 살아가는 사악한 마물들이여, 이제 내가 명하노니 너희들의 모습을 드러내라!"

물론 이런 주문이 있는 건 아니다. 단지 난 효과를 높이기 위하여 생각나는 대로 아무렇게나 가져다 붙인 것일 뿐이었다.

하지만 사람들은 탁자를 치운 빈 공간 바닥에 점차 검은 연기가 보글보글 솟아올라 깔리고 그 검은 연기들이 모여 둥글고 어두운 터널을 만들어내자 그것이 단지 환상인 줄 모르고 긴장된 표정으로 침을 꿀꺽 삼켰다.
 그들은 아마도 진짜 차원의 통로가 열려 마계가 보이는 것이리라 생각할 것이다.
 잠시 후 그 안에는 예전에 내가 영화 속에서만 봤던 에어리언들과 티라노 사우르스, 삼엽충 등이 서서히 모습을 드러내기 시작했다.
 물론 겉으로 나오지는 않았다. 하지만 희미한 빛에 거의 형상만 보이는 그 모습과 음울한 배경에 주위 사람들의 소름을 돋게 하고 등골이 쭈뼛하게 만들기에는 충분했다.
 그리고 음향 효과로 기이한 울음소리까지 퍼지기 시작했다.
 끼익, 끼익…
 키아아아악~
 시종장을 돌아보니 그의 이마에는 식은땀이 송골송골 맺혀 있었고 손은 눈에 보일 정도로 크게 덜덜 떨고 있었다.
 아마도 처음 보는 것들이겠지.
 "꿀꺽~"
 긴장된 표정으로 침까지 삼키는 그를 나는 다정하게 바라보았다.
 "어머나, 그렇게 걱정할 것 없어요. 당신이 진실만 말해 준다면 난 당신을 저 속으로 밀어넣는 아주 잔인하고 몰인정한 짓은 하지 않을 테니까."
 '밀어봤자 응접실 바닥에 코가 깨질 뿐일 텐데……'
 "꿀꺽~"
 다시 한 번 시종장이 침을 삼켰다.
 나는 회심의 미소를 지으며 계속 입을 열었다.

"뭐, 밑으로 내려가 봤자 별일이야 있겠어요? 최악의 상황이래 봤자 죽.는.것.일 테고 잘만 살아남는다면 당신은 아마 최초로 마계에서 살아난 사람이 되겠지요?"

"저, 저……."

시종장의 입이 열렸다.

"예? 뭔가 하실 말씀이라도?"

내가 너그럽게 묻자 시종장이 바닥에 넙죽 엎드렸다.

"죽을죄를 지었나이다, 왕녀님. 저는 정말 하고 싶지 않았는데 국왕 폐하께서 엄명을 내리셔서 정말 어쩔 수 없이… 제발 저를 불쌍히 여기사 목숨만은……."

그러자 루실은 더 이상 들을 것도 없다는 듯이 자카르에게 말했다.

"자벨리안 경, 저 자식은 당신 손에 맡기도록 하죠."

자카르는 뭔가 생각하는 듯한 표정을 짓더니 입을 열었다.

"제 손에서 처리하는 것보다는 저 안으로 밀어넣는 게 어떻겠습니까?"

"히익!"

시종장이 헛바람을 삼켰다.

그래서 나는 그에게 정말 미안하다는 미소를 지어 보였다.

"괜찮아요, 파라다이스. 그러지는 않을 테니까……."

그리고는 자리에서 일어나 어두운 터널 위로 한 발짝을 내디디자 모든 이들이 놀라서 눈이 뚱그레졌다.

"무, 무슨?"

"아가씨!!"

"아린!!"

"자작님!!"

그러나 내 발이 그곳에 닿자마자 공간은 검은 연기와 함께 스르르 사라져 버렸다.

"후후후, 환상일 뿐이니 너무 걱정하지 마."

그 뒤로 넋이 나간 것만 같이 허망함과 황당함이 어려 있는 얼굴을 한 그 자칭 파라다이스 시종장은 무지 차가운 표정의 자카르에게 끌려서 응접실을 나갔다.

그가 어디로 가서 어떻게 되었는지는 아마 당사자와 자카르, 그리고 신만이 아실 것이었다.

"아참, 깜빡 잊을 뻔했는데……"

내가 집으로 돌아갈 때 배웅하러 나온 루실이 그제야 생각났다는 듯이 말했다.

"응? 왜?"

"이번에 네가 가는 곳이 말이지, 자벨리안 경 집안의 영지야. 그래서 너희 팀을 자벨리안 경이 안내하기로 했어."

"아, 그래? 그럼 우리랑 같이 가는 거야?"

"응, 공식적인 공지가 지금쯤이면 내려졌을 거야. 그도 실력이 뛰어난 기사니까 너에게 도움이 될 거야. 그럼, 이번에도 잘 다녀와."

"응, 갔다 와서 봐."

제18화
왜들 그러지?

왜들 그러지?

어라, 난생처음으로 입술을 빼앗기다!!

슬슬 가을이 다가오고 있는 어느 날의 아침이었다.
쌀쌀해진 공기가 상쾌하게 느껴지는 아빠 저택 앞마당에는 일명 '살인마 퇴치 결사대!'—이 이름을 누가 붙였는지 정말 작명 센스 하나는 꽝이다—가 모였다.
—지휘자는 애쉬 레드포드 자작.
쳇, 이건 분명히 녀석이 남자라고 국왕이 지휘자로 갖다 붙인 걸 거다. 하지만 난 녀석의 지시에 따를 마음이 조금도 없으니까.
—그리고 부지휘자 아시리안 플레이저 자작.
흥! 이다.
—대원은 마법사 용병인 스와카, 전사 용병인 반담, 레드포드가의 견습 기사이자 뛰어난 정령술사인 아트란 마한드라, 엘라이어드의 꼬맹이 신관 사르하, 내 경호원이랍시고 따라붙은 흄, 그리고 마지막에 합류하게 된 우리의 호프(?) 류미르와 세이몬, 안내원이

자 이번 목적지 영주의 후계자 자카르 폰 자벨리안까지 모두 10명이었다.

원래는 알렌도 끼어들려고 했었는데 인원이 너무 많다는 핑계로 남게 했다.

뭐, 브랜이 빠진 것만 해도 감사할 일이었지만.

"그럼 이번에도 잘 처리하고 오너라."

"그러죠."

아빠의 인사를 마지막으로 우리는 말을 몰아 출발했다.

앞장은 스와카와 반담이 섰다. 그들이야말로 여행의 경험이 가장 많고 길 또한 잘 알고 있었으니 당연한 일이었다.

우리가 지금 가는 자벨리안 영지는 바이투 산맥과 바다가 닿아 있는 곳이었다.

자카르가 설명해 준 건 아니고 아빠가 출발하기 전에 잠깐 지도를 보면서 설명해 준 건데, 바이투 산맥 앞에는 바다로 흘러 들어가는 제법 큰 강이 흐르고 있어 배산임수의 전형적인 지리를 가지고 있다고 했다.

거기에 보통 바다와 강이 만나는 곳 주위의 땅은 엄청난 옥토라는 사실을 입증이라도 하듯 그곳 땅도 기름져서 농사가 그냥으로도 엄청 잘 되는데 그 옆에 있는 바다는 난류의 영향권 안에 있고, 북쪽에서 불어오는 찬바람은 산맥이 막아주고 있어서 날씨 또한 매우 따뜻해서 소르드 왕국에서는 흔치 않은 1년에 두 번 농사를 짓는 곳이라고 했다.

그리고 바다가 바로 옆이니 바다에서 얻을 수 있는 이득까지 두루 갖춘 일명 노른자라고 불리는 영지였다.

'웅… 여름에 가면 해수욕하기 딱이겠는데… 지금은 가을이니 바다에 들어가기에는 넘 춥겠지? 에이, 아깝다. 앗, 글고 보니 여름에 간다구 해도 수영복이 없잖아? 에잉… 이곳은 해수욕 같은 건 모르겠지? 쳇쳇, 좋다 말았네.'

 나도 모르게 인상을 찌푸리고 있었나 보다.

 옆에서 말을 몰고 가던 류미르가 슬쩍 자신의 말을 내 말 가까이 붙이더니 속삭였다.

 "걱정돼?"

 "응?"

 갑자기 무슨 소리인가 해서 그를 쳐다보자 그가 다시 말했다.

 "걱정되냐구. 하긴, 걱정되지 않으면 그게 이상한 거겠지? 그 사람… 아, 사람이 아니지? 어쨌든 그 존재, 너를 죽이려고 하잖아. 이제까지는 그냥 '방해자'를 보는 듯한 표정이었는데… 네가 죽이려 한다는 걸 안 걸까?"

 "알겠지. 그러니까 이번에 날 찾아온 거 아니겠어?"

 시큰둥하니 대꾸하자 류미르가 약간 놀란 얼굴로 물었다.

 "의외로 담담하다? 괜찮은 거냐?"

 "그냥 포기했다고 생각해 줘. 지금 내가 아무리 머리 굴리며 고민해 봐야 딴 방법이 나오는 것도 아니고, 괴로워해 봤자 나만 손해 아니냐?"

 류미르가 이제는 황당하다는 얼굴로 나를 바라보았다.

 "흠… 원래 너희 종족은 다 그런 거냐?"

 "몰라. 내 경우는 무척 드문 일이라서. 어쨌든 지금 고민하지 말구 그때 가서 생각하기로 했어."

 "그래그래. 뭐, 그게 더 좋을지도 모르겠다."

 "뭐가 더 좋은데?"

비어 있던 내 옆에 시커먼 그림자가 생기는가 싶더니 부루퉁한 얼굴의 세이몬이 끼어들었다. 아마 둘만 속닥속닥하고 있으니까 심통이 난 듯했다.

"이봐, 세이몬. 너두 이제 다 컸으니 그 어린애처럼 삐친 표정은 짓지 마라. 안 어울려. 예전에야 그나마 어렸으니까 어울리기라도 했지, 그게 뭐냐?"

류미르는 말을 돌리려는 듯 괜히 세이몬의 표정을 트집 잡았다.

"류미르, 너야말로 그 잔소리 좀 집어치우는 게 어때?"

류미르의 말이 정곡을 찔렀는지 세이몬이 얼른 심통난 표정을 지우고 싸늘하게 류미르를 노려보았다.

"아직 젊은 녀석이 말이야, 다 늙은 노인네처럼 이것저것 트집 잡고 잔소리하는 게 힘들지도 않냐? 너처럼 다 참견하고 다니려면 되게 바쁠 거다."

"뭐? 야, 내가 참견 안 하고 싶어도 네가 참견하게 만들잖아!"

"내가 뭘 어쨌다고 그래? 괜히 별 시시껄렁한 것까지 다 트집 잡는 건 바로 너라구."

"별 시시껄렁한 것? 네가 나이에 걸맞지 않게 어린애처럼 군 것 좀 지적해 줬더니 시시껄렁한 것으로 치부하냐? 그럼 넌 그렇게 애처럼 살아라."

"누가 애처럼 산대?"

"애들아~ 너희들, 툭 하면 싸우는 거 하~ 나도 안 변했구나? 이거 보면 누가 너희들을 다 컸다고 생각하겠니? 아직까지도 유치찬란하게 싸우다니 말야. 세월이 헛갔구만… 암, 암, 헛갔어."

둘 사이에 끼어서 본의 아니게 싸우는 것을 구경해야 했던 내가 참지 못하고 둘을 중재할 겸 끼어들자, 두 녀석은 약속이라도 한 것처럼 황당하다는 표정으로 나를 바라보았다.

"엥? 왜 그래? 내 얼굴에 뭐라도 묻었어?"

"아니, 아린, 난 우리는 변했어도 넌 하나도 안 변했다고 생각했는데……."

류미르가 처음으로 입을 열고 말끝을 흐리자 그 뒤를 세이몬이 받았다.

"너, 되게 변했다? 그게 뭐냐? 애 늙으니 같은 말투는… 꼭 할아버지 같아."

할.아.버.지이이이~?

"시꺼, 이것들아. 너그들이 애처럼 구니까 내가 늙어 보이는 거잖아? 빨리 저리로 갓!"

라고 말함과 동시에 양발을 들어 양 옆에 있던 녀석들의 말 배를 뻥 차주었다.

"우아아악! 이게 무슨 짓이야?!"

"아리이이인~!!"

놀란 말들이 펄쩍펄쩍 뛰자 세이몬과 류미르가 재빨리 고삐를 부여잡으며 비명을 질렀다.

일행들이 황당하다는 눈으로 나를 바라보는 게 느껴졌지만 콧방귀 하나로 무시해 버렸다.

"흥!!"

며칠 동안 아무 일 없이 우리는 무작정 달리기만 했다.

그리고 그러는 동안 우리 일행은 자연스럽게 몇 개의 그룹으로 나뉘고 말았다.

우선은 일명 아린파!!

내 곁에서 항상 붙어 다니며 떠들어대는 녀석들과 나로 이루어진 그룹이었다.

물론 나랑 류미르랑 세이몬이었지만.

우리 셋의 결속이 너무나 강한 나머지 아무도 우리 사이로 끼어들 생각도 엄두도 내지 못하여 항상 우리 셋만 따로이 놀았다.

그리고 유쾌한 집단!!

항상 일행들을 모두 챙기면서 필요할 때는 분위기도 띄우고 중재도 하는, 그러나 평소에는 자기네끼리 즐겁게 떠드는 집단이었다.

스와카와 반담, 그리고 날 따라온 흄과 의외로 자카르가 그 집단 멤버였다.

그리고 꼬맹이 집단!!

나이 또래가 같고 저번 여행으로 많이 친해진 두 꼬맹이들이 그룹 멤버의 전부인 집단으로, 이 집단은 자주 유쾌한 집단에 끼어서 같이 놀곤 했다.

마지막으로 따 집단.

어느 집단에도 끼지 않고 혼자 노는 따 녀석.

바로 애쉬였다.

생각해 보니 전에 여행을 갈 때도 항상 브랜 옆에서 그만 챙겼지 누구와 특별히 어울린 적은 없는 것 같았다. 항상 예의 무뚝뚝한 얼굴로 필요한 말 외에는 항상 입을 다물고 있었지만 워낙 튀는 존재였기에 항상 인식이 되는 존재였다.

그러나 혼자 논다고 해도 애도 아니고 해서 어느 누구도 녀석을 특별히 신경 쓰지 않았다.

원래 저러려니 하는 분위기랄까?

그리고 그렇게 확연히 구분이 되었을 즈음에 드디어 노숙이 시작되었다.

뭐, 다들 노숙 경험자들이었으므로 일행은 아무런 걱정 없이 노숙을 할 수 있었고 모두 다 능력있는 사람들(?)이다 보니 하루에 3명씩 이틀에 한 번 꼴로 불침번을 서는 괜찮은 상황까지 연출하게 되었다.

물론 나와 꼬맹이 그룹, 그리고 스와카는 서지 않았다.

체격 좋은 검사들이 6명이나 있는데 애들하고 체력이 빵점인 마법사가 왜 서겠는가?

단지 스와카는 매일 저녁 우리가 노숙하는 주변에 결계를 치는 것으로 자신의 의무를 다했다.

나는… 원래 애쉬 녀석이 나도 불침번으로 세우려 했었다.

그러나 워낙 내 지지자가 많다 보니…

세이몬 왈.

"왜 아린까지 서야 하는데?"

류미르도.

"우리만으로도 충분하다고 생각합니다만?"

기특한 흄.

"아가씨 대신 제가 서지요."

꼬맹이 신관까지…

"어머나, 숙녀보고 불침번을 서라고 하시다니 매정하시군요. 불면은 미용의 적이라고요."

캬캬캬…….

그래서 나도 빠지게 되었다.

기특한 것들.

류미르와 세이몬, 흄은 당연한 거였고, 사르하에게는 나중에 예쁜 목걸이라도 하나 선물해야겠다.

그렇게 지내던 어느 날이었다.

그날도 노숙을 하기 위하여 자리를 잡았고 저녁을 먹은 뒤 불침번을 제외한 나머지 사람들은 내일을 위하여 잠자리에 들었다. 그런데 나는 밤에 잘 자다가 갑자기 정신이 맑아지더니 잠이 깨 버렸다.

슬며시 눈을 떠보니 내 옆에서 잘만 자고 있는 사르하의 얼굴이 보였고 시선을 돌리니 조금 떨어진 곳에서 모닥불을 지키고 있는 자카르의 모습이 보였다.

'흐음… 지금은 자카르 차례인가 보네.'

자세가 불편하여 잠이 깬 건가 싶어 몸을 바로 뉘었더니 곧바로 하늘이 보였다.

널따란 들판에 근처에 있는 모닥불 외에는 아무런 빛도 없는데다가 새벽 시간이라서 그런지 별들이 유난히 뚜렷하게 보였다.

마치 나에게로 별들이 쏟아질 것만 같달까?

그런데 운이 좋게도 밤하늘을 가르며 떨어지는 별똥별 무리들이 보였다.

"헤에……."

나도 모르게 몸을 일으켜 앉자 내 기척을 느꼈는지 자카르가 낮게 속삭였다.

"별똥별이 다 떨어지기 전까지 소원을 5번 말하면 그게 이루어진다죠?"

시선을 돌려보니 그도 별똥별을 보고 있는 듯 고개를 치켜들고 있었다.

"그래요?"

'헤에… 여기에도 그런 말이 돌다니, 사람 사는 데는 다 비슷한가 보네.'

나는 더 이상 잠도 올 것 같지 않아 슬며시 자리에서 일어나 그의 옆으로 가서 앉았다.

"아, 또 떨어지는군요."

내가 옆에 앉아도 계속해서 하늘을 향해 시선을 고정하고 있던 그가 말했다.

"소원 빌었어요?"

하늘을 쳐다보고 있는 그의 옆얼굴을 바라보며 묻자 그제야 그가 시선을 내려 나를 바라보았다.

"예, 그런데 성공은 못했군요. 자작님은 어떠세요?"

"자작은 무슨… 그냥 다른 사람들처럼 이름 불러요."

"그럴까요? 그럼 아시리안님도 제 이름을 불러주실래요?"

"그러죠, 자카르님."

내가 생긋 웃자 그도 마주 웃어주더니 곧 모닥불 쪽으로 시선을 돌렸다.

"아, 지금 생각난 건데, 그 사람 어떻게 했어요? 당신한테 들킨 그 파라다이스라고 하던 시종 말예요."

그러자 자카르는 생각할 것도 없다는 듯이 곧바로 입을 열었다.

"그 자식은 처음에 힘 닿는 데까지 신나게 패주다가 좀 쉰 다음 다시 비 오는 날 먼지 날 때까지 패준 다음 한 대 더 때리고 어디까지 국왕에게 일러바쳤는지 알아내려고 고문을……"

거기까지 말한 다음 자카르는 나를 힐끔 보더니 피식 웃었다.

"할까 했지만… 뭐, 폐하께 알려져서 곤란한 점 같은 건 없었으니 고문할 필요성을 못 느껴서 그냥 키메라 연구하는 흑마법 길드에 넘길……."
 또 말끝을 흐리길래 내가 선수쳤다.
 "까 하다가 안 넘겼죠?"
 자카르가 풋 웃었다.
 "잘 아시는군요. 그냥 자비를 베푸는 마음으로 곱게 죽여줬습니다. 생각 같아서는 손톱 하나하나 뽑아준 다음 발톱도 뽑아주고 그 다음에 손가락과 발가락을 하나씩 잘라주고 그 많은 살들 좀 회 떠주려고 했는데……."
 생긴 것 답지 않게 잔인한 말을 술술 내뱉자 나는 조금 놀랐다.
 "원래 고문을 좋아하시나요, 아니면 화가 많이 나서 있는 고문 없는 고문 다 생각하신 건가요?"
 그러자 자카르가 '역시나…' 하는 표정으로 나를 바라보았다.
 "제가 겉보기로는 고문 같은 건 절대적으로 싫어하는 정의의 용사로 보이시나 보죠?"
 자조가 섞인 미소를 지으며 말하는 걸 보니 많이 겪어본 일인가 보다. 나는 속으로 찔끔해서는 어색하게 그냥 웃었다.
 "하하하, 뭐 그런 인상을 안 받았다고 하면 거짓말이겠죠?"
 "저도 제가 어떻게 생겼는지는 알고 있으니까요. 뭐, 저도 남을 괴롭히는 건 별로 좋아하지 않습니다. 다만, 글쎄요… 정치판에 슬쩍 발을 담그고 있다 보니 가끔은 고문을 해주고 싶은 사람들이 생기더군요. 안타깝게도 아직 한 번도 해보지 못했지만 말입니다."
 "그 시종장 같은 사람?"
 "그렇죠. 정치판이라는 게 겉으로는 웃으면서 얼마든지 뒤통수 칠 수 있는 세계이긴 합니다만… 그게 좋을 리는 없잖아요."

'역시나… 사람 사는 곳은 다 같다니까.'

자카르의 말은 계속 이어졌다.

"더욱이 제 주군을 배반하는 작자들이라면… 더욱더 용서할 수 없죠."

"주군이라면… 루실 언니?"

"당연한 거 아닙니까? 전 왕녀님의 근위대 대장인걸요."

그렇게 말하는 자카르의 얼굴에는 자부심이 가득했다.

"궁금한 게 있는데, 근위대는 자신이 지킬 왕족을 마음대로 선택할 수 있나요?"

"그렇죠. 하지만 왕족의 마음에도 들어야 해요. 기사도 원하고 주군 되실 분도 허락하셔야만 근위대에 책봉되는 거죠."

"그래요? 그럼 당신은 루실 언니를 처음부터 존경해서 언니의 근위대로 들어간 거군요?"

그러자 자카르는 자조적으로 피식 웃었다.

"아닙니다. 그렇지는 않았어요."

"에?"

그는 내가 놀라자 그럴 줄 알았다는 듯 웃었다.

"후후후, 그건 제가 아직도 후회하는 부분이죠. 제가 왕녀님의 근위대가 된 이유는 참으로 황당하죠. 레드포드 자작과 제가 같은 기사 학교 출신인 것 아세요?"

"그랬어요? 몰랐네?"

"같은 학교 출신에 같은 년도에 졸업했죠. 녀석은 수석으로, 저는 차석으로 졸업했어요. 그리고 가장 짧은 기간의 견습 기사 생활을 마치고 동시에 왕실 기사단으로 들어갔죠. 그리고 2년 간의 생활 동안 레드포드 자작은 국왕 폐하의 눈에 띄었죠. 덕분에 폐하께서는 직접 그를 왕자님의 근위대 기사로 지명하셨어요. 뭐, 나중에 알고 봤더니 왕자님과 이미 안면이 있었던 사이라 왕자님께서 청탁을 넣은 것이었지만 말예요."

"레드포드 자작과는 라이벌 관계였겠군요. 그런데 국왕에게 레드포드 자작이 선택받아서 화가 났겠군요?"

"그런 것도 있지만… 저는 처음에는 왕자님의 근위대 기사가 되고 싶어했었거든요. 솔직히 말하면 왕녀님에 대해 제대로 알지 못하면서 여자라는 이유로 탐탁지 않게 생각했어요. 능력도 없으면서 욕심이 많아서 왕좌를 탐낸다고요. 아아, 그렇게 노려보지 마세요. 전 남성 우월 주의자도 아니고 지금은 왕녀님을 제 주군으로 생각하고 있으니까요."

하지만 나는 눈에서 힘을 빼지 않은 채로 그를 노려보면서 물었다.

"그럼 왜 그때는 그렇게 생각했었어요?"

"여자한테 무지 시달린 전적이 있거든요. 그래서 그때 당시에는 여자라면 진저리를 쳤죠."

"헤에, 그런데 왜 지금은 바람둥이가 된 거죠?"

"하하하, 벌써 알고 계시다니… 음… 뭐, 지금은 여자를 다루는 능력이 생겼고 즐길 줄 알게 되었기 때문이라고 해두죠. 하지만 그때는 저도 순수했답니다."

"안 믿기긴 하지만 믿어드리죠. 그래서요?"

"아, 제가 어디까지 말씀드렸죠? 그래요, 레드포드가 먼저 국왕께 발탁되어 왕자님의 근위대가 되자 저는 왕자님 근위대가 되길 포기해 버렸죠. 왕자님 근위대가 되어봤자 레드포드 자작이 있는 한 저는 항상 두 번째일 테니까요. 그런데 그때 아버지께서 왕녀님의 근위대가 되라고 권하셨죠."

"그래서 언니의 근위대가 된 건가요?"

"후후, 아까도 말씀드렸다시피 근위대가 될 수 있으려면 주군 되실 분의 허락이 있어야 하죠. 저는 아빠의 강권에 못 이겨 왕녀님 앞으로 나아가긴 했지만, 속으로는 탐탁지 않아서 왕녀님께 밉보여 떨어지려고 했죠."

"그런데 언니가 당신을 선택했어요?"

설마 하는 생각으로 묻는 나에게 자카르는 즐겁다는 표정으로 씨익 웃어 보였다.

"아뇨, 당연히 떨어졌죠. 왕녀님께서는 근위대 기사가 모자라신 것도 아니고, 현명하신 분이니 자신을 탐탁지 않게 여기는 자에게 근위대 직위를 주실 분이 아니잖아요."

"그럼 어떻게 근위대가 되었어요?"

의아해진 내가 묻자 자카르는 예전 생각을 하는 듯한 표정으로 대꾸했다.

"제가 다시 찾아가 무릎 꿇고 사정했죠. 근위대로 받아달라고."

"엥?"

이제는 황당하다는 표정으로 그를 바라보자 그가 피식 웃었다.

"저도 제가 그럴 줄은 몰랐죠. 하지만 저를 정말 냉정하게 내치실 때 보여주신 카리스마와 위엄은 저를 저절로 무릎 꿇게 만들더군요. 그때야 비로소 제가 왕녀님을 잘못 봤다는 깨달음과 함께 그분이야말로 제 주군이 되실 분이란 걸 알았죠. 그래서 다음날 다시 찾아가서 무릎 꿇고 사정했어요. 그러니까 그제야 받아주시더군요."

"헤에… 그런 일이 있었군요."

"예. 그런 일이 있었죠. 자, 그건 그렇고 이제 주무셔야죠? 시간이 너무 흘러갔어요. 잠시 후 움직이는데 졸면 안 되잖아요."
"괜찮아요. 잠이 싹 달아났어요."
"그래도 억지로라도 눈을 좀 붙이세요. 안 그러면 나중에 힘드실걸요?"
자카르가 싱긋 웃으며 위해주는 말을 하자 나는 되게 기분이 좋아져서 순순히 고개를 끄덕이고 내 자리로 갔다.
'헤에, 바람둥이들은 다 저럴까? 음… 그럼 아빠도? 나중에 한 번 물어봐야지.'
그날 밤 그 대화가 있은 후로부터 나는 훔이나 스와카 못지 않게 자카르와도 무척 친해졌다. 뭐, 우리 일행이 몇 그룹으로 나뉘었다고 해도 그들과 아예 담을 쌓고 지내는 게 아니었기에 간간이 대화할 기회도 많았던 것이다.
그런데 이해할 수 없게도, 내가 자카르와 친해진 것과는 대조적으로 애쉬 녀석이 날카로운 눈으로 못마땅하다는 듯이 나를 바라보고 있는 것을 가끔 발견하게 되었다.
처음에는 내가 잘못 본 거려니 했는데, 어느 날은 따끔따끔한 시선을 느껴 고개를 돌리다가 녀석과 눈이 마주치자 녀석이 화들짝 놀라서 고개를 돌려 버리는 것이었다.
황당하기도 하고 웃기기도 했지만, 이 여행을 할 때부터 워낙 대화를 하지 않았던 터라 왜 그러냐고 묻기도 뭐해 그냥 그러려니 하고 넘어갔다.
그런데 눈치 빠른 류미르가 애쉬 녀석의 눈빛을 눈치 챘는지 나에게 물어왔다.
"저 사람 왜 그러냐? 너한테 무슨 악감정이라도 있나?"

"원래 사이는 안 좋았어."
"그래? 하지만 저렇게 노려보는 건 요 근래인 것 같은데?"
"나한테 묻지 마. 나도 모르니까."

"당신은 다를 줄 알았는데요……."
 어느 날 밤, 모두들 잠든 시간에 잠시 자리를 뜨고 돌아온—이상한 상상 하지 마시길… 아빠 만나고 온 것뿐이니까—나에게 애쉬 녀석이 모닥불만 뚫어져라 바라본 채로 뜬금없이 툭 던진 말이었다.
"나한테 한 말이에요?"
 무시해 버릴 수도 있지만 녀석이 나에게 말을 한 것은 정말 오래간만이라. 게다가 뭔가 의미심장한 것 같아서 물었다. 그러나 녀석은 여전히 모닥불에 시선을 고정한 채 대답은 안 하고 엉뚱한 말만 지껄였다.
"당신도 여느 여자들과 다를 바가 없군요. 겉만 번지르르 하면 좋아하는……."
"무슨 말인지 모르겠군요. 저에게 하는 말이라면 제가 알아듣게 설명 좀 해주시겠어요?"
 자꾸 무시하는 녀석의 말투에 열받아서 녀석에게 한 걸음 다가가며 묻자 그제야 녀석이 나를 돌아보았다.
 눈에는 경멸을 가득 담아서…
 녀석에게 그런 시선을 처음 받아보기에 내가 좀 황당스러워할 때 녀석이 천천히 입을 열었다.
"연애 감정에 빠져 임무를 망각하지 마시기 바랍니다. 여자들은 사랑에 빠지면 주위의 모든 것을 잊는다죠?"
'뭐 이런 게 다 있어?'

라고 소리쳐 주고 싶었지만 그보다도 먼저 녀석이 고개를 획 돌려 버렸기에 열이 받칠 대로 받친 나는 슬그머니 녀석의 뒤로 돌아갔다.

녀석의 어깨가 미미하게 움찔거리는 걸 보니 내 기척을 눈치챈 듯했지만 움직이지 않고 그대로 있길래 안심하고 녀석의 뒤통수를 향해 주먹을 날렸다.

그러나 심히 안타깝게도 내 주먹이 녀석의 머리에 작렬하기 직전 녀석이 앉은 상태로 슬쩍 몸을 옆으로 비킴과 동시에 뒤로 돌아 내 손목을 턱 하니 잡았다.

"앗!"

얼른 팔을 회수하려 했지만 뻗어 나가던 힘과 함께 녀석이 손목 잡은 손에 힘을 주어 홱 끌어당겨 나는 얼결에 앞으로 넘어지게 되었다.

"우갸갸갸~!!"

넘어지지 않으려고 발버둥을 치는 나를 녀석이 다른 손으로 살짝 받쳐 줬다.

덕분에 모닥불에 얼굴을 헤딩하는 일은 없게 되어 속으로 안도의 한숨을 내쉬고 녀석에게서 떨어지려고 몸을 일으키려는 찰나 녀석의 팔이 강하게 내 어깨를 붙들었다.

열받아서 뭐라고 한마디 하려고 고개를 드는데 녀석의 얼굴이 바로 눈앞에서 나를 노려보고 있었다.

"뭐, 뭐예요?"

그 눈빛이 너무 살벌해서 나는 할 말도 잊어버리고 꿀꺽 침을 삼키고 몸을 슬그머니 뒤로 빼려니까 녀석이 나를 획 잡아당겼다.

그리고는…

'우갸갸갸갹~~!!'

아린, 난생처음으로 입술을 빼앗기다!!

'이럴 수는 없어, 내 평생 첫 키스르으으으으으을~~!!'
녀석의 몸을 확 밀치고 벌떡 일어났다.
녀석도 자신의 행동에 놀랐는지 얼떨떨한 표정이었지만 그게 내 눈에 들어올 리 없었다.
"이, 이이이~~!!"
뭐라고 말을 해야겠는데 말이 나와주질 않았다.
그래서 '이이…' 거리고만 있는데 뒤에서 누가 일어나는 기척이 느껴졌다.
놀라서 뒤를 획 돌아보니 자카르가 잠에 취한 듯 몽롱한 표정으로 몸을 일으키고 있었다.
"후아아아암~!!"
아직 졸린 듯 크게 기지개를 켜며 하품을 하더니 눈을 슥슥 비빈다.
그 모습에 나는 나도 모르게 몸이 굳어져 그냥 바라보고 있는데 자카르가 고개를 흔들어 정신을 차리며 일어나다가 나와 눈이 마주쳤다.
"어? 아시리안님? 안 주무셨습니까?"
아무것도 모른다는 의아한 표정의 자카르를 보자 나는 화들짝 놀라서 나도 모르게 고개를 저었다.
"아, 아, 아뇨. 저도 방금 일어났어요. 잠깐 실례할게요."
그리고 황당한 얼굴을 하고 있는 그가 뭐라고 말하기도 전에 그 자리를 벗어나 내 빨개진 얼굴을 보고 뭐라고 그러는 사람도 없고, 내 얼굴을 감춰줄 어둠 속으로 냅다 뛰었다.

"쿡쿡, 순진하군… 첫 키스인가 보지?"

만약 아린 앞에서 이 말을 했으면 한 두어 번쯤 황천을 왔다 갔다 했을 텐데… 심히 안타깝다.

자카르는 다 안다는 표정으로 싱글싱글 웃으며 애쉬를 향해 고개를 돌렸다. 그러자 애쉬는 불쾌하다는 표정을 역력히 드러내며 자신도 휙 하니 고개를 돌렸다.

"어지간히 급했나 보군, 레드포드 자작님? 쿡쿡쿡, 멋진 장면이었어. 하지만 나도 호감이 있는 여성 분께 그런 무례를 저지르다니 기분은 좋지 않군."

"기분이 좋지 않은 얼굴치고는 상당히 환하군."

계속 당할 수는 없는지 열리지 않을 것 같던 애쉬의 입이 열렸다.

"하긴, 자벨리안 경에게는 그런 것쯤 아무것도 아닐 테니까."

순간 자카르의 눈빛이 사나워졌지만 곧바로 다시 평정심을 되찾았다.

"그럴지도……."

그걸 아는지 모르는지 애쉬는 자리에서 일어나 몸에 묻은 흙을 툭툭 털었다.

"그럼 난 이만 자도록 하지."

"좋을 대로."

사람들이 없는 곳에 가서 있는 화풀이 없는 화풀이를 쏟고 나서야 겨우 기분이 진정된 나는 다시 일행이 있는 곳으로 돌아왔다.

와보니 애쉬 녀석은 벌써 잠자리에 들어 있었고 다음 불침번 당번이었던 자카르만이 모닥불에 앉아 있다가 내가 돌아오자 싱긋 웃어주었다.

"잘 부탁해요, 자카르."

"예, 안녕히 주무세요."

다음날, 나는 기회만 있으면 애쉬 녀석을 어떻게 해주려고 벼르고 있었는데 어떻게 된 게 애쉬 녀석은 마치 아무 일도 없었던 것처럼 평소의 그 무뚝뚝한 표정으로 일관했다.

행동도 전혀 달라진 게 없어—아, 오히려 며칠 동안 계속 노려보던 눈길도 사라졌다—혼자 벼르고 있던 나만 손해본 듯한 기분이었다.

"제기랄……."

녀석의 뒤통수를 노려보며 입속으로 중얼거리는데 류미르가 다가와 속삭였다.

"아린, 어째 상황이 뒤바뀐 거 같다?"

"시끄러, 류미르."

나는 류미르에게 톡 쏘아주고는 묵묵히 앞만 보고 말을 좀 더 빨리 몰아 류미르가 어깨를 으쓱하다가 의미심장한 눈으로 이쪽을 보고 있던 자카르와 눈이 마주친 것은 보지 못했지만 류미르가 중얼거리는 건 들을 수 있었다.

"왜들 그러는 거야? 무슨 일이 있는 거지?"

'나도 알았으면 좋겠다.'

"그러니까, 분명히 무슨 일이 있었을 거예요."

"왜 그렇게 확신하는데, 사르하?"

"왜라니? 당연하잖아. 둘 사이를 보면 모르겠어? 전에는 아시리안님하고 애쉬님은 서로 무시하는 정도였는데, 지금은 아예 찬바람이 쌩쌩 불고 있잖아. 분명히 뭐가 있었던 거야."

"호오, 신관님. 당신의 추리력에는 항상 감탄을 금치 못하겠군요. 그런데 그 일이 뭐죠?"

"당신의 칭찬 감사해요, 스와카. 그런 의미에서 제 의견을 말씀드리자면, 이건 분명히······."

"분명히?"

"라.이.벌.의 등장 때문이죠."

자신있게 오른손의 검지손가락을 치켜들며 진지한 어투로 말하는 사르하의 말에 리틀 조로, 스와카, 반담, 흄은 놀란 듯이 되물었다.

"라이벌?"

그리고는 자연스레 돌아가는 곳에는 애쉬의 날카로운 시선을 담담히 받아넘기는 자카르가 앉아 있었다.

"흐음, 그럴지도······."

스와카의 끄덕거림에 사르하는 좋아라 입을 열었다.

"그렇죠?"

"그러고 보니, 아가씨와 자벨리안 경 사이가 전보다 무척이나 가까워졌군요. 전에는 그냥 안면있는 사이로 인사만 했었는데······."

"그럼, 자작님께서 질투가 나신 건가?"

리틀 조로가 믿지 못하겠다는 얼굴로 물어오자 사르하가 그를 째려보았다.

"지금 내 말을 못 믿겠다는 거야?"

그에 찔끔하는 리틀 조로.

"아, 아니, 그런 건 아니지만… 하, 하지만 자작님은 그러실 분이 아닌데……."

"흐음, 리틀 조로. 남자들이란 연적이 나타나면 자신도 모르게 변할 수가 있단다."

"그, 그런가요?"

잘난 척 나서는 스와카에 리틀 조로는 '정말인가?' 하는 표정이 되었다.

그러자 끼어드는 반담.

"네가 어떻게 그렇게 잘 아냐? 연애 한번 못해본 녀석이."

"윽! 얌마, 이런 건 꼭 해봐야 아냐? 넌 꼭 고기를 먹어야 상했는지 안 상했는지 알겠냐? 그냥 척 보면 척이야."

움찔한 스와카가 지기 싫다는 표정으로 빡빡 우겨대자 사르하가 편들어줬다.

"맞아요. 게다가 지금 분위기상 못 알아챌 수도 없잖아요. 애쉬님은 지금 속이 타시는 거예요. 완전히 아시리안님의 마음을 얻지 못했는데 애쉬님보다 더 나긋나긋한 자벨리안 경이 둘 사이에 끼어들었잖아요."

"나긋나긋? 이봐요, 신관님. 그건 남자한테 표현이 좀……."

"아, 그런가요? 그럼 사교성이 뛰어나시다고 표현을 바꾸도록 하죠."

흄의 황당하다는 말에 사르하가 재빨리 표현을 바꾸었다.

"그, 그럼… 우린 이제 어떻게 해야 하는 거죠?"

"어떻게 하긴 뭘 어떻게 해? 당연히 죽은 듯이 가만있어야지. 남들 연애하는 데 끼어들어서 이것저것 참견하는 것만큼 꼴불견인 건 없다."

당연한 걸 묻는다는 듯이 리틀 조로를 바라보며 스와카가 말하자 그 즉시 사르하가 반발하고 나섰다.

"무슨 소리세요? 당연히 애쉬님을 도와드려야죠. 스와카님은 지금까지 쌓아온 정을 외면하실 생각이세요? 애쉬님은 이런 데 서투신 것 같으니까 아시리안님을 자벨리안 경에게 빼앗기기 전에 우리가 나서야 해요. 안 그래요, 흄?"

"흄, 하지만 제가 보기에는 자벨리안 경도 레드포드 자작만큼이나 괜찮아 보이는데요. 난 아가씨께 어울리는 분이라면 아무라도 상관없습니다."

"능력있는 자가 미인을 얻는 법이지."

반담이 한마디 하자 스와카가 고개를 끄덕였다.

"동감이다. 뭐, 우리가 나서봤자 아시리안님이 보통 여자 분도 아니고… 스스로 좋아하시는 분께 가지 않을까 싶은데요."

그러자 사르하가 화가 나서 붉어진 얼굴로 말했다.

"무슨 소리예요? 보통 이런 건 자기 자신도 누굴 좋아하는지 모를 수도 있다구요. 이럴 때일수록 주위에서 도와줘야 해요."

"엥… 하지만 그냥 구경하는 게 더 재밌는데… 흄은 두 분 중 누가 아시리안님과 될 것 같아요?"

스와카는 자신을 째려보는 사르하의 시선을 피할 겸 슬그머니 화제를 돌려 버렸다.

"흐음… 글쎄요. 아무래도 자벨리안 경 쪽이… 그분은 아가씨의 아버지이신 공작 각하와 비슷하니까 더 우세할 것 같은데요? 반담은 어때요?"

"…모르겠군. 넌 어떠냐?"

그러자 바톤을 넘겨받은 스와카가 싱긋 웃으며 말했다.

"우리가 한 가지 간과한 게 있는데 말야, 총각은 그 두 분만 있는 게 아니라구. 뛰어난 외모와 뛰어난 능력을 가진 총각이 두 사람 더 있잖아. 뭐, 한쪽은 사람이 아니기는 하지만 지금은 그런 거 따지지 말자구."

"아아… 그렇군. 그럼 라이벌이 3명으로 늘어난 건가?"

그제야 생각났다는 듯 반담이 말하자 모두들 고개를 끄덕였다.

"그렇게 본다면 난 나중에 나타난 세이몬이라는 사람과 엘프 쪽을 택하지. 친하기로 본다면 그쪽이 더 친하니까."

"무슨 소리세요? 뭐니 뭐니 해도 아시리안님께는 우리 애쉬님이 제일 잘 어울리신다구요."

리틀 조로가 흥분한 듯 나서자 사르하도 거들었다.

"맞아, 맞아. 레드포드 자작님이 제일 잘 어울려."

"그럼 우리 내기할까요? 아시리안님이 누구와 연인이 되는지. 어때요?"

스와카가 싱긋 웃으며 좌중을 둘러보자 모두들 망설이는 기색이 역력했다.

"뭘 걸지?"

홈이 묻자 사르하가 반발했다.

"그건 말도 안 돼요. 어떻게 그런 걸로 내기를 할 수가 있죠?"

그러자 스와카가 음흉한 미소를 지어 보였다.

"호오, 신관님께서는 자신의 생각에 자신이 없는가 보군요?"

"뭐라고요? 말이 왜 그렇게 되죠?"

즉각적으로 톡 쏘듯 반박하자 스와카의 미소가 더욱더 짙어졌다.

"그거야 내기에 질 것 같으니까 반대하시는 거 아닙니까?"

"아니에요. 난 단지 이런 걸로 내기하는 게 나쁘다고 말한 것뿐이라구요."

"뭐, 어떻습니까? 친구들 간에 가벼운 놀이라고 생각하세요. 우린 그저 사태만 지켜보고 결과만 보면 되는 거 아니겠습니까? 아무에게도 해는 안 간다구요. 안 그래요?"

"그, 그렇지만……"

"더욱이 뭐, 돈을 걸자는 것도 아니지 않습니까?"

"그럼 뭘 걸 건데요?"

사르하는 마음이 흔들리는지 아까보다는 누그러진 어조였다.

"흐음, 승자는 한 사람이니까 진 사람들이 이긴 사람이 원하는 음식을 사주는 건 어떻습니까? 그러니까 식사 한 끼를 거는 거죠. 이 정도는 괜찮겠죠?"

"그 정도라면야… 뭐……"

사르하가 완전히 넘어가 버렸다.

"좋아요. 그럼 각자 선택하자구요. 사르하 신관님과 리틀 조로는 레드포드 자작님이시죠? 흄은?"

"난… 자벨리안 경으로 하죠. 두 분은?"

"난 세이몬에 걸지."

반담이 먼저 입을 열자 한 사람이 남았고 스와카는 하는 수 없다는 표정으로 고개를 끄덕였다.

"그럼 내가 남은 한쪽에 걸죠. 류미르라고 하는 하이 엘프요."

……:

"…라고 하는데, 아린?"

류미르가 킥킥 웃으며 나를 돌아보았다.

그 일당들은 나와 류미르, 세이몬이 듣고 있는 줄도 모르고 뒤에 누가 이기면 어디에서 무엇을 먹을지와 기간을 잡는 데 열심히 열띤 경합을 벌이고 있었다.

"우쒸— 사르하, 너 목걸이 사준다는 거 취소다."

이마에 힘줄이 하나 뽀득 솟아나는 것을 느끼며 나는 중얼거렸다.

오랜만에 도시에 도착해서 식당에서 식사를 하나 했더니만 웬일인지 저 일당들이 우르르 한쪽으로 몰려가 자신들끼리 쏙닥쏙닥거리는 거였다.

뭔가 좀 이상하다는 생각에 류미르와 세이몬을 데리고 마법을 걸어 엿들었더니, 역시나…

"헤에, 그럼 나도 아린의 애인 후보에 껴 있는 거네?"

재미있다는 표정으로 세이몬이 중얼거렸다.

"너만이 아냐, 나도 껴 있는걸?"

"그런데 날 아직도 인간이라고 알고 있나 봐. 전에 마족의 기운을 내뿜었는데 못 느꼈나?"

세이몬이 의아한 표정이자 류미르가 친절하게 설명해 줬다.

"아린이 네가 마검을 가지고 있어서 그렇다고 둘러댔었어."

"에? 왜?"

"인간들 사이에서 마족은 좋은 이미지를 가지고 있지 못하니까 네가 마족이라는 게 알려지면 꽤나 골치 아파지거든. 그러니까 그냥 인간인 척해 줘."
 내가 미안한 미소를 지으며 말하자 세이몬이 어깨를 한번 으쓱하더니 고개를 끄덕였다.
 "뭐, 그렇다면야… 그런데 아린, 너 정말 애인 만들 거야?"
 "당연히 아니잖아. 내가 애인 만들 여유가 어디 있냐? 전에 당한 것만 해도 열받치는데."
 "뭐?"
 "뭘 당했는데?"
 황당하다는 눈으로 나를 바라보는 류미르와 세이몬의 얼굴이 보이자 나는 그제야 아차 싶었다.
 "뭐야?"
 "뭔데 그래?"
 류미르와 세이몬이 무지 궁금하다는 표정으로 바라보고 있었지만 그 일은 절대로 말해 줄 수 없었으므로 나는 부리부리하게 그들을 노려보며 딱딱 끊어 말했다.
 "암 것두 아냐. 그런 게 있어."

제19화
자벨리안 영지

자벨리안 영지

*난 정말 괜찮아. 힘들 때 기댈 존재가 있거든.
게다가 지금은 너희들도 같이 있으니까.*

"자, 저희 자벨리안 영지에 오신 것을 환영합니다."

자벨리안 영지의 성에 도착하자 같이 온 자카르는 마치 자신이 먼저 와 있다가 우리를 환영하는 것처럼 얼굴 가득 환한 웃음을 띠고 과장스럽게 절을 해 보였다.

하지만 그 인사를 받는 일행들의 얼굴은 그다지 좋아 보이지 않았다.

"드디어 도착인가요."
"별일없어야 할 텐데요."
"엘라이어드 여신의 가호가 함께하길."
"……"
"어떻게든 되겠지."
"잘된다고 해야지."

긴장된 얼굴로 일행들이 한마디씩 하자 자카르가 흄과 스와카의 등을 탁탁 쳤다.

"자자, 그렇게 우거지상을 짓지 말고 우선은 들어가자구요. 잘 먹고 푹 쉬어야 싸우더라도 잘 싸울 거 아니겠습니까?"

그의 말이 맞는 말이었기에 일행들은 고개를 끄덕이며 그의 뒤를 따라 성안으로 들어갔다.

"도련님, 연락받고 기다리고 있었습니다."

평범한 인상의 중년 남자가 자카르를 알아보고는 환하게 웃으며 허리를 숙였다.

"하하하, 그동안 잘 있었어?"

"저야 잘 있었지요. 주인님과 마님도 모두 건강하시지요?"

"부모님이야 여전하시지. 그나저나 텔, 자넨 하나도 안 변했군?"

"그렇습니까? 도련님은 더욱더 늠름해지셨군요. 하아… 어리신 도련님을 뵌 것이 엊그제 같은데 벌써 이렇게 성장하시다니… 주인님께서 무척 기뻐하시겠습니다."

"홋, 기뻐하시는 것보다도 걱정하시는 게 더 많은데 뭘. 아, 그건 그렇고 별일은 없지?"

"예. 연락받고 경계 태세를 전보다 더욱 철저히 하고 있지만, 아직까지는 어떤 일도 일어나지 않고 있습니다."

"알았어. 자, 그럼 이분들을 방으로 안내해 주겠어? 계속 달려와서 그런지 모두들 피곤할 거야."

"알겠습니다. 도련님 방은 항상 쓰시던 방으로 준비해 두었습니다."

"그래. 자, 그럼 모두들 나중에 뵙죠."

자카르가 우리에게 몸을 돌려 인사를 하는 것을 신호로 텔이라고 불린 중년의 남자가 우리 앞에 섰다.

"자벨리안 성에 오신 것을 환영합니다. 저를 따라오시지요. 방으로 안내해 드리겠습니다."

그가 안내해 준 방에 들어가 테이블 위에 가방을 던져 놓고 망토를 벗은 뒤 의자에 앉아 목적지에 도착한 여유로움을 만끽하고 있는데 누군가가 조심스레 문을 두드렸다.

"네~!"

나의 대답이 떨어지자마자 문이 열리고 시녀 제복을 입은 두 명의 여자가 들어왔다.

"무슨 일이죠?"

"이곳에 계시는 동안 아가씨 시중을 들라는 명을 받고 왔습니다."

두 명의 여자 중 나이가 많아 보이는 쪽이 머리를 조아리며 대답했다.

'흠… 자카르가 신경 써주는 건가?'

이제는 시중받는 일 따위에 익숙해져 있던 나는 귀찮다고 생각하기 전에 먼저 알았다는 듯이 고개를 끄덕이고 있었다.

그러자 나에게 대답한 시녀가 다시 고개를 숙이며 말했다.

"그럼 목욕 준비를 해드리겠습니다."

"그래요."

내 대답이 끝나자 나이가 많은 쪽이 적은 쪽을 데리고 욕실로 보이는 문―방을 안 둘러봐서 뭐가 있는지는 모르고 대충 짐작만―으로 들어갔다.

편안한 자세를 잡고 앉았기에 다시 움직이기 귀찮았지만, 곧 그녀들이 준비를 끝내고 나를 부를 거란 걸 알았기 때문에 어쩔 수 없이 밍기적대며 일어나서 할머니 서클렛을 벗어 마법 주머니에 챙겨넣고 의자 위에 아무렇게나 던져 놨던 망토를 집어 들어 침대 옆에 있는 옷걸이에 잘 걸어놨다.

그리고는 다시 안락의자에 드러눕다시피 앉아 있으려니 나이 많은 시녀가 욕실로 보이는 곳에서 나왔다.

"준비가 다 되었습니다."

"알았어요."

밍기적밍기적 일어나서 그녀가 나온 문으로 들어가니 과연 그곳은 욕실이었고, 울 아빠네 집 내 방에 있던 욕조만한 나무 욕조가 물을 가득 채우고 나를 기다리고 있었다.

나무로 만들어진 욕조라고 해도 무지 비싼 목재인 향나무로 만들어진 듯 은은한 나무 향이 풍기고 있었고 그 안에 담긴 물 위에는 넘칠 듯이 보글보글 솟아오르는 거품들이 있었다.

'거품 목욕인가?'

내가 옷을 벗고 안으로 들어가자 나이 어린 시녀—어리다고 해봐도 20대 중반으로 보였다—가 내 옷을 가지고 나갔고 나이가 많은 쪽의 시녀는 대야에 물을 가득 담아가지고 내 머리맡에 자리를 잡았다.

"머리를 감겨드리겠습니다."

내 옷을 가지고 나간 시녀는 내가 목욕을 다 끝낼 때까지 돌아오지 않았고 목욕을 다 끝내고 수건으로 몸을 둘러싸고 욕실을 나가자 방에서 어디서 가져온 것인지 모를 여러 개의 드레스를 하나하나 펼쳐 놓고 있었다.

"이건 뭐죠?"

"도련님께서 가져다 드리라고 하셨습니다."

'에… 안 입어도 되는데…….'

별로 탐탁지 않은 눈으로 그 드레스를 바라보자 그걸 맘에 안 든 것이라 오해한 듯 나이 많은 시녀가 말을 걸었다.

"저… 맘에 안 드시는지요? 그렇다면 다른 것들로 가져다 드리겠습니다."

"아아, 괜찮아요."

"그럼 오늘 저녁때는 어떤 걸로 입으시겠습니까?"

그제야 나는 그들이 나보고 옷을 고르게 하기 위하여 드레스를 다 펴놓았다는 것을 알아차렸다.

"음, 저 베이지 색 드레스가 좋겠군요."

가장 단순한 디자인에 그나마 편안해 보이는 드레스였다. 별다른 레이스나 장식품없이 차이나 칼라에 팔에 딱 맞는 소매를 가지고 있었고 치마도 주름이 없는 통치마에 양 옆구리가 허벅지에서부터 밑에까지 쫘악 갈라져 있었다.

그래서 속에 받쳐 입는 속치마가 드러나게 했는데 속치마도 하얀색이었고 주름이 없는 통치마여서 속치마로 보이지 않는 스타일이었다.

그 드레스에 맞게 머리도 그냥 풀러내려 베이지 색 리본으로 목덜미에서 가볍게 묶었다.

"저, 이것을……."

잠시 자리를 떠났던 시녀가 나에게 뭔가를 내밀었다.

그것은 작은 다이아가 짧은 백금 줄에 매달려 귀밑에서 달랑달랑하게 만들어진 귀걸이었다.

"세심하게도 준비했군요."

그걸 받아 착용하고 나자 벌써 저녁 식사 시간이 다 되어 있었다.
 늦을까 봐 서둘러 식당으로 내려가자 먼저 와 있었던 일행들이 눈을 동그랗게 떴다.
 "아시리안님, 언제 그런 것까지 준비해 오셨습니까?"
 스와카가 대표로 묻자 때마침 들어오던 자카르가 나 대신 대답해 주었다.
 "아, 준비해 오지 못하신 것 같아 여기 있던 제 누님 옷을 빌려드렸습니다. 잘 어울리시는군요."
 "고맙습니다, 자카르님."
 생긋 웃어주고는 자리에 앉으려고 몸을 돌리려는 찰나 뒤에서 냉소가 들려왔다.
 "그런 옷을 입고 어디 임무를 수행하시겠습니까? 전에는 안 그러시더니 이번 여행에는 전과는 다른 행동을 많이 보여주시는군요."
 고개를 돌리지 않아도 누군지 알 수 있었다.
 뭐가 그리 못마땅한지 평소의 무표정을 버리고 살짝 미간을 찌푸리고 있는 애쉬였다.
 "이런 옷을 입고 있어도 임무에는 하등 지장이 없으니 그렇게 걱정하지 않으셔도 됩니다, 레드포드 자작."
 무지 기분 나빠진 나도 그를 차갑게 바라보며 응수했다. 그러자 그의 미간이 더욱더 찌푸려졌다.
 "믿지 못하겠군요."
 '누가 너보고 믿어달래?'
 난 노골적으로 비웃음을 띠고는 말했다.
 "제가 그렇게 신용이 없는 줄은 몰랐군요. 정 믿지 못하겠으면 한번 자작께서 입어보지 그러십니까? 정말 임무에 지장되는지 안 되는지 금방 알게 되실 텐데요."

열받았는지 애쉬의 인상이 굳어지며 주먹이 꽉 쥐어졌다. 그러자 뒤에서 우리 사이를 중재시키는 말이 흘러나왔다.

"이거이거, 무척 춥군요. 식사를 즐겁게 하려면 따뜻해야 하는데 말이죠."

부드럽고 정중한 말투.

류미르였다.

그는 나와 애쉬를 번갈아 바라보며 싱긋 웃었다.

"제가 알기로 리더는 모든 팀원들을 잘 다독거리고 이끌어야 임무를 잘 수행할 수 있는데요. 안 그렇습니까, 레드포드 자작? 인간들도 저희들과 크게 다를 바가 없을 테니까요."

왠지 애쉬를 바라보는 류미르의 눈은 부드러웠다.

어느새 내 옆에 서서 같이 애쉬를 바라보는 세이몬은 적개심에 가득 차 있었는데 말이다.

"…죄송합니다. 제가 잠시 안 좋은 모습을 보여드렸군요."

류미르의 말에 애쉬는 심호흡을 한번 해 진정하고는 정중하게 고개를 숙여 보이고는 자신의 자리로 가서 앉았다.

"자, 우리도 자리에 앉자."

류미르가 싱긋 웃으며 나와 세이몬에게 말했다.

나도 계속 서 있을 생각은 없었으므로 기꺼이 그의 의견을 받아들여 내 자리로 걸어갔고 뒤에서는 세이몬과 류미르가 따라왔다.

"왜 저 녀석을 곱게 보내준 거야? 한 방 때려주려고 했는데……"

세이몬이 의아한 목소리로 속삭이는 소리가 들려왔다.

"아아, 나쁜 녀석은 아냐."
"왜? 아린을 미워하는 것 같은데?"
"후후후, 아냐, 그런 게."
"뭐? 하지만……."
"글쎄, 아냐."
세이몬은 끝까지 류미르의 말을 이해하지 못한 표정이었지만—솔직히 나도 이해하지 못했다—류미르가 먼저 자리에 앉아버리자 더 이상 말을 하지 못하고 자신도 자리에 앉았다.

결국 즐거워야 할 저녁 식사는 딱딱한 분위기 가운데 끝나 버렸고, 그런 분위기에 편승하여 식사 내내 나온 대화는 일에 관한 것뿐이었다.
결론은 일이 터질 때까지 기다리지 말고 '그 존재'가 있을 만한 곳을 찾아보자는 것.
막상 그렇게 되자 제일 가능성이 크다고 지적된 곳이 바이투 산맥이었다.
"또… 산인가?"
마땅치 않다는 듯 인상을 찌푸리며 애쉬가 중얼거리자 스와카가 그의 말을 받았다.
"이 근처에서 숨기에 제일 적당하지 않습니까?"
"그건 그렇지만……."
애쉬가 인정하기 싫다는 얼굴로 고개를 끄덕이자 사르하가 반대 의견을 냈다.
"꼭 그렇다고 볼 수는 없지 않겠어요? 전에도 아시리안님이 추적하셨을 때 산맥으로 간 줄 알았었지만 마을에 먼저 나타나서 들쑤시고 갔잖아요. 이번에도 그럴 수 있지 않겠어요?"

"하지만 그때는 다치지 않았어. 이번에는 그쪽도 크게 다쳤으니까 아무래도 쉴 곳을 찾으려 할 거야."

스와카가 그녀의 의견에 이의를 달자 사르하가 또 한 번 말했다.

"음, 하지만 그녀도 이 근처에서 수색을 제일 먼저 할 곳이 산이란 걸 알지 않을까요? 그러니까 다른 곳에 숨었을 수도……."

이번에는 내가 말했다.

"아냐. 그녀에게는 지금 그런 사고를 할 수 있는 능력이 없어."

"에?"

사르하는 모르고 있었던 듯 의아한 눈으로 나를 바라보았다.

"그러니까, 그녀는 에… 사랑하는 사람을 잃은 탓에 미쳐 버린 거거든. 이성이 마비되고 살심만 남아 있는 상태로 본능적으로 움직이는 거야. 그러니 생각하는 것도 본능적일 테지."

"아… 그랬던 거였어요? 그 여자도 꽤 가여운 여자네요."

사르하의 동정의 눈빛을 보자 나는 마음이 무거워졌다.

"그렇지. 하지만 그렇다고 그냥 놔둘 수는 없는 일이니까……."

"그렇군요."

분위기는 좀 전보다 더욱더 가라앉아 버렸다. 그러자 이번에는 그 분위기를 타파하기 위하여 자카르가 나섰다.

"자자, 너무 가라앉지 맙시다. 기껏 먹은 음식이 걸려서 어디 소화나 되겠어요? 산에 가려면 준비할 것도 있고 컨디션도 최상으로 만들어놔야죠. 아, 그런데 언제 출발하실 겁니까?"

자카르가 애쉬를 바라보며 묻자 애쉬가 얼굴을 굳히며 대답했다.

"준비되는 대로 출발할 겁니다."
"그러도록 하시죠. 아, 혹시 저희가 도와드릴 일이 있으면 언제든지 말씀하십시오. 최선을 다해 도와드리겠습니다."
"그러죠."
그 말을 끝으로 애쉬가 자리에서 일어났고, 그러자 그것을 신호로 모두 자리에서 일어났다.

"산에는… 없을 거야."
내 방으로 돌아온 뒤 뒤따라 들어온 류미르와 세이몬을 앞에 앉혀놓고 한참을 고민하던 내가 중얼거린 말이었다.
"왜?"
의아하게 묻는 세이몬을 향해 나는 내가 생각했던 것을 정리하여 하나하나 말했다.
"우선은… 아무리 크게 다쳤다고 해도 그쪽도 마법이 강한 이상 치유하는 건 문제도 아니지. 게다가 우리가 여기까지 오는 데 걸린 날을 생각해 봐. 아마 지금쯤이면 너무나 멀쩡해서 펄펄 날고 있을걸?"
"엣? 그럼 지금 딴 곳에 있을 수도 있는 거잖아?"
놀란 세이몬의 말에 나는 다시 한 번 고개를 내저었다.
"아냐. 이 근처 어딘가에 있어."
"에?"
놀라서 물어보지도 못하는 세이몬을 대신해 류미르가 물었다.
"왜 그렇게 생각하는데?"
"전에는 날 찾으러 수도로 온 거니까, 이번에는 날 기다리고 있을 거란 생각이 들어서. 아무래도 우리가 쫓아올 거라는 걸 예상하고 있을 것 같아. 그러니 날 맞을 준비를 어디선가 하고 있을 거라고 생각해. 그게 어딘지와 어떻게 준비된 건지는 모르겠지만……."

"모르긴 몰라도 우리의 목숨이 간당간당할 정도로 위험할 거란 건 알고 있지."

류미르가 의자에 몸을 깊숙이 파묻으며 팔짱을 끼고 심각한 얼굴이 되었다.

"그렇겠지."

"그럼 문제는 그쪽이 어디서 우리를 기다리고 있느냐 하는 거네?"

이성을 찾은 세이몬의 말이었다.

"응, 그렇지."

하지만 찾을 필요는 없었다.

그쪽에서 자신이 있는 곳을 가르쳐 주었으니까.

다음날 아침 식사를 하기 위하여 나를 데리러 온 류미르, 세이몬과 함께 식당으로 내려가는데 아래층 응접실에서 자카르가 심각한 얼굴로 집사에게 뭔가 지시를 내리는 모습이 보였다.

"좋은 아침인데 자카르님은 심각해 보이시는군요?"

호기심 반 예의 반 나는 그에게 말을 걸었다.

"안녕히 주무셨습니까, 아시리안님, 여러분."

나는 그의 말에 살짝 고개를 끄덕이며 몇 걸음 더 그에게 다가섰다.

"예. 그런데 무슨 일이 있으신가요?"

"아, 그게… 그렇군요."

뭔가 망설이며 생각하는 듯하던 자카르는 곧 고개를 끄덕이며 나를 바라보았다.

"아무래도 일이 벌어진 것 같습니다. 모두가 모이면 말씀드릴 테니 먼저 식당에 가시겠습니까?"

"일이라면?"

류미르가 심각한 얼굴로 말끝을 흐리며 그를 바라보자 자카르는 류미르가 뭘 말하는지 알아챈 듯 고개를 끄덕였다.

"예. 그녀가 일을 벌인 듯합니다."

"그렇군요. 그럼 저흰 먼저 식당에 가 있도록 하죠."

그에게 살짝 목례를 하고 류미르와 세이몬을 데리고 식당으로 향하는데 세이몬이 낮게 속삭였다.

"그녀라면 우리가 찾는 그 여자?"

"응. 그녀가 뭔가를 저지른 것 같아."

세이몬의 말에 류미르가 대답하면서 나를 힐끔 바라보았다.

"…가봐야겠지?"

"당연하지. 하지만… 왠지 예감이 별로 안 좋아."

"아린의 말대로 혹시 거기서 우리를 기다리고 있는 건 아닐까?"

세이몬이 조심스레 물어왔다.

"모르지… 그럴지도……."

잠시 후에 나머지 일행들이 하나둘 식당으로 들어와서 우리에게 인사를 했지만 심각한 표정들로 앉아 있는 우리들을 보고는 덩달아 조심스러워져서는 자신의 자리에 앉아 조용히 입을 다물고 있었다.

침묵은 맨 마지막에 자카르가 들어와서야 깨졌다.

"죄송합니다. 제가 너무 늦었지요?"

싱긋 웃으면서 인사하고 자신의 자리로 간 그는 평소처럼 의자에 앉지 않고 선 채로 약간 긴장된 얼굴로 우리들의 얼굴을 한 번씩 쭉 훑어보았다.

그가 뭔가 할 말이 있다는 것을 알아챘음인지 모든 일행들의 시선이 그에게로 향했고 스와카가 대표로 입을 열었다.

"뭔가 하고 싶은 말씀이라도 있으신 겁니까?"

"예. 솔직히 이 소식을 기뻐해야 할지 슬퍼해야 할지는 모르겠지만 말입니다. 아까 온 연락입니다만, 바이투 산맥 근처에 있던 한 마을과 연락이 끊겼다는군요. 요즘은 비상시라서 될 수 있는 한 모든 마을들과 연락을 수시로 하고 있었던 덕분에 알게 된 겁니다. 그래서 곧 수색대를 파견할 생각인데, 여러분들께도 알려드려야 할 것 같아서 말입니다."

"마을 크기는 어느 정도 됩니까?"

스와카가 또다시 질문을 던졌다.

"제가 알기로는 100여 호 정도 된다고 알고 있습니다."

"수색대는 언제 파견하실 생각이십니까?"

"오늘 오전에 파견할 생각입니다."

그러자 스와카가 이번에는 애쉬를 바라보았다.

"저희도 가봐야 하지 않을까요?"

애쉬가 이번엔 나를 본다.

"자작님의 의견은 어떠신지요?"

'당연한 걸 묻냐?'

"전 가볼 생각입니다만?"

"그렇다면 다 같이 가보도록 하죠. 수색대 인원은 얼마나 하실 생각이십니까?"

애쉬가 고개를 끄덕이며 자카르를 바라보았다.

"지금 사람이 얼마 없어서요. 아마 10인을 넘지 않을 것 같습니다."

"저희가 같이 가도 되겠습니까?"

"여러분들이 같이 가주신다면야 저희가 더 환영할 일입니다."

"알겠습니다. 그렇다면 동행하기로 하죠."

빠른 시간 안에 식사를 마치고 각자 자신의 방으로 올라가 간단하게 짐을 챙긴 후 다시 내려와 성의 앞마당으로 나오자 시종들이 우리의 말을 가져다 놓고 기다리고 있었다.

그리고 거기에는 간편한 여행복 차림에 자신의 말고삐를 쥐고 있는 자카르까지 끼어 있었다.

나를 비롯한 우리 일행들이 의아한 시선으로 그를 바라보자 그가 생긋 웃으며 설명해 주었다.

"하하하, 아까 사람이 없다고 말씀드리지 않았습니까? 그러니 제가 나서야죠."

그리고 그의 옆에는 아마 이 영지의 기사인 듯한—마찬가지로 간편한 여행복과 검을 찬—사람이 자신의 말고삐를 쥐고 서 있었다.

그 기사를 보고 그의 동행자를 찾으려고 고개를 두리번거렸지만 그 외에 여행을 위한 옷차림을 한 사람은 보이지 않았다.

또 의아한 눈초리를 자카르에게 보내자 자카르가 피식 웃었다.

"든든한 여러분이 계신데 일부러 많은 사람을 보낼 필요가 없잖습니까?"

"계산이 빠르군."

이용당하는 것 같아 기분 나쁘다는 표정으로 애쉬가 중얼거리듯 내뱉자 자카르가 싱긋 웃었다.
"이왕이면 현명하다고 해주시길."
일행들이 다 모여 각자 자신들의 말에 오르자 자카르가 외쳤다.
"자, 그럼 출발할까요?"
이번에는 이 영지 안을 잘 알고 있는 듯한 자카르와 같이 가는 기사가 길잡이가 되려는 듯 그가 앞장을 섰다.

어느덧 계절은 완연한 가을이었다.
높아진 새파란 하늘에는 뭉게구름이 둥둥 떠다니고 있었고 햇볕은 따가웠다.
우리가 달리는 길 양 옆으로 쫘악 펼쳐진 들판에는 밀이 누렇게 익어 산들바람에 황금 물결을 이루고 있었으며, 군데군데 나와서 일을 하고 있는 사람들이 많이 눈에 띄었다.
그러나 우리는 그런 모습들이 가져다 주는 풍요로움과 여유로움을 느낄 사이도 없이 최대한 빠른 속도로 말을 몰아야 했다.
"하아, 전에는 농사를 짓고 추수를 하는 걸 참으로 당연하게 생각했었는데, 지금은 올해 무사히 추수를 하게 해주십사 하고 신께 기원하게 되는군요."
말이 지쳐서 더 이상 달릴 수가 없게 되자 속도를 늦춰 말을 걸어가게 할 때 자카르가 한탄조로 입을 열었다.
"아무 일 없이 추수를 할 수 있다는 것도 다 신의 은총이에요."
'신'이라는 단어가 나오자 빠질 수 없다는 듯이 사르하가 나이에 맞지 않는 위엄을 가지고 근엄하게 말했다.
"그렇군요. 그런 걸 이제야 알게 되다니… 역시 전 어리석은 걸까요? 소중한 것을 잃어버릴 위험이 닥쳐야 겨우 그 소중함을 깨닫게 되니 말입니다."

"그렇게 해서라도 깨닫는 건 어리석은 게 아니죠. 그런 일을 겪고도 깨닫지 못하는 이들도 많은걸요. 그에 비하면 잃기 전에 깨달을 수 있다는 건 현명한 거랍니다. 잃은 뒤에 깨닫는 건 너무 늦은 거니까요."

스와카도 연륜이 있었던지라 한소리 했다.

"하지만… 때로는 잃기 전에 깨달아도 어쩔 수 없는 때도 있죠. 그럴 때는 그렇게 무기력한 자신을 느끼며 소중한 것을 잃으니 차라리 잃은 뒤에 깨닫는 게 오히려 더 좋을 것 같군요. 아니, 어쩌면 영원히 깨닫지 못하는 것이 더 좋을지도……."

류미르가 뭔가 뜻이 있는 듯한 말을 내뱉자 사르하가 말했다.

"알면서도 잃어야 한다니… 너무 슬프군요. 그럼 정말 절망스러울 거예요."

스와카도 고개를 끄덕이며 동감을 표했다.

"…그렇군요. 류미르님은 그런 경험이 있으셨습니까? 마치 잘 아시는 것 같군요."

"아뇨. 전 아직 그런 적은 없습니다만, 그런 일을 겪은 누군가를 알고 있죠."

그러면서 힐끔 나를 보는 것이 느껴진다.

'괜찮아… 난 그렇게 절망적이진 않으니까… 아직은… 그러니 그렇게 보지 않아도 돼.'

라고 속으로 중얼거리면서 나는 류미르에게 생긋 웃어 보였다.

'난 정말 괜찮아. 힘들면 기댈 존재가 있거든. 게다가 지금은 너희들도 같이 있으니까.'

"뭔가… 좀 이상하다는 생각 안 드세요?"

리틀 조로가 주위를 두리번거리면서 조심스럽게 옆에서 말을 달리는 스와카를 바라보았다.

자신의 생각에 자신이 없는 듯 꽤 머뭇거리는 어조였다. 그런 그에게 스와카가 부드럽게 웃어 보였다.

"아까부터 계속 이상하게 생각하고 있었어."

"에? 그래요? 그런데 왜 모두 아무 말씀도 안 하고 계시죠?"

"모두들 잔뜩 신경을 쓰고 있어서 그래."

"아……"

그 말을 끝으로 우리 일행 중 더 이상 입을 여는 사람은 없었다.

이제 한 시간쯤만 더 가면 우리의 목적지인 그 소식이 끊겼다는 마을이 나온다.

소르드 왕국 안에 있는 영지답게 이 영지는 무지 커서 성에서 그 마을을 찾아가는 데 벌써 이틀이 소요되었다.

아, 오늘까지 합치면 사흘이다.

아무리 영지 끄트머리에 위치해 있는 마을이라곤 하지만, 한 영지 안에 있는 마을인 걸 생각하면 무지 먼 거리였다.

그래도 오늘만 더 달리면 드디어 도착하는 거고, 무슨 일이 있는지 알 수 있을 거란 기대감에 부풀어 있었으면 좋으련만. 오늘 아침에 한 마을에서 출발한 뒤로 우리는 뭔가 이상함을 느끼고 모두들 잔뜩 긴장하고 있었다.

어찌 된 연유인가 하면, 시간이 지나면 지날수록 사람들이 점점 적어지더니 사람이 별로 없다 라고 느낀 순간 사람은 거의 보이

자벨리안 영지 129

지 않고 있었다.

아니, 정확히 말하자면 오늘 아침에 출발한 그 마을의 경작지를 벗어난 후로부터 길에 서 있는 사람을 눈 씻고 찾아봐도 전혀 보이지가 않는 것이었다.

뭐, 비상 사태이니 각 마을을 돌아다니는 사람들이 없다고 하면 납득은 가지만, 벌써 목적지 마을의 경작지로 들어섰는데 넓게 펼쳐진 들판에서 일하는 사람조차도 없는 것이었다.

그렇게 한참을 달리자 그동안 계속 묵묵히 입을 다물고 있던 자카르의 수행 기사가 입을 열었다.

"마을이 보입니다."

슬슬 해가 뉘엿뉘엿 지려고 폼을 잡느라 서쪽 하늘이 붉게 물들어가기 시작하는 때였다.

가을이다 보니 예전보다는 더 빨리 해가 지려고 하고 있었다.

그런데 우리는 마을이 저 앞에 보임에도 불구하고 말을 재촉하여 마을로 들어가지 않고 모두 약속이나 한 듯 그 자리에 멈춰 섰다.

"불길해요… 왠지 불길한 느낌이 들어요."

사르하가 살짝 몸을 떨면서 중얼거렸다.

"어떻게 된 걸까요? 지금쯤이라면 한창 저녁을 지을 시간이라 여기저기에서 연기가 피어 올라야 정상인데, 단 한 곳도 연기가 보이지 않는군요."

흄도 뭔가를 느꼈는지 여태까지 사르하 옆에 있다가 슬그머니 내 옆으로 오면서 말을 건넸다.

"여기까지 올 때에도 들판에 사람들이 아무도 없었던 걸 보면… 마을에도 사람이 없는 걸까요?"

류미르도 생각에 잠긴 표정으로 중얼거렸다.

"그럼, 그 사람들이 어디로 간 거야?"

세이몬의 말에 모두의 얼굴이 굳어졌다.

"설마……."

"그럴 리가……."

"하지만……."

사르하와 리틀 조로, 그리고 자카르 수행 기사가 신음 같은 목소리로 한마디씩 내뱉었다. 모두의 얼굴에는 '마을이 벌써 죽음의 마을이 된 것인가' 하는 불안감이 가득 담겨 있었다.

자카르를 슬쩍 바라보니 그는 창백해진 얼굴로 입술만 앙다물고 있을 뿐이었다.

"애쉬님은 어떻게 생각하십니까?"

'당신도 그렇게 생각하느냐' 는 얼굴로 스와카가 애쉬를 바라보자 애쉬가 무겁게 고개를 끄덕였다.

"가능성이 높다고 생각합니다만……."

"확인된 건 없죠."

말끝을 흐리는 애쉬 녀석의 뒤를 이어 내가 조금은 큰 목소리로 말을 이었다. 그리고 모두 나에게로 시선을 돌리는 틈을 타 그들이 보는 앞에서 실프를 불러내었다.

"저 마을에 사람이 있는지 좀 봐줘. 그리고 그들이 살아 있는지 또한."

일행들은 마을을 향해 날아가는 실프를 긴장 어린 눈으로 바라보더니 실프가 안 보여도 계속해서 마을 쪽을 뚫어져라 바라보고 있었다.

자벨리안 영지

그리고 잠시 후 실프가 마을 광경을 보고 왔는지 사람들 눈앞에서 보이기 시작하더니 내 앞으로 날아오자 사람들의 눈이 실프를 쫓아 나에게로 모였다.

그 모습이 꼭 잘못을 해서 학생과로 가 선생님 앞에 서 있는 애들 같아서 잘못하다간 분위기에 맞지 않게 웃음이 새어 나올 것 같아 나는 얼른 시선을 실프에게로 돌렸다.

"그래, 사람들은 있었어?"

"예."

실프의 긍정적인 대답에 나는 약간 안도감을 느끼며 재차 물었다.

"살아 있는 사람들 말이지?"

가슴속에서 저절로 안도의 한숨이 흘러나왔다. 하지만 그와 동시에 또 다른 의아스러움이 생겨났다.

모두 멀쩡히 살아 있다면 마을이 왜 저런 것인지…….

"모두들 어떻게 하고 있지?"

"한곳에 모여 서 있어요."

"에? 뭘 하면서?"

"아무것도 안 하고 그냥 가만히 서 있어요."

"살아 있는 건 확실해?"

"예."

"혹시 움직이는 사람은 없었어?"

"아무도 없었어요."

'무슨 일이 있기는 있구나.'

실프를 돌려보내고 굳은 얼굴로 나를 바라보는 일행을 한번 둘러보았다.

"가볼 건데 같이 가실 분?"

일부러 싱긋 웃으면서 명랑한 어조로 말을 꺼냈다.

그러자 당연하다는 듯이 류미르, 세이몬, 그리고 흄이 나섰다.

"나."

"나도."

"저도 당연히……."

그리고 애쉬와 스와카, 반담도.

"제가 리더 아닙니까?"

"쫄다구가 따라가는 건 당연한 거죠."

"……."

자카르도 나섰다.

"저희 가문의 영지니 저도 당연히 가야겠죠."

자카르가 나서자 그의 수호 기사도 당연하다는 듯 나서려고 했다. 하지만 그보다도 먼저 자카르가 그를 제지했다.

"너는 여기 남아라. 만약을 대비해서……."

그 만약이란 말이 무슨 말인지 모르는 사람은 아무도 없었기에 아무도 자카르의 말에 토를 달지 않았다.

그리고 모든 이들의 시선이 자연스럽게 사르하와 리틀 조로에게로 쏠렸다.

"너희들은 남아."

모든 이들을 대표해서 내가 말했다.

"지켜줄 수 없을 테니까."

그러자 리틀 조로가 다부진 표정으로 나섰다.

"저도 제 몸 하나는 지킬 줄 압니다. 그리고 저는 레드포드 가문의 수련 기사예요. 빠질 수 없습니다."

그러면서 사르하를 돌아본다.
"다녀올게."
사르하는 생긋 웃으며 리틀 조로에게 다가갔다.
"응."
사르하는 여기 있어야 했다.
만약을 대비하여.
그녀가 나이에 비해 신성력이 높고 신성 마법까지 쓸 수 있기는 했지만, 지금은 그녀의 신성 마법의 힘보다는 우리가 다쳤을 때 빨리 치료할 수 있는 신성력이 더 필요할 때였다.
그걸 스스로도 잘 알고 있었는지 사르하는 순순히 남아 있을 거라는 몸짓을 해 보였다.
"잘 다녀와."
그러더니 좀 더 리틀 조로에게 다가간다 싶더니 그의 뺨에 살짝 자신의 입을 가져다 대었다.
갑작스런 그녀의 행동에 얼굴이 무척 빨개진 리틀 조로가 비틀비틀 뒤로 물러나는 거에 비해 사르하는 아무렇지도 않은 얼굴로 생긋 웃었다.
"나에게 있는 행운을 너에게 줄게. 무사히 다녀올 수 있도록."
'쬐끄만 것들이……'
그리고 그 모습을 보고 생각나는 건…
'젠장, 생각하기도 싫어!!'
인상을 팍 쓰며 고개를 돌리는데 나를 빤히 바라보고 있는 류미르와 세이몬이 보였다.
"왜?"
"아니… 기냥… 그치, 세이몬?"

"응, 그냥 아무 뜻 없어."

하며 실실 웃는 녀석들.

하지만 뭘 원하는지 척 보면 척이었다.

"야, 내가 관람 측에 있었으면 당연히 해줬겠지만, 나도 나서는 입장이라구. 그런데 그런 같은 처지인데 기어이 내 행운을 뺏어야겠냐?"

매섭게 녀석들을 쏘아보았더니 녀석들이 재빨리 말의 머리를 돌렸다.

"세이몬, 뭐 해? 빨리빨리 가야지. 이러다 해 지겠다."

"아, 그래그래."

먼저 나서는 녀석들의 뒤통수를 사납게 노려보았지만 둘은 돌아보지 않았고, 뒤에서는 낮게 킥킥거리는 소리가 들려왔다.

'우쒸… 임무고 뭐고 그냥 여기부터 한번 확 뒤집어엎을까?'

사르하와 자카르 수행 기사를 뒤에 남겨두고 우리는 조심스럽게 마을로 접근했다.

그런데 너무 긴장을 한 데다 주위를 세세하게 둘러보며 조심스럽게 접근하느라 마을 입구에 도착했을 때는 붉었던 하늘이 점점 어두워지고 있었다.

그런데도 불빛 하나 새어 나오지 않는 마을은 비록 사람들이 있다는 이야기를 들었다고는 하지만, 마치 한밤중에 공동묘지나 오래 버려져 있던 폐가를 들어갈 때같이 음침한 분위기를 자아내었다.

여기에 스산한 바람과 함께 높은 고음의 바이올린 소리가 배경 음악으로 깔린다면 한여름밤의 공포 특급으로 나와도 좋을 듯했다.

"너무 어둡군요."

흄이 낮은 목소리로 속삭이자 스와카가 말을 받았다.

"불을 켤까요?"

흄과 같이 낮고 조용한 목소리였다.

그러자 이제는 완전히 어둠으로 물들어 버린 얼굴로 맨 앞에 서서 주위를 살피던 애쉬가 뒤를 돌아보았다.

"아뇨. 불을 켜면 우리가 있는 곳이 금방 드러날 테니까요."

순간적으로 불을 켤지 물어본 사람이 스와카가 아닌 줄 알았다.

스와카는 이런 일에 경험이 많은 노련한 용병… 그런 일을 모를 리 없었던 것이다.

그런데 애쉬의 말을 듣고 의미있게 싱긋 웃는 걸 보니 스와카가 아무것도 모르고 말한 건 아닌 듯싶었다.

"그럼 오늘은 그만 돌아가죠? 너무 어두워서 우리가 불리해요. 어차피 내일 온다고 해서 하룻밤 새에 이 마을이 사라지지는 않을 테니까요."

'그냥 가자는 말을 하려고 그 말을 꺼낸 거야?'

하긴.

모두들 바짝 신경들이 곤두서 있어서 날이 어두워진다는 것도 깨닫지 못한 채 마을에 들어가는 것에만 정신이 가 있었으니…

역시 스와카는 노련했다.

애쉬도, 자카르도 그제야 정신을 차린 듯 몸을 한번씩 움찔거렸다.

뭐, 나와 류미르, 세이몬은 이 정도의 어둠이야 큰 방해는 되지 않았지만 그들에게는 그게 아니었나 보다.

"그렇군. 그럼 오늘은 그냥 돌아가도록 하고 내일 다시 오죠."
애쉬가 자카르와 나를 바라보며 양해를 구했다.
"그래야겠군요. 그럼 갈까요?"
자카르가 꺼내 들었던 검을 다시 집어넣으며 몸을 뒤로 돌리는 순간 갑자기 그의 뒤에서 밝은 빛이 터져 나왔다.
너무나 갑작스럽게 벌어진 일이라 당황하기도 하였거니와 어둠 속에 있는데 순간 밝은 빛이 나타남에 따라 잠시 시력이 저하되어 버렸다. 그러나 놀랄 겨를도 없이 시력이 회복되기 전에 공격을 당하면 큰일이었으므로 보이지 않음에도 불구하고 아빠의 팔찌에 마나를 부여하여 모든 물리력, 마법력을 막아주는 방어막을 형성해 감으로 일행들을 감싸 버렸다.
그리고 재빨리 눈을 깜빡여 빨리 빛에 눈이 익숙해지게 한 다음 주위를 둘러보자 나는 실소가 나오는 걸 금할 수 없었다.
나만 재빠른 줄 알았더니, 일행 중 당황해서 아무것도 하지 않고 멍하니 있는 사람이 아무도 없었던 것이다.
애쉬와 반담, 훔, 자카르같이 검을 쓰는 사람들은 눈을 감은 상태임에도 불구하고 모두들 각자의 검을 꺼내어 마을 쪽으로 몸을 향한 채 언제든 뛰어나갈 수 있는 자세를 취하고 있었고, 스와카는 내가 형성해 놓은 방어막 안에 자신도 방어막 하나를 형성해 놓고 있었다.
리틀 조로와 류미르는 벌써 정령들을 불러내어 우리 주위를 수호하게 하고 있었으며 세이몬은 내 앞을 가로막고 있었다.
"허허허……."
"후후후……."
시력을 되찾고 주위를 둘러보던 일행들도 피식피식 미소를 흘렸다.
 아마 나와 같은 생각을 한 것도 있겠지만 그것보다도 일행들에게 더욱더 신뢰가 갔기 때문에 안심이 된다는 뜻도 있었을 것이다.
 하지만 그것도 잠시, 우리는 곧 다시 긴장한 얼굴들로 마을을 노려보았다.
 그런데 왠지…
 "우리보고… 들어오라고 하는 것 같지 않아요?"
 리틀 조로가 조심스레 말을 던졌다.
 그도 그럴 것이, 아까 갑자기 빛이 터져 나오게 했던 것의 범인인 듯한 여러 개의 빛의 구체가 우리 앞에 둥둥 떠서 앞길을 밝히고 있었기 때문이다.
 다른 곳은 여전히 어둠에 둘러싸여 있고 우리가 걸어갈 길 위에만 빛의 구체가 둥둥 떠 있는 모습을 보니 리틀 조로의 말이 맞는 것 같았다.
 "두 가지는 확실하군요."
 스와카가 자신의 방어막을 조심스레 거두면서 말했다.
 "첫째는 우리를 기다리고 있었다는 것, 두 번째는 우리를 계속 보고 있었다는 것 말입니다."
 "우리를 기다린다니……."
 애쉬가 들고 있던 검을 허리에 찼다.
 "초대에 응해주는 게 손님의 도리겠죠?"
 자카르도 싱긋 웃으며 검을 다시 집어넣었다.
 "뭐, 아름다운 레이디라도 기다리고 있다면 더 좋겠지만."
 나도 방어막을 풀었다.

"각자의 몸은 각자 알아서 지킵시다."

모두들 무기는 집어넣었지만 긴장은 늦추지 않은 채 마을을 노려보았다.

애쉬가 한번 크게 심호흡을 하더니 우리를 돌아보았다.

"그럼, 갈까요?"

빛의 구들이 밝혀주는 큰길을 따라 쭉 걸어가자 얼마 가지 않아서 우리는 마을의 광장인 듯한 곳에 다다랐다. 그곳에는 실프가 말했던 대로 많은 사람들이 우리에게 등을 향한 채 조용히 서 있었다.

어른 아이 할 것 없이 모두들 서 있었는데, 그런데도 아무 소리가 안 나니까 그것만으로도 꽤 괴기스러운 장면이었다.

우리가 그들 뒤에 도착하여 어떻게 해야 할지 몰라 같이 멀거니 서 있는데, 사람들이 움찔하더니 조용히 옆으로 물러나 길을 내주었다. 그런데 그 길은 우리를 위한 것이 아니었던 듯, 사람들이 양 옆으로 물러나자 길 맨 끝에 이쪽을 보고 있는 '그 존재'의 모습이 드러났다. 그리고 '그 존재'는 나와 눈이 마주치자 엄청난 살기를 온몸을 내뿜으며 천천히 우리 쪽으로 걸어왔다.

희한한 것은 '그 존재'가 걸어오며 지나간 쪽에 있던 사람들이 '그 존재'가 지나간 쪽을 향해 몸을 돌렸는데, 그 모습이 너무나 딱딱 맞아서 마치 잘 훈련된 군인들의 모습을 보는 것만 같았다.

"휘유~ 우리 기사단보다 잘하면 잘했지 쳐지지는 않는군요. 대단한데요?"

나와 같은 생각이었는지 자카르가 낮게 휘파람을 불었다.

하지만 그의 장난스런 어조에 어울리지 않게 그의 눈은 매우 차갑게 가라앉아 있었다.
"눈이… 풀려 있군요."
'그 존재'보다는 군인들처럼 동작을 착착 맞춰서 몸을 돌리는 사람들이 더 신경이 쓰인 듯 그쪽을 보고 있던 스와카가 심각한 어조로 말했다.
"예상은 했었지만, 저주의 기운은 느껴지지 않은 데다 아시리안 님 말로는―이들은 실프의 말 못 들으니 내가 실프의 말을 옮겨주었다―살아 있었다고 했으니 좀비는 아니군요. 불행 중 다행이라고 해야 하나요?"
"더 심각한 거죠. 아마 환상 마법 같은 거에 걸려 있는 것 같은데… 그러니 저들이 우리에게 덤빈다면 당신들은 제대로 공격을 못할 거 아니겠어요?"
류미르가 일행을 슬쩍 돌아보며 묻자 애쉬가 인상을 미미하게 찌푸리면서 말을 받았다.
"심각한 거죠."
"이성을 잃은 것치고는 꽤나 머리를 썼군요. 저걸 보면 본능만 있다고 하기 어렵겠는데요?"
'그 존재'가 다가옴에 따라 자카르가 얼굴을 굳히며 자신의 검을 빼어 들었다.
"아마 본능적으로 혼자 힘으로는 우리를 상대하기 어려우니까 자신의 편을 만든 걸 테죠. 아주 말 잘 듣는 동료를 말예요."
스와카가 설명을 끝낼 때쯤 '그 존재'는 완전히 사람들 사이를 벗어나 그들과 우리의 사이에 섰고, 사람들은 모두 몸을 돌려 다시 길을 메우고 우리 쪽을 바라보고 있었다.
"이봐요, 레드포드 자작님. 혹시 작전 같은 게 있습니까?"

류미르가 '그 존재'로부터 눈을 떼지 않은 채 자신의 검을 만지작거리면서 묻자 애쉬는 벌써 생각해 놨는지 낮은 목소리로 입을 열었다.
 "플레이저 자작과 류미르, 세이몬. 당신들 세 분은 대장을 맡아 주시길. 여기에서 싸우면 사람들이 크게 다칠지도 모르니 될 수 있으면 마을을 벗어난 곳까지 유인해 주시기 바랍니다. 그리고 나머지는 사람들을 맡도록 하죠. 사람들을 죽이면 안 된다는 것을 유념하시고 알아서 때려눕히시기 바랍니다."
 일행 모두가 알았다는 듯 살짝 고개들을 까딱거릴 때 나는 류미르와 세이몬에게 속삭였다.
 "마을 밖으로 튀어!"
 '그 존재'의 살기가 좀 더 날카로워졌다 느낄 때 나는 순간적으로 소리쳤다.
 "튀어!!"
 그 말에 나와 류미르, 세이몬을 제외한 일행은 좌우로 뛰었고 우리는 뒤로 튀었다. 그와 동시에 '그 존재'는 검을 빼어 들고 나에게 곧장 달려들었다.
 나는 등을 보이고 냅다 뛸 때 '그 존재'보다 더 빨리 뛸 자신이 없었으므로 미리 준비하고 있다가 '그 존재'의 기운이 느껴지자마자 방어막을 쳤다.
 쾅—!
 뛰어오면서 온 힘을 다해 부딪쳐 온 충격이었기에 비록 방어막이 깨어지지는 않았지만 나는 그 힘을 버티지 못하고 뒤로 날아갔다. 그러자 세이몬이 자신의 검에 검기를 잔뜩 주입한 상태로 '그 존재'에게 달려들었고 그사이 류미르가 나를 일으켜 세우고 다시 마을 밖으로 냅다 뛰었다.

어차피 '그 존재'는 나를 노리고 있었으므로 세이몬이 슬슬 버거워져 뒤로 물러나면 더 이상 그를 상대하지 않고 곧장 나를 향해 올 것이었으므로 세이몬에 대한 걱정은 크게 하지 않았다.

우리가 거의 마을의 바깥쪽에 다다랐을 즈음, 세이몬이 뒤로 물러났는지 '그 존재'가 쫓아오는 모습이 보였다. 그러자 이번에는 류미르가 내 곁에서 떨어져 나가더니 마나를 잔뜩 일으켜 '그 존재'를 향해 외쳤다.

"리버스 타임!"

상대방의 움직임을 완전히 멈추게 하는 마법으로 '스톱'과 같은 기능을 가지고 있지만, '스톱'은 마나를 상대방의 몸을 둘러싸 강제로 움직임을 멈추게 하는 데 비해 '리버스 타임'은 상대방의 시간을 멈춰 버리는 좀 더 고난위의 마법이다.

이 마법은 자신보다 능력이 뛰어난 사람에게도 효과가 있지만, 상대방의 마나가 많으면 많을수록 자신의 마나가 더 빨리 고갈되어 버린다.

그러므로 아마 류미르는 자신의 마나를 많이 잃어버리기 전에 마법을 풀어버릴 것이 분명했으므로 버틸 시간은 아마도 2~3분 정도일 것이었고, 나는 그동안 마을에서 최대한 멀어져야 했다.

중간에 세이몬도 같이 '그 존재'의 진로를 방해해서인지 내가 마을에서 좀 떨어진 곳에 자리를 잡을 때까지는 '그 존재'의 모습이 보이지 않았다.

'에… 경작지 위라는 게 좀 마음에 걸리기는 하지만 어쩔 수 없지. 하지만… 추수 때가 다 된 곡식들을 그냥 깔아뭉개려고 하니… 그래도 양심에는 찔리는구만. 뭐, 아빠가 알아서 해주겠지.'

라고 속으로 중얼거리며 경작지 사이에 난 길에 자리를 잡자 '그 존재'가 그제야 모습을 드러내었다.

그동안 류미르와 세이몬에게 의해 진로를 방해받자 무지 화가 난 듯 살기 위에 분노의 느낌까지 전해졌다. 그 모습에 본체로 돌아가 싸울까 했지만, 곧 저 멀리 보이는 마을을 보고는 고개를 저었다.

할머니의 힘을 사용할 수 있는 기회는 단 한 번, 그걸 사용할 때는 아마 최후의 결전이 될 때일 테고, 그때는 주위에 걸리는 게 없어야 했다.

그전에 내가 할 수 있는 데까지는 해보고 싶었다.

'그 정도로 처리할 수 있으면 더욱 좋겠지만……'

발을 어깨 넓이로 천천히 벌린 뒤 레이피어를 꺼내어 두 손으로 꽉 쥔 다음 심호흡을 한 다음 조용히 땅의 정령을 불러냈다.

'온다!'

예전에 몇 번 기습 공격을 당했던 터라 이제는 나에게 기습할 기회조차 주지 않으려는 듯 먼저 선제공격을 해왔다.

온몸에 강화 마법을 걸고 마나를 끌어 모아 검에 주입한 다음 정면으로 맞부딪쳤다.

"크윽!!"

전에도 붙어봤고 충격을 예상하고 대비했다고 생각했지만 여전히 '그 존재'의 힘은 강했다.

'어째 전보다 더 강해진 것 같아.'

그 살기가 이글거리고 타오르는 눈빛을 마주 대할 수가 없어서 슬며시 시선을 비낀 상태로 속으로 숫자를 세었다.

'하나, 둘, 셋!!'

그리고 몸을 확 옆으로 틀어 '그 존재'의 검을 흘려 버린 다음 재빨리 그 자리를 벗어나며 외쳤다.

"노움!"

그러자 미리 준비하고 있었던 노움이 흙을 부드럽게 한 동시에 땅을 꺼지게 해버렸고 갑작스레 발이 땅속으로 빠지자 당황한 '그 존재'가 잠시 멈칫거리는 사이를 놓치지 않고 나는 재빨리 마법을 시전했다.

"라그나 블라스트!!"

적을 오성망으로 만든 공간에 가둬 그 안에서 몇 배로 증폭된 마력의 힘을 그대로 적이 고스란히 맞게 하여 소멸시키는 마법이다.

자신이 감당치 못할 상대를 쓰러뜨릴 때 사용되는 마법인데, 보통 이런 건 미리 마법진을 그려놓고 거기에 여유가 된다면 마법 증폭기까지 동원하여 적을 가둘 오성망을 만들어놔야 했다.

그러나 지금의 나는 그럴 시간도 여유도 없었으므로 갑작스럽게 만들어진 오성망 안에 '그 존재'를 가둬 둔 것이라 평소 내가 진지하게 시전했을 때와는 위력이 많이 감소되었을 것이다. 그러나 그것 자체로도 무시무시한 위력을 내는 것이라 나는 조금은 안도하고 있었나 보다.

내가 만들어놓은 공간 안에서 펼쳐진 위력이 공간을 뚫고 내가 있는 곳까지 빛을 보임과 동시에 몸이 흔들릴 정도의 진동까지 만들어내자 조용히 그 앞에 내려서서 '그 존재'가 모습을 드러내기를 기다렸다.

모습이 보이자마자 마지막 일격을 가할 준비를 하고.

하지만 '그 존재'가 모습을 보이기도 전에 내가 만들어놓은 공간을 뚫고 한줄기의 빛이 나에게 달려들었다.

"커억~!"

그 빛줄기는 내 배를 정확히 관통해 버렸고 나는 그 충격에 나도 모르게 뒤로 몇 걸음 물러나며 입에서 피를 토했다.

저절로 감싸 안은 배에서 따뜻하고 약간은 미끌거리는 액체가 느껴졌다.

그리고 그 순간 천천히 내가 만들어놓은 공간이 깨지면서 잔인한 미소를 머금은 '그 존재'가 모습을 드러냈다.

몸이 약간 그슬리기는 했지만, 그래도 전혀 타격받지 않은 모습으로 한 손에 들고 있던 검을 여유있게 천천히 들어 올렸다.

"젠… 장할……"

욕이 저절로 입에서 흘러나왔다.

쓰러지지 않고 서 있는 것도 겨우겨우 버티고 있는 건데 거기에 '그 존재'의 다음 공격을 어떻게 막아야 할지 눈앞이 깜깜했다.

그런데 그때 나를 구원해 줄 반가운 이의 음성이 들렸다.

"아린!"

그와 동시에 나를 향해 치켜졌던 '그 존재'의 검이 방향을 틀어 뒤를 향해 휘둘러졌다.

붉디붉은 초승달 모양의 검기가 그 검에서 튀어나와 채 날아가기도 전에 '그 존재'의 검이 다시 그대로 방향을 틀어 나에게 날아오는 것을 본 순간 나는 눈을 질끈 감았다.

너무 순식간에 일어난 일이라 피할 생각조차 못했던 것이다.

그러나 그때 다시 한 번 더 '그 존재'를 열받게 하는 일이 일어났다.

강력한 바람이 날카로움을 머금음과 동시에 흙먼지를 동반하여 '그 존재'를 덮친 것이다. 그리고 그와 함께 따뜻하고 강인한 팔이 나를 감싸 안았다.

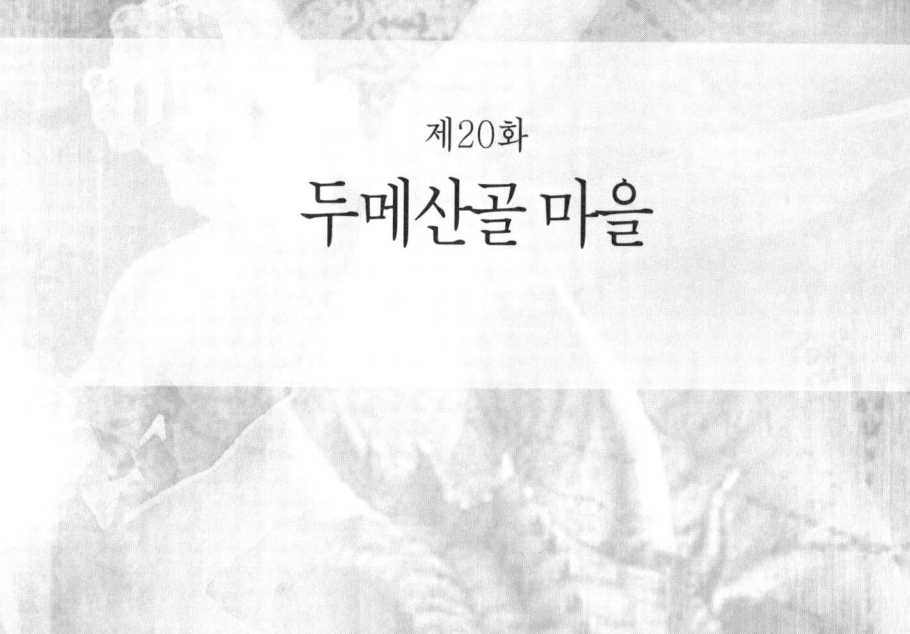

제20화
두메산골 마을

두메산골 마을

보름달에는 신비한 마력이 있다더군요.
그래서 보름달이 뜬 밤에는 조심하라고 하더군요. 그 신비한 마력에 취하지 않도록……

따뜻한 팔의 주인은 류미르였다.

그는 나를 가볍게 안아 들고 열심히 달리면서도 그 와중에 질문을 던졌다.

"괜찮아?"

"아퍼… 깨끗하게 관통당했는걸?"

말하는 도중 입에서 피로 생각되는 액체가 조금씩 흘러나왔지만 평상시 같은 어조로 말할 수 있었다.

"아프다면서 말은 잘한다. 빨리 치유해."

"그렇지 않아도 그럴 생각이었어. 힐!"

내 손에서 마나가 밝은 빛으로 화해 아직도 피가 흐르는 상처 부위로 스며들자 타는 듯한 통증이 가라앉으면서 피도 서서히 멈춰지는 듯했다. 그리고 그제야 나는 류미르의 어깨 너머 뒤를 볼 수 있는 여유를 가질 수 있었다.

"저기, 류미르?"

"응?"

"쫓아오는걸?"

"알고 있어. 그러니까 널 내려놓지도 못하고 이러고 있는 거 아니겠냐?"

"그런데 거리가 점점 좁혀지고 있어."

"것두 알아."

"그랬냐? 그럼 슬슬 내가 다시 나서야 하는군."

나는 어느 정도 몸이 치유되었다 생각하고 뒤에서 무섭게 날아오는 '그 존재'를 바라보며 낮게 입을 열었다.

"딜 브랜드!!"

'그 존재'의 반경 20m 이내의 땅이 갑자기 폭발적으로 치솟아오르며 '그 존재'의 모습을 가렸다.

그리고 그 틈을 타 류미르가 나를 재빨리 땅에 내려놨다.

"괜찮겠어?"

"응."

서서히 흙먼지가 가라앉자 그제야 자신의 몸 주위를 붉은빛을 띠는 마나의 막으로 감싸 몸을 보호한 채 허공에 떠 있던 '그 존재'가 모습을 드러내었다.

"웬만한 마법은 먹혀들지도 않는군. 단지 '잠시 시간을 끌기용'으로 사용될 뿐이라니… 결국은 직접 가서 목을 베어야 하는 것뿐인가?"

그 모습에 질린다는 듯 류미르가 내뱉었다.

"그러니까 나도 익숙하지 않은 검을 들고 있는 거 아니겠냐? 자, 그럼 간다! 위더 피스트!"

'그 존재'가 서 있는 앞의 땅에서 갑자기 거대한 주먹이 솟구쳐 올라 덮쳐 갔다.

그러나 '그 존재'는 가소롭다는 듯 곧장 검을 들고는 곧바로 그 주먹에게 돌진해 들어갔다.

그와 함께 류미르와 나도 공중으로 솟구쳐 올랐다.

퍽!

사과가 터지는 듯한 소리와 함께 거대한 주먹이 산산조각 났고 그 사이에서는 '그 존재'가 이쪽으로 몸을 날리고 있었다.

콰앙~!

도저히 검끼리 부딪쳤다고 생각할 수 없는 폭발음과 함께 '그 존재'와 내 검이 맞붙었다.

힘으로 '그 존재'의 압력에 정면으로 대항하고 있을 때 나보다 좀 더 높은 곳으로 솟구쳐 올랐던 류미르가 '그 존재'의 머리 위로 떨어지며 검을 내리그었다.

그러자 '그 존재'는 류미르를 알아차린 듯 갑자기 힘을 빼고 뒤로 물러나 나는 하마터면 앞으로 넘어지면서 류미르의 검에 찔릴 뻔했다. 다행히도 류미르가 재빨리 검을 위로 회수하면서 내 어깨를 살짝 밟고 재도약하는 바람에 검에는 찔리지 않을 수 있었지만, 덕분에 나는 확실하게 앞으로 꼬꾸라졌다.

"젠장……"

언제 이렇게 흙 속에 얼굴을 처박고 마사지받을 기회가 있었던가?

기분 무지하게 나빴다.

하지만 그걸 느낄 여유로움도 없이 재빨리 일어나 얼굴에 묻은 흙을 대충 털고 다시 '그 존재'에게 달려들었다.

그리고 그때쯤에는 세이몬도 지척에서 달려오고 있었다.

류미르가 '그 존재'와 한번 부딪치고 뒤로 물러나는 틈을 놓치지 않고 곧바로 달려들어 옆구리를 노렸다.

그러자 '그 존재'의 검이 반대쪽 횡으로 그어지던 걸 부드럽게 원을 그리며 돌아와 밑으로 내려오며 정확하게 내 검끝을 가로막았다. 하지만 난 놀라기보다는 여유있는 미소를 지을 수 있었다.

'그 존재'의 등 뒤에서 검을 휘두르는 세이몬의 모습을 보았기 때문이었다.

그러나 전에도 당한 수법에 또 당할 맘은 없었는지 '그 존재'는 내 검끝을 가로막은 검에 힘을 더 가하여 내 검을 내리누르더니 한 손을 검에서 떼어내 내 어깨를 강하게 짚었다.

한 손을 검에서 떼어냈음에도 불구하고 전혀 그 힘이 줄지 않음에 놀랄 틈도 없이 내 어깨를 강하게 짚는 '그 존재'의 힘에 의해 나는 한순간 휘청거렸다.

그 틈을 타 '그 존재'는 훌쩍 내 머리 위로 뛰어넘었고 세이몬은 급하게 자신의 검을 회수해야 했다. 그 시점에서 '그 존재'는 그냥 가고 싶은 마음이 전혀 없었는지 뒤로 물러나면서 내 등을 노리고 강하게 횡으로 그었다.

"커억~!"

오늘 칼침 맞은 게 벌써 두 번째였다.

그리고 그 순간 난 난생처음으로 내 뼈가 부러지는 소리를 똑똑히 들을 수 있었다. 등뼈까지 부러진 듯했다.

너무 깊은 상처를 입으면 잠시 동안은 피도 안 나오고 고통도 안 느낀다는 걸 들은 적은 있었지만 직접 체험해 본 것은 처음이었다. 아까는 배를 관통당한 뒤에 불에 타는 듯이 뜨거운 통증이 느껴졌는데 지금은 아무런 아픔도 느껴지지 않았다.

하지만 뒤에서 덮쳐 온 힘에 의하여 내 몸은 서서히 앞으로 기울어져 나는 다시 흙더미에 얼굴을 처박아야 했다.

"아린!!"

세이몬과 류미르가 동시에 부르짖는 소리가 들렸다. 그러더니 류미르가 금세 달려와 내 옆에 무릎을 꿇었다.

"잠시만 참아. 곧 치유해 줄게. 괜찮을 거야."

류미르의 떨리는 목소리와 함께 등 쪽에서 시원한 기운이 스며드는 것이 느껴지더니, 그와 함께 무지 뜨겁고 신경이 팽팽히 당겨 끊어지는 듯한 통증이 덮쳐 와서 나는 나도 모르게 신음을 내뱉었다.

"우욱!"

내 신음 소리를 듣자 잠시 시원한 기운이 사라지더니 곧 이어 더 커진 기운이 내 몸속으로 들어왔다.

류미르가 놀라서 마법을 다시, 그리고 좀 더 강하게 걸었나 보다.

하지만 그 마법이 채 끝나기도 전에 나는 다시 커다란 몽둥이에 얻어맞는 듯한 둔중한 통증을 상처 부위에서 느껴야 했다.

"커억~!!"

그 충격에 의하여 나는 입으로 피를 토함과 동시에 치유 마법이 가져다 주는 기분 좋은 느낌에 점점 희미해지던 정신이 다시 찬물을 뒤집어쓴 듯 화들짝 깨어나 버렸다.

"젠장, 세이몬!!"

류미르의 놀라움과 황당함, 그리고 분노의 외침이 들려왔다.

"큭… 미, 미안……"

아마 '그 존재'에게 날려온 모양인데 하필이면 낙하 지점이 내 등 위였던 모양이다.
세이몬이 얼른 몸을 일으키는 듯싶었지만 아까보다 더 심한 통증이 밀려와 나는 나도 모르게 입술을 악물었다.
"젠장… 이럴 줄 알았으면 방어막을 치고 치유를 하는 건데……"
류미르의 후회 섞인 투덜거림이 들려옴과 동시에 다시 중단되었던 치유의 기가 몸속으로 들어왔다.
'진작 그렇게 하지 그랬냐.'
라고 한마디 해주고 싶었지만, 입을 열었다간 신음이 흘러나올 것 같아 그냥 참고 있었다.
"류, 류미르… 멀었냐?"
멀리서 세이몬의 힘겨운 목소리가 들렸다.
"멀었어. 너 때문에 상처가 더 벌어졌잖아!!"
평소 류미르답지 않게 신경질적이고 초조한 목소리가 터져 나왔다. 그리고 그와 함께 내 등에 스며들던 치유의 기가 약해지며 흔들리는 게 느껴졌다.
"젠장, 아무래도 안 되겠어. 실라페!"
아무래도 세이몬 혼자 '그 존재'를 막는 것은 역부족이었는지 류미르가 치유가 끝나지도 않은 날 '응급조치'만 한 정도로 끝내고 바람의 중급 정령을 소환했다.
"아린을 저쪽에 있는 신관에게 데려다 줘. 조심해서 들고."
바람의 정령이 바람을 이용해 날 조심스레 들어 올리는 게 느껴졌다. 그리고 그와 함께 류미르의 말소리가 들렸다.
"기다려, 내가 간다!"

"아시리안님!"
놀란 듯한 사르하의 목소리가 들려왔다.
"이게 어떻게 된… 아, 조금만 기다리세요!"
바람의 정령이 나를 다시 땅에 내려놓자 사르하가 내 옆에 무릎을 꿇고 앉았다.
그러나…
다다다다~!!
"사르하, 여기 좀……."
급한 발소리와 함께 다급한 어조의 리틀 조로의 목소리가 들려왔다.
그러나 아마 내 모습을 본 듯 그의 말은 끝까지 이어지지 않고 중간에서 끊겼다.
"아시리안님이 다치셨군요? 다 치유가 된 건가요?"
사르하가 나를 치료하기 시작했기 때문에 리틀 조로는 사르하에게 직접 묻지 못하고 옆에 있던 기사에게 물었다.
"아니, 지금 막 오셨어."
"큰일 났네… 스와카, 괜찮아요?"
혼자 온 것이 아니었나 보다.
"하아하아… 난… 그냥… 하아, 지친 것뿐… 하아……."
"어떻게 됐지?"
기사의 다급한 물음이 들려왔다.
"사람들이 너무 많아요. 게다가 웬만한 마법은 먹혀들지도 않고요. 그럼 전 다시 가볼게요."
다시 다급한 발자국 소리와 함께 기사의 외침이 들렸다.

"기다려! 너야말로 매우 지친 듯한데!"
"전 괜찮아요."
이미 뛰어가 버린 듯 멀리서 목소리가 들려왔다.
나쁜 일은 연이어서 일어난다고 했던가?
'아마 그게 머피의 법칙이지?'
멀리 떨어지지 않은 곳에서 커다란 폭발음이 들려왔다.
아마도 '그 존재' 쪽인 듯했다.
"이런, 큰일이군. 신관님, 멀었습니까? 저들이 이쪽으로 오고 있습니다만……."
"조, 조금만 더요… 너무 상처가 깊어서 시간이 많이 걸릴 것 같아요."
"제발 빨리 하시길……."
기사의 초조한 목소리를 들으면서 나는 고개를 천천히 돌려 사르하를 바라보았다.
"사르하, 그만 해."
생각보다 기운없고 작기만 한 목소리가 흘러나왔지만 다행히도 사르하가 들었는지 놀란 표정으로 나를 바라보았다.
"에? 아시리안님?"
"내 상처가 깊지? 아마 내 상처를 다 치유하려면 넌 탈진하고 말 거야, 그렇지?"
"에? 그야 그렇지만……."
"사르하, 지금 날 그냥 놔둬도 죽지는 않으니까 그만 치유하고 빨리 스와카의 체력이나 회복시켜. 잠시 후에는 다른 동료들도 네 힘이 필요할 테니 힘을 남겨두길 바래."
"하, 하지만……."

사르하가 머뭇거리자 나는 좀 더 단호한 목소리를 냈다.

"지금은 그런 사치 누릴 시간 없으니까 시키는 대로 해. 그리고 기사님, 날 좀 업어주겠어요?"

"예? 아, 예!"

기사가 내 몸을 조심스레 일으켜 등에 업자 그제야 시야가 탁 트여서 주위를 볼 수 있었다.

"역시……"

아까 소리를 제대로 들었는지 저쪽에 '그 존재'와 대항하여 싸우고 있는 류미르와 세이몬의 모습이 보였다. 그 둘은 힘이 달리는지 자꾸 이쪽으로 밀려오고 있었지만 필사적으로 오지 못하게 막고 있었다.

"둘만으로는 역부족이군. 마을 쪽도 밀리고 있다고 했지?"

나는 머리가 어질어질했지만 입술을 깨물어 정신을 유지하며 어찌해야 할지 최대한 머리를 굴렸다.

하지만 이미 답은 나와 있었다.

'튀는 수밖에……'

문제는 어떻게 튀느냐 하는 거였다.

내가 연신 주위를 둘러보며 입술을 잘근잘근 깨무는 동안 사르하 덕분에 체력이 회복된 스와카가 자신의 지팡이를 잡고 몸을 일으켰다.

"우선 물러나는 수밖에 없겠군요."

"동감입니다. 문제는 어떻게 물러나느냐죠."

류미르와 세이몬 쪽은 조금 더 이쪽으로 가까워져 있었다.

아마도 '그 존재'가 나를 끝장내기 위하여 필사적으로 이쪽으로 오고 있을 터였다.

"이런, 마을 쪽으로 간 사람들이 보입니다. 밀려 나왔군요."

마을 입구가 보이는 곳쯤에 위치해 있었던 터라 마을 입구로 바글바글 몰려나오는 사람들과 그 앞에 주춤주춤 뒤로 물러나고 있는 일행들이 잘 보였다.

"스와카, 혹시 일행들을 이쪽으로 불러들일 방법이 없을까요?"

그러자 스와카가 나에게 의미심장하게 씨익 웃어 보였다. 그리고는 마을 쪽을 향해 당당하게 외쳤다.

"이쪽으로 오세요!"

그의 목소리는 마법의 힘을 빌어 공기 중으로 멀리멀리 퍼져나갔다.

"그런 방법이 있었군요."

"확실하긴 확실하네요."

사르하와 기사는 황당하다는 목소리로 입을 열었다. 나도 황당해하고 싶었지만 그보다도 먼저 마른 입술을 축이고 기운을 짜내어 입을 열었다.

"사르하, 일행들이 지쳐 있을 테니 준비해 줘. 그리고 스와카는 말 안 해도 알죠?"

"물론이죠. 저들을 지체시키라는 것 아닙니까?"

"하아… 부탁해요."

머리가 점점 더 아파오는 데다 이제는 얼굴까지 뜨거워지고 있었다. 이제는 열까지 오르는 듯했다.

"하아… 문제는 저쪽인데……"

타다다다닥—

"빨리, 이쪽으로!!"

마을 쪽으로 간 일행들이 다가오는 듯 요란한 발소리들이 들려왔다. 그리고 그 뒤로 스와카의 목소리가 들렸다.
"딥 윈드!!"
스와카의 손이 쭉 뻗어난 방향을 따라 거대한 돌풍이 일어나더니 일행들 뒤를 쫓아오던 사람들에게 들이닥쳤다. 죽일 수 없으니까 아예 바람으로 날려 버리는 듯했다.
"나의 주인이신 엘라이어드 여신이시여, 미천한 종에게 당신의 축복을 내려주소서."
사르하도 다급한지 평소에 하던 대로 일일이 신성력을 부어주는 대신 한 번도 쓰지 않던 신성 주문을 외웠다. 그러자 그녀의 몸에서 뻗어 나온 성스러운 빛줄기는 이제 막 이쪽으로 뛰어와서 지쳐 버린 몸을 추스르고 있는 일행들을 한꺼번에 감싸 안았다. 그 모습이 너무나 멋있어서 기사와 나는 나도 모르게 감탄사를 내뱉었다.
"멋진 광경이군요."
"하아, 그렇군요."
"텔레포트를 해야겠습니다."
잠시나마 마을 사람들을 지체시킨 스와카가 와서 입을 열었다.
"하지만… 하아, 사람들이 너무… 하아, 많지 않은가요? 당신 혼자서는……"
"마법진을 써야겠지요. 제가 마법진을 그리는 동안 마을 사람들 쪽은 리틀 조로에게 맡길 생각입니다. 잠시간일 테니 온 힘을 다 쓰라고 해야죠. 문제는 아시리안님 친구 분이 있는 쪽입니다만……"
스와카가 턱을 만지며 곰곰이 생각에 잠겨 있는데 그에 대한 해답을 알려주는 소리가 들려왔다.

"그쪽은 저희가 가도록 하죠."

시선을 돌려보니 회복을 다 시킨 듯 사르하가 땅에 주저앉아 땀을 뻘뻘 흘리며 헥헥대고 있었고 다른 사람들은 혈색이 멀쩡해져서는 이쪽을 바라보고 있었다.

"저와 반담, 그리고 자카르님이 가면 도움이 될 겁니다."

애쉬가 대표로 말하자 자카르와 반담도 고개를 끄덕였다.

"그렇군요. 한 10여 분 정도만 막아주시면 됩니다."

"알겠습니다."

"자, 잠깐만요."

나는 몸을 돌려 '그 존재'가 있는 쪽으로 가려는 그들을 불렀다. 그리고는 왼손에 찬 아빠의 팔찌를 힘겹게 빼내었다.

"이거… 하이 엘프에게 주세요. 하아… 도움이 될 겁니다."

그러자 애쉬가 와서 받아 들고는 고개를 끄덕이더니 나를 잠시 동안 쳐다보다가 낮게 속삭였다.

"조금만 참으십시오."

"무리하실 필요는 없습니다. 단지 시간만 끄시면 되는 겁니다."

스와카의 당부 말을 들으며 그들은 빠른 속도로 류미르와 세이몬이 분전하고 있는 곳으로 뛰어갔다. 그들이 뛰어가자마자 스와카는 재빨리 땅에다 마법진을 그리기 시작했고, 그에게 아무 도움이 될 수 없는 나와 사르하, 그리고 기사는 한쪽에서 조용히 구경하고 있었다.

"헉헉, 아시리안님. 헉, 괜찮으세요?"

"하아… 버틸 만해……."

"헉, 얼굴이 헉헉, 붉은데… 헥헥, 열이 있으신가 봐요… 헥……."

"힘들면… 말하지 마… 대답하기도… 힘들다… 하아……."
 시야가 점점 흐려지면서 아프던 머리가 이제는 어지러워졌다.
 '하아… 젠장… 내가 이렇게 아팠던 적이 있었던가?'
 눈을 뜨고 있기도 너무 힘들었고, 머리가 너무 어지러워서 잠시 눈을 감고 있는다는 게 그대로 잠이 들어버렸다.

 눈을 떠보니 눈앞에 바로 거친 천으로 만들어진 데다 그렇게 폭신폭신하진 않지만 그래도 깨끗하고 편안한 베개가 보였다.
 "엥……?"
 정신을 차리고 보니 나는 어느 침대에 엎어져 있었다. 아마도 등에 상처가 난 관계로 누일 수가 없어서 엎어놓은 듯했다.
 침대가 있는 걸 보니 분명 이곳은 집 안인 듯했다.
 '그럼… 설마… 그 마을인가? 그럼 그 사람들은 어떻게 된 거지? 아, 잠깐만… 그때 스와카가 공간 이동진을 만들고 있었지? 그렇다면 내가 집 안에 있다는 건 무사히 도망쳤다는 이야기인데, 그럼 그 마을은 아닐 테고… 그렇다고 자벨리안 성으로 돌아온 건 아닌 것 같은데… 여기가 성일 리는 없고… 어떻게 된 거지? 그나저나 이 방 안에는 아무도 없나?'
 몸을 일으키려고 하니 오랜 시간 동안 자고 있었는지 몸에 힘이 하나도 없는 데다 손가락 하나 까딱할 수가 없었다.
 "에구… 기운없어……."
 목소리도 내 목소리 같지 않은 게 탁하게 쉰 데다 말끝마다 목소리가 갈라졌다.
 천천히 손가락 끝부터 움직여서 겨우 팔을 움직일 수 있게 되자 팔로 상체를 지탱하여 몸을 일으키려고 했다.

그랬더니…

"윽! 아프다……"

등이 감전된 것처럼 찌릿하면서 아직 상처가 있다는 것을 호소하고 있었다.

"에구……"

몸을 일으키는 걸 포기하고는 다시 엎어져서 그 상태로 몸부터 살펴보니, 나는 내 몸에 비해 무척 큰 면 남방을 걸치고 있었는데 몸 안에는 붕대가 감겨 있었다.

"에… 그냥 치료한 거 보면… 아, 그때 사르하도 무척 탈진해 있었지. 그럼 개도 아직까지 회복 못한 건가? 흐음… 하지만 치유 마법은 류미르나 스와카도 쓸 수 있는데 말야. 아… 그들이 완전하게 치유하기에는 내 상처가 좀 심하려나? 그런데… 내 옷은 누가 갈아입힌 거지?"

우리 일행 중 여자가 나와 사르하라는 것에 생각이 미치자 설마 하는 불길한 생각이 떠올랐다.

"어떤 놈이 내 옷을 벗긴 거야?"

혼자서 시부렁시부렁대고 있는데 어디서 많이 들어본 소리가 들렸다.

달칵!

"에?"

고개만 겨우 돌려서 소리가 난 쪽을 쳐다보니 거친 나무로 만들어진 문이 열리고 웬 여자가 옷가지로 보이는 천 뭉치를 들고 들어서고 있었다.

문을 닫느라 목덜미에서 리본으로 묶은 등까지 내려오는 갈색 머리가 제일 먼저 눈에 들어왔다. 평범한 면직물로 만들어진 베이지 색 라운드 티와 큰 붉은색의 체크 무늬가 있는 남색 치마를 입고 있는 그녀가 천천히 뒤를 돌아보자 그제야 얼굴을 볼 수 있었는데, 평범하게 생겼지만 이목구비가 시원하게 생겨서 예쁘다는 소리를 들었을 것 같은 20살 정도로 보이는 여자였다.

문을 닫자마자 곧장 내 쪽으로 다가오던 그녀는 빤히 바라보고 있던 나와 마주쳤다.

그러자 그녀의 가느다란 갈색 눈썹이 부드럽게 곡선을 그렸다.

"어머, 드디어 깨어나셨네요."

"누구세요?"

그녀는 내 질문에 대답하기보다는 놀랍다는 표정으로 나를 바라보았다.

"어머, 목소리가 많이 가라앉았네요. 아, 목이 건조해서 그럴 거예요. 입술이 바짝 말랐는데 목 안 마르세요?"

그리고는 침대 옆에 있던 자그마한 서랍장 위에 천 뭉치를 내려놓고는 그곳에 있던 나무 컵에 물을 따라 나에게 다가왔다.

"자, 마시기 힘드실 테니 제가 도와드릴게요."

내 상체를 살짝 받쳐 주면서 컵을 입가에 가져다 주어 내가 물을 쉽게 마실 수 있게 해주었다.

아까까지는 목이 마른지도, 물을 마시고 싶었는지도 몰랐는데 차가운 물이 입술에 닿자 입이 저절로 열리면서 나도 놀랄 만큼 허겁지겁 물을 꿀꺽꿀꺽 마셔댔다.

"천천히 마시세요. 그러다 사레 걸려요."

그녀가 옆에서 뭐라고 하든 말든 그 컵에 담겨져 있던 물을 다 마시고 나자 그제야 살 것 같았다(언제는 죽을 것 같았나?).

"여기가 어디죠?"

두메산골 마을

목이 물에 적셔져서 그런지 여전히 쉬어 있었지만 목소리가 아까처럼 갈라지지는 않았다.

"여긴 저희 집이에요. 자, 붕대를 갈고 옷을 갈아입으셔야 해요. 몸을 조금만 옆으로 기울여 주시겠어요?"

그녀가 가지고 들어온 것이 내가 갈아입을 옷가지와 붕대였나 보다.

"처음에 여기 왔을 때 피투성이로 의식을 잃고 있어서 많이 걱정했어요. 지금이라도 깨어 나셔서 다행이에요."

몸을 옆으로 기울이는데 등이 찌릿찌릿 욱신욱신거려 움직이는 데 무지 조심스러웠다.

"내가… 며칠 동안 잤는데요?"

"이틀 동안 내리 잤어요. 아, 아직 움직이면 아프죠? 그럴 거예요. 상처가 무척 깊었거든요. 피도 많이 흘린 것 같던데……."

"저… 나랑 같이 온 사람들은 어디 있나요?"

"모두 밖에 계세요. 몇 분은 옆방에서 쉬시고 계시구요. 아, 이 방에는 딴 여자 분이 같이 계셨는데 누워 있는 게 갑갑하다고 잠시 나갔어요."

그녀는 내 옷을 벗기고는 능숙한 손길로 붕대를 풀고 약 비스무리한 약초 냄새가 풀풀 나는 것을 새로 바르고 다시 붕대를 감았다.

"자, 이 옷으로 갈아입으세요."

"혹시, 내 옷은 어디 있나요?"

"너무 지저분해서 빨았어요. 게다가 여기저기 찢어진 곳이 많던데 수선이 끝나면 가져다 드릴게요."

"아… 고마워요. 그런데… 누구… 시죠?"

"에? 아, 그렇구나. 아직 당신과 인사를 못했군요. 다른 분들하고는 다 인사를 해서 다 한 줄 착각하고 있었어요. 전 메이라고 해요."

"그렇군요. 난 아시리안이라고 해요."

"반가워요."

생긋 웃으면서 말하는 모습을 보니 평소에도 많이 웃는 아가씨인 듯했다.

"하하하… 예……"

메이의 도움을 받아 옷을 갈아입고 나서 나는 다시 엎드리고 메이는 내가 벗어놓은 옷과 붕대를 챙기고 있는데 문이 열렸다.

끼이이익—

상당히 조심스레 열리는 폼이 아마 내가 깰까 봐 문을 여는 사람이 신경 쓰는 듯했다.

"어? 아시리안님, 깨어나셨군요?"

목을 꺾어 문 쪽을 바라보니 리틀 조로에게 부축을 받고 있는 핼쑥한 얼굴의 사르하가 보였다.

"안녕, 사르하."

"어머, 돌아오셨군요. 그럼 전 이만 나가볼게요."

메이는 우리가 이야기를 할 수 있도록 비켜주려는 듯 서둘러 옷과 붕대를 챙기고는 방을 나갔다.

"안녕히 주무셨어요? 몸은 좀 어떠세요?"

창백한 얼굴의 사르하가 환하게 웃으면서 말을 걸었다.

"죽지는 않을 것 같아. 그런데 너야말로 얼굴이 무척 창백한데?"

그러자 사르하는 단지 피식 웃어 보였고, 리틀 조로가 그녀를 안으로 데리고 들어오면서 투덜대는 어조로 말했다.

"바보같이 탈진했으면서 신성력을 또 썼지 뭐예요? 그래서 아예 쓰러졌었다구요. 아직까지 회복 안 된 것 좀 보세요."

"그래도 리틀 조로, 너는 괜찮아 보이니 다행이다. 그건 그렇고, 여긴 도대체 어디냐?"

"여긴 바이투 산맥을 이루고 있는 어떤 산속에 있는 마을이에요. 지명은 저도 정확히는 모르구요."

리틀 조로가 사르하를 내 침대 옆 의자에 앉히면서 대답했다.

"우리가 어떻게 여기 오게 된 건지 설명 좀 해줄래?"

"그러니까… 저도 잘은 모르지만……"

으로 시작된 리틀 조로의 설명으로는 리틀 조로가 마을 사람들을 막고, 검객(?)들이 '그 존재'를 막고 있는 동안 스와카가 마법진을 완성해서 그들을 간신히 따돌리고 도망을 칠 수 있었다고 했다.

많은 인원이 있었던 터라 멀리 가지는 못하고 그 마을에서 보이는 산 바로 밑까지 이동했었는데, 그것만으로도 스와카가 지쳐서 쓰러지고 '그 존재'를 막고 있던 사람들도 마지막에 혼신의 힘을 다해 따돌리고 마법진이 있는 곳까지 뛰어오느라 지쳐 있어서 사르하가 어쩔 수 없이 그들에게 신성력을 퍼부어 체력을 회복시키려 했었단다.

하지만 사르하도 지쳐 있는 상태였기에 미처 다 체력을 회복시키기도 전에—하긴, 체력을 회복해야 할 사람들도 많았긴 했다—기절해 버려 일행은 위험하긴 했지만 어쩔 수 없이 거기서 약간의 휴식을 취한 다음, 끝까지 체력을 회복 못한 스와카는 반담이 업고, 사르하는 홈이 들쳐 업고 산속으로 들어와 헤매던 중 엘프—류미르겠지—가 어떤 눈에 잘 띄지 않는 곳에 위치한 마을을 찾아냈다고 했다.

그리고 거기서 제일 가까운 집—바로 내가 누워 있는 집—사람들의 도움을 받을 수 있었다고 했다.

"그래서 우리가 여기 있는 거구요."

"그래? 어쨌든 잘 도망쳤구나."

"도망이야 잘 쳤지만, 지금은 모두들 뻗은 상태인걸요. 게다가 아시리안님은 죽은 듯이 엎드려서는 깨어나지도 않으시니까 모두들 많이 걱정했다구요. 사르하나 마법사님들도 아직 다 회복이 안 되어서 치유를 해드리지도 못하고 단지 약초에만 의존하니까 더욱더 불안했다구요. 혹시나 잘못되면 어쩌나 싶어서……"

리틀 조로는 그동안 쌓인 게 많았는지 숨도 안 쉬고 그 많은 말들을 내뱉었다.

"그, 그랬냐?"

"예. 게다가 누워 계시는 그 하이 엘프님도 한 시간에 한 번씩은 꼭꼭 저에게 아시리안님이 깨셨는지 보고 오게 했다고요."

얼굴을 찡그리면서 투덜대는 리틀 조로를 보고 있자니 쓴웃음이 저절로 나왔다.

'무지 귀찮았었나 보군. 그런데… 뭔가 빠진 것 같다?'

"아, 잠깐만… 혹시 검은 머리의 검사는 암 말도 안 해? 그는 뭐 하고 있지?"

그랬다.

류미르가 저렇게 애를 들들 볶는데 세이몬이 가만히 침묵을 지키고 있을 리가 없었다.

오히려 류미르보다 더 애를 들들 볶아 류미르가 말렸을 사태가 일어나면 모를까.

"아, 그 검사님도 잠들어 계세요."

"잠들어 있다고? 다친 거야?"

세이몬이 다친 건 아닌지 불안하기도 하고 놀랍기도 하지만 한편으로는 내가 잠자고 있었을 때는 모두 불안해했다고 하면서 세이몬이 깨어나지 못하고 있다는데 그걸 아무렇지도 않게 말하는 리틀 조로 녀석의 행동이 못마땅해서 나도 모르게 큰 소리를 내며 벌떡 몸을 일으키려고 하자 리틀 조로가 움찔하는 동시에 등의 상처가 전기 쇼크를 열렬히 보내왔다.

"윽!"

"아시리안님!"

핼쑥한 얼굴의 사르하가 놀라서 벌떡 일어났다.

"에구구… 아야야야… 아, 사르하, 난 괜찮으니까 자리에 앉아. 지금이 낮이라서 그렇지, 밤이었으면 네가 유령인 줄 알았을 거다."

그러자 사르하가 샐쭉해져서는 자리에 다시 앉았다.

"그거야 아시리안님을 걱정해서 그런 거잖아요."

"네 몸이 다 회복되면 그때 걱정해 줘도 안 늦어. 그건 그렇고, 리틀 조로? 계속 말해 봐. 깜장 검사가 잠들어 있다구?"

"에? 아, 예. 하지만 그 하이 엘프님이 다친 건 아니니까 걱정할 것 없다구 그랬는데요? 그냥 체력이 너무 떨어져서 잠든 것뿐이니까 며칠 자고 나면 깨어날 거라고 그랬는데……."

내가 아까 소리쳐서 그랬는지 녀석은 내 눈치를 힐끔힐끔 살피면서 우물쭈물 대답했다.

"언제 잠이 들었는데?"

"여기 오시고 나서요······."

'그러고 보니··· 산 밑으로 이동한 후에 사르하가 일행 모두에게 체력을 회복시키려는 의미에서 신성력을 썼다고 했지? 이런, 그렇지 않아도 '그 존재'를 상대하느라 체력이 떨어졌을 텐데 사르하의 신성력까지 방어해야 했으니··· 참내, 황당한 경우로군. 아, 아니다. 신성력만은 류미르가 어떻게 해서든 막아줬겠지.'

나와 류미르가 마족인 것은 숨기라고 했으니 말도 못하고 속으로만 끙끙 앓고 있다가 이곳에 오자마자 잠이 들어버린 세이몬을 생각하니 속으로만 쓴웃음이 나오는 동시에 왠지 미안해졌다.

'잠들기 전에 상황을 류미르에게 설명은 해줬나 보지? 그러니까 류미르가 괜찮다고 말하지. 그건 다행이네. 성장하더니 그런 세심한 면이 생기구 말야. 짜식, 크긴 컸다 이거지?'

"저어··· 아시리안님?"

조심스러운 사르하의 목소리에 나는 퍼뜩 정신을 차렸.

어느새 나도 모르게 흐뭇한 미소를 짓고 있었던 걸 사르하와 리틀 조로가 황당한 표정으로 쳐다보고 있었던 것이다.

"응? 아아, 그래. 그럼 내 친구들하고 스와카는 딴 방에서 뻗어 있다는 건 알았는데. 그럼 딴 사람들은?"

"그분들은 이틀 쉬고 나시니까 멀쩡히 일어나시던데요? 그래서 오늘 이 집 주인 아저씨가 사냥을 하러 가니까 도와준다고 같이 갔어요. 아, 흄님은 만약을 대비해 여기 계시구요. 불러올까요?"

"그래 줄래?"

그 말에 즉시 리틀 조로가 일어나서 밖으로 나갔다.

그러자 그동안 조용히 입을 다물고 있던 사르하가 의자를 살짝 끌어당겨 침대에 더 가까이 와 앉더니 그 창백한 얼굴에 싱긋 미소를 지어 보였다.
"다행이에요. 정말 다행이에요. 못 깨어나시면 어쩌나 얼마나 걱정했는지 몰라요."
그러면서 웃는데 정말 안심했다는 표정에 눈에는 눈물까지 그렁그렁 맺혀 있었다.
'내가 얘랑 그렇게 사이가 좋았었나?'
의아함이 들었지만, 내가 깨어난 걸 이렇게 반가워해 주는 애한테 의아함 때문에 위로도 안 해줄 정도로 난 야박하지 않았다.
"에이, 뭘 이 정도 가지고 울어? 다시 만났으니 됐잖아."
"예에~!"
하며 자신도 쑥스러운 듯 얼굴을 붉히며 소매로 눈가를 쓰윽 닦았다.
"하지만 정말 다행이에요. 도움이 되려고 일행이 되었는데도 아시리안님을 완전히 치유하기는커녕 단지 목숨만 부지할 정도밖에 치유 못한 데다가 신성력이 모자라서 일행 체력도 완전하게 회복 못 시켜서… 흑, 혹시… 절… 흑흑…….'
눈물을 닦길래 진정했나 싶었는데, 말하는 도중 다시 감정이 복받쳤는지 울먹이면서 말끝을 흐렸다.
하지만 이번에는 위로해 줄 마음은 요만큼도 생겨나지 않았다.
'그러니까… 저 녀석은 날 너무너무 존경하고 좋아해서 깨어난 것 자체가 반가웠던 게 아니라 억지로 떼를 써서 일행이 되었는데, 이번에 제대로 도움이 안 된 것 같으니까 혹시나 신전으로 돌려보내질까 봐 전전긍긍했었는데 내가 깨어나니까 한시름 놓았다… 이 말이지?'
이마에 힘줄이 하나 뽀록 솟는 게 느껴졌다.

'이걸 확 보내 버려?'

하지만 그럴 수가 없는 건, 이번에 그녀가 없었더라면 정말 우리 일행은 꼼짝없이 '그 존재'에게 죽고 말았을 게 분명했기 때문이었다.

'에휴~ 어쩔 수 없지. 확실히 신관이란 필요한 존재로군. 하지만 왠~지 그걸 말해 주고 싶지는 않아.'

똑똑.

'어, 흄이군.'

"들어와요."

역시 내 예상대로 흄이었다.

그리고 그 뒤에는 리틀 조로가 같이 따라 들어오고 있었다.

"몸은 좀 어떠십니까?"

"무지 아프군요."

어떤 대답을 기대한 건지 흄의 얼굴에 황당함의 물결이 번져 나갔다.

하지만 그런 그를 내가 빤히 쳐다보고 있자 그는 얼른 헛기침을 하면서 표정을 수습했다.

"험험, 하긴… 크게 다치셨으니까요. 어쨌든 무사히 의식을 회복하셔서 다행입니다."

"어? 사르하, 운 거야?"

그때 같이 따라 들어온 리틀 조로가 사르하의 얼굴에 남아 있던 눈물 자국을 봤는지 놀란 목소리로 물었다.

"아… 리틀 조로……"

부끄러운지 다시 얼굴을 붉히며 소매로 씻어보지만, 빨갛게 된 눈은 도통 가라앉을 생각을 안 했다.

"왜 울었어?"

그러더니 고개를 들어 두리번거리다—아마 사르하가 울게 된 원인을 찾는 듯—나를 힐끔 보더니 슬며시 고개를 숙여 사르하에게 작게 속삭였다.

"아시리안님이 뭐라고 했어?"

'이넘아, 다 들린다.'

몸은 아파도 청력은 여전히 쌩쌩한 탓인지, 아니면 방이 상당히 조용했기 때문인지 리틀 조로의 목소리는 나에게 들렸다.

흄을 힐끔 보니 그도 같이 들은 모양이었다.

"에? 아, 아니야. 단지, 아시리안님이 깨어나시니까 너무 기뻐서 그만 눈물이 났지 뭐야? 에헤헤헤……."

다시 배시시 웃어 보이는 사르하를 바라보는 리틀 조로의 눈에 감동의 파도가 철썩이기 시작했다.

"아… 사르하, 역시 넌 신관이 될 수밖에 없는 사람이구나. 어떻게 이렇게 마음이 곱니? 신께서는 널 사랑하실 수밖에 없을 거야."

"어머, 내가 뭘… 리틀 조로는… 부끄럽게… 난 그렇게 착한 사람이 아냐."

"네가 착한 사람이 아니면 이 세상에 착한 사람이 어디 있니? 사르하는 겸손하기도 하구나."

"아이 참."

갑자기 두 녀석만 있는 공간에 반짝반짝거리는 가루가 휘날리고 뒤로 석양이 지는 넓은 꽃밭이 나타나는 것만 같았다.

'참내.'

황당한 얼굴로 두 녀석이 하고 있는 꼴을 보자니 나도 모르게 피식피식 웃음이 새어 나왔다. 흄도 피식피식 웃고 있다가 힐끔 내 얼굴을 쳐다보더니 곧 조용히 헛기침을 해서 그들의 주의를 끌었다.

"험험, 내가 아가씨께 할 말이 있으니 둘은 좀……"

흄이 말을 끝마치기도 전에 둘은 냉큼 고개를 끄덕이더니 리틀 조로는 당연하다는 표정으로 사르하의 팔을 부축했고 사르하는 기꺼이, 그리고 무척이나 즐거운 표정으로 그의 어깨에 기댔다.

"거참……"

피식피식 웃으며 둘이 나간 문을 바라보고 있자 흄이 슬쩍 말을 건넸다.

"부러우십니까?"

"글쎄, 지금까지 연애란 걸 해본 적이 한 번도 없어서… 솔직히 말하면 부러운 건지 우스운 건지 모르겠어. 하지만 흐음… 한 번 정도는 해보고 싶기도 해. 과연 어떤 감정일지 궁금하거든. 도대체 어떤 감정이길래 저런 표정이 나오는 걸까?"

"말로 듣는 것보다 직접 겪어보시는 게 더 확실할 겁니다."

"풋, 맞는 말이군."

같이 싱긋 웃어주던 흄은 뭔가 생각났다는 표정으로 '아차' 하더니 나를 다시 내려다보았다.

"공작 각하께서 걱정하시겠군요. 매일 연락을 하시던 아가씨께서 며칠 동안 연락이 없었으니 말입니다."

"아아, 잊고 있었다. 흄, 미안하지만 하이 엘프에게 가서 내 팔찌 좀 달라고 해. 그게 있어야 아빠랑 연락을 할 수 있거든."

"알겠습니다."

흄이 방을 나가고 나자 나는 아빠에게 연락을 할 수 있는 상태

두메산골 마을

인지 알아보기 위해 깨어나서 처음으로 몸속의 마나 상태를 살펴보았다.

몸속에 갈무리되어 있던 마나는 여전히 잘 갈무리되어 있었고 바깥쪽에서 몸을 휘감아 돌고 있던 마나도 잘 있었다. 단지 등 때문에 움직이기가 불편해서 그렇지 마나를 움직이는 데는 별다른 지장이 없었다.

"리커버리!"

온몸에 마나를 감싼 채로 입속으로 낮게 읊조렸다.

그러자 몸을 둘러싼 마나가 미묘하게 반응을 일으키며 그들 중 일부분이 희미한 빛을 내며 내 몸속으로 스며 들어왔고, 그와 함께 몸속을 흐르는 피에 힘이 느껴짐과 함께 그 힘이 몸 구석구석으로 번져 갔다.

"진작에 마법을 쓸 걸 그랬어."

의식을 찾고 나서 하릴없이 멀뚱멀뚱 있었던 건 아니었지만 힘없이 축 늘어져 있던 몸이 서서히 회복되어 가자 저절로 후회와 함께 쓴웃음이 나왔다.

하지만 체력이 약간 회복되었다고 해도 등에 난 상처가 다 나은 건 아니었다.

'리커버리'는 회복 주문이지 치유 주문이 아니기 때문이었다. 게다가 하필 상처가 난 곳이 등이라 난 볼 수 없었으므로 천상 남의 도움을 받아 치유해야 할 판이었다.

똑똑.

마법 시전을 끝마치자 때맞추어 훔이 돌아왔다. 그리고 그의 오른손에는 너무나 익숙한 팔찌가 들려 있었다.

"류미르가 깨어 있어?"

"예, 계속 주무시기도 힘들 테니까요. 기운은 차리지 못하셨지만 깨어 계십니다. 아가씨께서 의식을 회복했다는 말을 듣고 무척 기뻐하시더군요."

나는 고개를 끄덕이며 그에게 팔찌를 건네받아 왼손에 차고는 멀쩡한 그의 얼굴을 힐끔 바라보았다.

"그러나저러나 기사들은 체력도 좋네. 이틀 만에 회복해서 멀쩡하게 돌아다니니 말야. 나도 훈련을 열심히 해서 체력이나 쌓아둘 걸."

그러자 흄이 피식 웃었다.

"자력으로 회복한 게 아닙니다. 하이 엘프께서 마지막 힘을 짜서 저희에게 마법을 걸어주셨거든요. 그게 아니었으면 저희들도 아직까지 누워 있었겠죠."

"그랬어?"

"예. 이곳에 도착한 다음 하루 지났을 때 조금 기력을 차리신 것 가지고 걸어주시더군요. 만약을 대비한 거겠죠."

"흐음……"

내가 그의 말에 고개를 끄덕이며 동조를 표하자 그가 내가 찬 팔찌를 힐끔 내려다보더니 다시 말을 이었다.

"그럼 전 나가보겠습니다. 아, 그동안 아무것도 못 드셨을 텐데 잠시 후에 간단한 음식이라도 가져올까요?"

아빠와 대화를 방해하지 않기 위하여 자리를 피해주려 한다는 걸 눈치 채고는 나는 고맙게 고개를 끄덕였다.

"그래 주겠어? 고마워."

흄이 다시 방을 나가자 나는 모로 누운 상태에서 왼손을 앞으로 뻗어 조금 치켜 올렸다.

그러자 나의 마나를 주입받은 팔찌가 '우웅~' 소리를 내며 하얗게 빛을 발했고 그와 함께 내 눈앞에는 아빠의 형상이 나타났다.

"어떻게 된 거냐?"

나를 보자마자 다급하게 묻는 폼을 보니 그동안 꽤 걱정을 한 듯했다.

"헤헤헤, 보시다시피……."

"다친… 거냐?"

아빠의 음성이 떨리고 있었다.

"아? 아하하하, 웅~ 조금……."

"조금 다친 녀석이 며칠 동안 연락도 못해? 게다가 뭐냐? 지금 침대에 누워 있잖아!"

"누워 있는 게 아니라 기대 있는 건데."

"그게 그거지! 그래그래, 어떻게 된 건지 이야기나 좀 듣자."

"아, 그게요……."

주저리주저리 아빠 앞에다 그동안 있었던 일을 쏟아놓자 아빠의 안색이 점점 굳어져 갔다.

"그리고 나서 깨어보니까 여기더군요. 일행은 모두 무사하구요."

"으음, 하지만 이상하군. 왜 너희를 뒤쫓지 않은 거지? 멀리 도망간 것도 아니고 근처 산속이라면서?"

"솔직히… 그건 저도 모르겠어요. 하지만 확실한 건 앞으로도 '그 존재'는 혼자서 설치진 않을 거란 거예요. 안 그래요?"

"그렇겠지. 그럼 지금도 혹시 자신의 수하를 만들기 위해 쫓는 걸 잠시 멈춘 걸까? 어차피 네가 말한 마을 사람들을 산속으로 끌고 들어오기는 힘들 테니까."

"흐음, 하지만 그런 걸 생각할 능력도 없을 텐데요."

"생각한 게 아닐 게다. 아마 끌고 가다가 도저히 안 되겠으니까 버리고 새로운 수하를 만들려고 한 걸 테지."

"일났군요. 그럼 어쩌죠?"

"우선 수도로 돌아오는 게 어떻겠니?"

"그건 안 될 것 같아요. 만약 그렇게 했다가 '그 존재'가 날 따라와 수도 근처에서 자기 수하를 만들면 어쩌려구요? 그럼 인명 피해가 엄청날 거예요. 수도에 사람이 좀 많아요? 게다가 거긴 뛰어난 실력의 마법사나 기사도 많잖아요? 까딱 잘못하다간 전쟁이 난다구요. 그러니 여기서 무슨 수를 써서든 자신의 수하를 만들지 못하게 만들어야 해요."

"그깟 인간들 조금 죽는 게 대수냐? 세상 천지에 널리고 널린 게 인간인데. 넌 너무 맘이 여려서 탈이야."

"생명은 소중한 거라구요. 여기서 할 수 있는 데까지 해볼래요. 정 안 되면 그때 수도로 돌아갈게요."

"지금 다쳐서 골골하고 있으면서 무슨 수로?"

"제가 깨어났으니까 일행도 곧 회복시킬 수 있잖아요. 그러니… 음, 그래요. 한번 더 붙어야겠어요. 그래서 이긴다면 자신에게 수하가 있어도 우리에게 이길 수 없다고 생각하겠죠?"

나는 기껏 좋은 생각이라고 말한 건데 아빠는 맘에 안 드는지 인상을 살짝 찡그렸다.

"꼭 그럴 필요가 있냐? 이번에 이긴다는 보장도 없잖아?"

"그래도 해볼래요. 그리고 만약 지금 여기서 우리가 몸을 피한다고 하면 이 마을이 맘에 걸려요. '그 존재'가 우리를 뒤쫓고 있다면 이 마을을 발견할 거고, 그러면 이 마을에 뭔 짓을 할지도 모르잖아요."

내가 단호하게 말을 해서 그런지 아빠는 아미를 찡그린 채 잠시 고민을 하다가 결국 어깨를 들썩이며 크게 한숨을 내쉬었다.

"에휴, 그래. 알았다. 네 맘껏 해봐라. 누굴 닮아 고집이 저렇게 센지… 단, 더 이상 다치지는 말거라."

"약속은 못 드리지만, 안 다치도록 노력은 할게요."

아빠의 허락이 떨어지자 나는 고마움과 한편으로는 미안한 마음에 생긋 웃어주었다.

"그래그래, 알았다. 그럼 조심하고 또 연락하거라."

"예이~!"

아빠가 걱정해 주는 걸 느껴서 그런지 마음이 한층 따뜻해져 혼자 히죽히죽대고 있는데 내가 아빠와 대화를 끝마쳤다는 것을 알았는지 흄이 간단한 먹을 것을 가져왔다.

그가 나를 조심스럽게 일으켜 똑바로 앉게 하고 내 무릎 위에 쟁반을 내려놓으면서 물었다.

"공작 각하께서 뭐라고 하세요?"

"아빠야 뭐… 늘 말하던 대로 이번에도 내 맘대로 하라고 하시던데?"

"어떻게 한다고 하셨는데요?"

"아아, 한 판 더 붙는다고 했어. 아, 냄새 좋~ 타."

나는 무릎 위에 놓여진 쟁반을 좀 더 끌어당겨 그 위에 얹어진 음식의 냄새를 행복한 기분으로 맡으며 대답했다. 그러자 흄의 눈동자가 놀람으로 커졌다.

"이대로 수도로 돌아가는 게 아니었습니까?"

나는 그런 그를 힐끔 바라보며 생긋 웃어주었다.

"에이, 어떻게 이대로 돌아가? 끝장은 봐야지."

"하지만 아가씨, 우리는 '그녀'를 당해낼 힘이 없습니다. 지금은 감정대로 하지 말고 좀 더 냉정하게 따져 보는 게 좋지 않겠습니까?"

흄은 내가 '그 존재'에게 또다시 져서 열받아 한 판 더 하려는 줄 알았나 보다.

'엥… 내가 그렇게 성질 더럽게 보였나?'

"이봐, 흄. 이대로 수도로 돌아간다면 '그녀'는 수하가 있는 것이 우리를 이기는 데 좋은 방법인 줄 알고 앞으로도 계속 자신의 수하들을 만들어낼 거야. 그럼 한층 더 골치 아파지지 않겠어?"

그러자 흄이 원래의 표정을 되찾고 진지하게 물었다.

"그렇다면 '그녀'를 이길 무슨 방법이 있으십니까?"

나는 수프를 한 숟가락 뜨면서 생긋 웃었다.

"지금부터 생각해 봐야지."

사냥을 나갔다고 했던 집주인과 그를 따라갔던 애쉬를 비롯한 자카르와 반담, 그리고 자카르의 수하 기사가 돌아온 것은 해가 지기 시작한 저녁 무렵이었다.

그때쯤에는 흄의 도움을 받아 내 방으로 올 수 있었던 류미르와 스와카가 내 마법에 의하여 거의 회복되어 멀쩡히, 잘 뽈뽈거리며 다닐 수 있었다. 그리고 나는 회복된 류미르의 마법으로 등에 난 상처를 대충이나마 치유할 수 있었다.

단지 너무 깊은 상처라 류미르의 마법으로는 완전한 회복이 안 되어 흉터가 난 데다 아직 심하게 움직일 수 없었지만, 침대 위에 엎드려서 거의 꼼짝도 못하고 있는 것보다는 훨씬 나았다.

단지 안타까운 거는 사르하는 신관이라 마법이 듣지 않아 우리가 그녀를 회복시킬 수가 없다는 거였고, 덕분에 나는 사르하가 스스로 회복하여 내 상처를 치유해 줄 때까지는 활개 치고 다닐 수가 없다는 점이었다.

세이몬은 내가 회복 마법을 걸어줬음에도 꿈쩍도 안 하고 여전히 잠만 자고 있었다. 그래서 내 마법으로도 마족에게는 효과가 없는 건가 하고 속으로 불안하긴 했지만 숨도 규칙적으로 잘 쉬고 있고, 내 마법 덕분인지 안색 또한 약간은 좋아져서 조금은 불안을 떨쳐 버릴 수 있었다.

많은 인원이 우르르 몰려갔던 거에 비하여 획득물은 단지 사슴 한 마리와 토끼 세 마리뿐인 사냥꾼(?)들은 멀쩡해진 얼굴로 밖에 나와 있는 우리들을 보고는 무척 놀라워했다.

그리고 그제야 나는 이 집 주인인 사냥꾼의 얼굴을 처음으로 볼 수 있었다.

그를 처음 보자마자 딱 받은 인상은 한마디로 표현할 수 있었다.

'산적.'

그 사람처럼 산적같이 생긴 사람을 난 난생처음 봤다.

실제 산적 직업을 가지고 있는 사람을 잡아다 놓고 그 산적과 저 사람 중에 누가 산적일 것 같냐고 물어보면 난 당연히 집주인을 선택할 거 같았다.

그만큼 그는 키가 무척 큰 데다가 반담 못지 않은 울퉁불퉁한 근육질 몸매를 가지고 있었는데, 산속에서 산 탓인지 새까맸고 얼굴 절반은 거칠고 텁수룩한 수염이 차지하고 있었다. 그리고 그나마 드러난 얼굴에는 자잘한 흉터들이 여기저기 있어서 '나 험상 궂은 사람이오'를 외치고 있었다.

하지만 그런 인상도 잠시.

집 안에서 그들이 온 것을 봤는지 요란하게 두다다다 뛰어나오면서 딸이 그에게 안기자 그의 인상은 180도 바뀌어 버렸다.

"오셨어요, 아버지~"

"껄껄껄, 그래. 그동안 별일없었지?"

부리부리하게만 보이는 눈이 부드럽게 휘어지자 험악한 인상이 인자하게 변해 버렸고, 호탕하게 웃으며 딸을 꼭 끌어안고 부비부비하는 모습을 보자니 참 멋진 아버지구나 하는 걸 저절로 느끼게 해주었다.

"드디어 깨어나셨구만. 그래, 어디 아픈 데는 없으신지?"

딸과 감격적인 인사를 나눈 그가 나를 바라보며 고개를 갸웃하더니 금방 내가 누군지를 알아차리고는 싱긋 웃으며 말을 건넸다.

"덕분에요. 일행을 도와주셨다 들었습니다. 그 점, 정말 감……"

나는 그에게 감사의 인사를 건네려고 했는데 그는 내 말을 끝까지 듣지도 않은 채 손을 휘휘 저었다.

"아아, 감사 인사라면 벌써 질리게 들었으니 아가씨까지 더 할 필요는 없어요."

감히 내 말을 끊으며 말하는 그의 모습에 평소 같으면 '이런 예의도 없는~!'이라고 생각하면서 어떻게 해서든 화풀이 대상으로 삼았을 텐데, 지금은 왠지 화는커녕 나도 모르게 빙그레 미소가 떠올랐다.

"후후, 그런가요? 그럼 전 생략하도록 하죠."

"허허허, 거참. 호탕한 아가씨로군. 맘에 쏙 드는데? 나에게 아들 녀석 하나 있었으면 며느리 삼고 싶을 정도야. 나는 쿨터라고 해요. 평민이라 성은 없수다. 아가씨는?"
 그가 호탕하게 웃으며 그 커다란 솥뚜껑 같은 손을 내밀며 악수를 청하자 나는 기꺼이 그의 손을 잡으면서 대답했다.
 "아시리안이라고 합니다."
 우리가 귀족이라는 것을 밝히지 않았다고 미리 흄에게 언질을 받은 나는 일부러 성은 밝히지 않았다.
 "만나서 반갑수다."
 그는 내가 아플까 봐 일부러 손에 힘을 거의 들이지 않고 살짝살짝 흔들어주었다.
 "아버지, 저녁 준비가 다 되었어요."
 그동안 쿨터의 한쪽 팔에 매달려 있던 메이가 속삭이자 쿨터가 기분 좋게 고개를 끄덕이고는 우리를 둘러보았다.
 "자, 그럼 모두들 들어갑시다. 오랜만에 시끌벅적한 저녁 식사를 하게 되었군."
 그의 말대로 저녁 식사 시간은 정말 시끌벅적했다.
 이곳에 와서 모두들 기운 빠져 누워 있느라 같이 모여 식사를 한 적이 없었다가 처음으로 같이 하는 식사인데다 흄과 스와카가 오늘따라 기운이 넘쳐서 그런지, 아니면 기분이 좋아서 그런지 쿨터와 죽이 척척 맞아 신나게 떠들었던 것이다.
 그 흥겨움에 일행 모두가 즐거운 표정들로 그들의 수다에 동참하여 저녁을 다 먹고 차를 한잔씩 마시고 일어설 즈음에는 한밤중이 되어 있었다.
 밖에 나갔다 온 사람들은 하루 종일 돌아다녀서 피곤했는지 하품을 하면서 잠자리에 들었고, 류미르와 스와카도 오랜만에 움직여서 그런지 피곤하다면서 잠자리에 들었다.
 단지 리틀 조로만은 힘이 없다는 이유 하나로 사르하 잠자리를 봐주고 나에게 잡혀서 내 감시 하에 메이가 뒷정리하는 걸 도와야 했다.
 그리고 나서 그들까지 잠자리에 들고 나서 나도 침대에 누웠지만 한참이 지나도 정신이 말똥말똥한 게 도저히 잠이 올 것 같지 않았다.
 '하도 누워 있어서 그런가? 에이, 잠이 안 오네.'
 환자라는 이유로 뻔뻔스레 주인을 침대 밑 침낭으로 쫓아내고 침대를 차지하고 있던 나는 한참 동안이나 뒤척거리다가 결국 참지 못하고 자리에서 일어났다.
 '산책이나 할까?'
 메이와 사르하가 사이좋게 마주 보며 곤히 잠들어 있는 걸 밟지 않게 조심스레 피해서 걸음을 옮긴 나는 문도 소리나지 않게 조용히 열고 밖으로 나왔다.
 산속이라서 그런지 유난히 별들이 밝게 보였고 밤하늘 한쪽에는 커다란 보름달이 차지하고 있어서 밖은 제법 밝았다.
 '산책하기에는 딱 좋은 환경이군. 그런데… 나온 것까지는 좋은데 어디로 가지?'
 그동안 집 안에서 누워만 있느라 한 번도 바깥을 돌아다닌 적이 없다는 것을 그제야 깨달은 나는 주위를 둘러보다가 거기가 거기 같은 주변 모습을 보고는 산책은 포기하고 대신 지붕 위로 올라갔다.
 "아~ 시원하다."
 초가을 저녁이라서 그런지 바람이 좀 쌀쌀하긴 했지만 그것이

오히려 속까지 말끔하게 씻어줄 것처럼 청량하게 느껴졌다.

지붕 위로 올라오니 보름달 빛을 받고 있는 조용한 마을의 풍경이 보였다.

약 십여 개의 집이 공터 안 여기저기에 자리를 잡고 있었는데 모두들 잠이 들어서 그런지 불빛은 보이지 않고 있었다.

지금에서야 깨달은 거지만 쿨터의 집은 마을 중심에서 좀 떨어진 곳에 있었다.

것도 이쪽이 지대가 약간 높은지 지붕 위에 올라와 있으려니 마을의 끝이 보일 정도였다.

"거참, 사람들이랑 어울리는 걸 싫어하나? 하지만 우리에게 대해준 것 보면 그런 것도 아닌 것 같은데… 이상하네. 그 정도의 사교성이면 친구도 꽤 많을 것 같은데. 에, 그러고 보니 오늘 하루 종일 이 집에 이웃 사람이 한 명도 찾아오지 않았네? 이런 산골 마을에 이방인들이 오는 건 호기심 이는 일 아닌가?"

아무도 없는 줄 알고 대답은 바라지도 않고 혼자 중얼중얼거린 거였는데 뜻밖에도 대답이 들려왔다.

"쿨터의 말에 의하면, 자신도 이 마을에서 이방인이라고 하더군요."

"에?"

대답은 지붕 아래에서 들려왔다.

어느새 나왔는지 애쉬가 마당에 서서 지붕 위에 있는 나를 올려다보고 있었다.

그는 주위를 둘러보더니 집 근처에 동물 가죽을 말리기 위해 나무 여러 개를 얼기설기 묶어서 세워놓은 구조물을 발견하고는 땅에서 훌쩍 뛰어 그 구조물 위에 오르더니 다시 그 구조물을 재도약판으로 삼아 뛰어올라 가볍게 지붕 위로 올라왔다.

"왜 안 자고 나왔어요?"

그 모습을 빤히 보고 있던 나는 애쉬가 나에게 다가오자 가만히 있는 것도 뭐해 말을 건넸다.

"잠이 안 오더군요. 그래서 산책할 겸 나왔어요. 옆에 앉아도 될까요?"

'산책하러 나왔다면서 여기에는 왜 올라왔담?'

"그러세요."

내 허락이 떨어지자 애쉬는 나와는 한 팔 거리 정도 떨어져서 주저앉았다.

"그런데 아까 그게 무슨 말이죠? 쿨터 씨가 이 마을에서 이방인이라니요?"

"말 그대로요. 그의 말에 의하면 자신이 이 마을에 온 지 몇 년밖에 안 되었다더군요. 그것 때문인지는 몰라도 아직 마을 사람들과는 친해지지 못했다고 하던데."

"이상하군요. 쿨터 씨의 성격 같으면 벌써 친해지고 남았을 것 같은데요."

"뭔가 사정이 있는 것 같더군요. 그래서 더 묻지 않았어요."

"흐음……."

나는 그를 바라보던 시선을 돌려 다시 마을 쪽을 바라보았다.

도대체 무슨 사정이길래 몇 년이 지나도 친한 사람을 한 사람도 못 만든 건지…….

그렇게 잠시간 둘 사이에 침묵이 감돌았다.

하지만 곧 애쉬에 의해서 침묵은 사라지고 말았다.

"몸은… 좀 어떻습니까?"

"에? 아, 괜찮아요. 아직 완전히 나은 건 아니지만, 그것도 며칠 후 사르하가 회복하면 해결될 테니까요."

"다행이군요. 의식을 회복하지 못하면 어쩌나… 걱정했습니다."

약간 망설이며 나오는 말에 나는 예의상 하는 말이려니 하고 나도 예의상 맞받아주었다.

"걱정해 주셔서 감사합니다."

아무래도 얼굴은 보지 않고 고개를 돌린 채 입으로만 하는 건 예의에 어긋날 것 같아 그에게 시선을 돌리자, 언제부터 나를 보고 있었는지 애쉬는 나를 묘~ 한 시선으로 보고 있다가 가벼운 한숨을 내쉬었다.

"…별말씀을……."

'왜 한참 있다가 대답하는데?'

녀석은 입을 다물고 계속 나를 보고 있다가 갑자기 하늘을 향해 시선을 돌렸다.

"보름달에는 신비한 마력이 있다더군요."

'갑자기 웬 보름달?'

이라고 생각했지만 같이 보름달을 봐주며 대꾸해 주었다.

"그런가요?"

"예. 그래서 보름달이 뜬 밤에는 조심하라고 하더군요. 그 신비한 마력에 취하지 않도록……."

"그런 이야기가 있나요? 처음 듣는 이야기인데요? 아, 그거 혹시 보름달에 모습이 변한다는 늑대 인간 이야기 아닌가요?"

그러자 녀석의 시선이 하늘에서 떨어져 밑으로 내려갔다.

"후후후, 그건 아니고… 저도 그냥 어디서 들었는지도 모를 정도로 예전에 잠깐 들은 이야기입니다."

'이럴 땐 뭐라고 대꾸를 해줘야 하는 거지?'

맞장구를 쳐야 할지 말아야 할지 몰라 속으로 당황하고 있을 때 애쉬의 입이 다시 열렸다.

"당신이 깨어나지 못하면……."

'엥?'

"그 살인마를… 내 손으로 죽일 생각이었습니다."

"거야……."

'그게 네 임무잖아.'

라고 말하려고 했는데 녀석이 좀 더 빨리 입을 열어 나는 그냥 입을 다물어야 했다.

"그렇지 않고는 견딜 수 없을 것 같더군요. 비록 능력이 안 된다고 해도, 세상 끝까지라도 쫓아가 내 손으로 직접 없애리라고 다짐했었습니다."

나를 보지 않은 채 다시 하늘만 쳐다보며 중얼거리듯 말하는 애쉬의 옆모습을 보던 나는 순간 머리 속에서 벼락이 치는 것만 같았다.

'그런 바보 같은… 자기 친엄마인 줄도 모르고…….'

물론 예전부터 녀석이 '그 존재'를 죽여 버린다고 날뛰기는 했었지만, 그때야 옆에 버티고 있는 내가 할 일이었으므로 그런 생각이 전혀 안 들었었는데, 지금은 내가 하지 못할 경우를 이야기하는 거라 그런 생각이 든 것 같았다.

그러자 왠지 황당하기도 하고 한심하기도 해 괜히 웃음이 나왔다.

"후후후후……."

애쉬가 살짝 눈을 치켜뜨고 나를 바라보았다. 내가 웃자 기분이

상한 모양이었다.

"…비웃는 겁니까? 하긴, 당신이 보기에는 우습게 보일지도……."

지를 생각해서 그런 건데 엉뚱한 오해를 당하자 나는 얼른 고개를 저었다.

"아뇨, 비웃는 게 아닙니다. 단지……."

'네 녀석이 가엽다고 느껴졌을 뿐.'

하지만 뒷말은 차마 할 수가 없어서 나는 말끝을 흐리며 시선을 마을 쪽으로 돌렸다.

'아니, 오히려 나보다 나은 건가? 전에 류미르가 말한 것처럼 차라리 아무것도 모르는 게 더 좋을 수도… 나처럼 비참한 기분은 못 느낄 테니.'

문득 녀석이 모든 걸 알면 어떤 기분이 들까라는 생각에 녀석의 얼굴이 보고 싶어져 시선을 돌리다가 녀석과 눈이 마주쳤다.

'부럽다고 해야 하나… 가엽다고 해야 하나.'

그렇게 바라보고 있자니 갑자기 마음 깊은 곳에서 뭔지 모를 부드러운 감정이 솟아났다. 애쉬가 말한 보름달의 마력에 걸려 버린 걸까?

그래서 그런지 나는 나답지 않은 짓을 해버리고 말았다.

나도 모르게 손을 들어 녀석의 뺨을 손가락으로 가볍게 쓰다듬은 것이다.

'역시… 아무것도 모르는 게 좋은 거겠지? 내 엄마의 마지막 흔적… 아무것도 모르면 행복할 테지…….'

그러다 문득 녀석의 날 빤히 바라보고 있는 눈과 다시 마주치자 내가 뭘 했는지 깨닫고 화들짝 놀라 버렸다.

'허걱, 내가 지금 무슨 짓을—!'

급하게 손을 그의 뺨에서 떼어내려고 했다. 그런데 그보다도 먼저 애쉬의 손이 올라와 내 팔목을 덥석 잡아버렸다.

"에⋯⋯?"

그리고는 내 얼굴에 시선을 고정한 채로 천천히 고개를 숙여 내 손바닥에 자신의 입술을 가져다 대었다.

'우갸갸갸~!!'

녀석의 돌발적인 행동에 너무 놀라 굳어버린 나는 손바닥에서 느껴지는 애쉬의 따뜻한 입술의 감촉에 다시 정신을 차리고 얼른 녀석의 손에서 내 손을 빼내려고 했다.

하지만 내 손이 움찔 움직이는 순간 녀석의 손에 힘이 더 들어가며 내 손을 더욱더 꽉 쥐는 게 아닌가?

'우악, 우악~!!'

애쉬는 다시 고개를 들어 나를 지그시 노려보더니 입을 열었다.

"내가⋯ 싫소?"

"에?"

당황한 내가 되묻자 그가 다시 친절히 질문을 던졌다.

"내가 그렇게 싫은 거요?"

무서운 표정으로 한 자 한 자 또박또박 묻는 녀석의 박력에 나는 순간적으로 쫄고—왜 쫄은 건지 모르겠지만—말했다.

"내, 내가⋯ 언제 싫다고 했었나요?"

그러자 녀석의 표정이 순간적으로 풀리며 믿을 수 없게도 녀석의 입술이 양쪽으로 곡선을 그리며 올라갔다.

'에? 저 녀석이 웃네?'

처음 보는 녀석의 부드러운 미소에 내가 더욱 놀라 정신을 빼

두메산골 마을

놓고 있을 때 내 손목을 잡고 있던 녀석의 손에 힘이 가해지면서 내 손목을 잡아당겼고, 덕분에 손목에 붙어 있던 내 팔과 내 상체가 저절로 앞으로 넘어져 버렸다.

그리고 그걸 바라고 있었던 듯 기다리고 있던 애쉬의 품에 폭 파묻히고 말았다.

놀라서 급히 몸을 일으키려고 했지만 녀석의 강한 두 팔이 내 상체를 단단히 감싸와서 나는 몸을 움직이지도 못했다.

아니, 놀라서 굳어버렸다고 하는 게 더 정확할 것 같다.

어쨌든 그렇게 움직이지도 못하고 있는 내 귓가에 녀석의 숨결이 느껴졌다.

'우아아아악~!!'

내가 속으로 절규를 하든, 비명을 지르든 계속 다가오던 녀석의 입술이 내 귀 바로 앞에서 멈추는 것 같더니 녀석의 나지막한 목소리가 들려왔다.

"다시 당신을 볼 수 있어서 정말 기뻤소. 깨어나 줘서 너무 고맙소."

그리고는 녀석의 입술이 내 귓바퀴에 닿았다.

얼굴이 화끈거리고 당황스러워서 어쩔 줄 몰라 멍청하게 가만히 있는데, 녀석의 팔이 내 상체를 한 번 더 꽉 껴안고 풀어주더니 내 양팔을 잡아 상체를 똑바로 세워주었다.

그리고 내 얼굴 앞에 녀석의 얼굴을 가져다 대었다.

"얼굴이 빨갛군. 부끄러워하는 거요?"

치가 떨리는 예의 그 짓궂은 미소에 나는 정신이 번쩍 들었다.

"레드포드 자작, 죽고 싶어요? 그렇다면 기꺼이 죽여드리죠!"

이까지 갈며 차갑게 내뱉는 내 말에 녀석이 싱긋 웃더니 얼른 나에게서 떨어졌다.

"후후후, 미안하지만 아직 죽고 싶진 않군요. 하고 싶은 일들이 많거든요. 아, 슬슬 잠이 오니 전 그만 자러 가죠. 플레이저 자작도 너무 늦게 자지 않도록 해요."

그리고는 훌쩍 지붕에서 떨어져 내렸다.

'콱 넘어져서 코나 박아버리지.'

하지만 너무나 아쉽게도 애쉬 녀석은 깃털처럼 가볍게 땅으로 착지하여 위에서 살벌한 눈길을 보내고 있는 나를 쓰윽 보더니 씨익 웃으며 손까지 흔들어주고는 집 안으로 들어갔다.

'크아아아악~ 저 녀석을 내가 뭐 하러 가엽다고 생각했을까? 차라리 다 말해서 괴롭혀 주고 싶어어어어어~~!!'

한밤중이라 차마 겉으로 외치지는 못하고 나는 눈물을 머금고 속으로만 절규해야 했다.

제21화

'그존재' 팀 대 우리 팀

'그 존재' 팀 대 우리 팀

> 그자는 마법사입니다. 마법과 검술 실력이 뛰어나지요.
> 전에 맞붙었을 때는 그자가 한 마을의 사람들에게 환각 마법을 걸어
> 그의 노예로 만들어 우리에게 덤벼들었습니다. 이번에도 그런 방법으로 찾아올 겁니다.

다음날 애쉬 녀석은 뻔뻔스럽게도 아무 일 없었다는 듯이 평소대로, 그러니까 요 근래에 나에게 대했던 태도 그대로 무뚝뚝하게 인사를 했다. 그 모습만 보면 내가 오히려 '뭔 일이 있었었나?' 하고 어리둥절하게 돼 속으로 혀가 내둘러졌다.

'저 녀석은 연기가 뛰어난 거야, 아님 평소 얼굴이 저렇게 무표정인 거야? 어쨌든 무지 두꺼운 철면피임에는 틀림없어.'

어젯밤에는 날씨가 꽤 맑았던 것 같은데 오늘 아침에는 하늘이 흐린 게 꼭 비가 올 것만 같았다.

"흐음, 날씨가 좋지 않으니 오늘은 집에 있어야겠군."

사냥이라는 것도 날씨에 구애를 받는 일인지 해가 떴음에도 오히려 어둑어둑해지는 하늘을 살펴보던 쿨터 씨는 쓴 입맛을 다시며 거실 한쪽에 자리를 잡고 다 마른 동물 가죽을 손보기 시작했다.

덕분에 같이 사냥 나갈 일이 없어진 애쉬는 쿨터 씨의 방으로 일행들을 불러 모았다.

이 자그마한 집에는 방이 세 칸 있었다.

제일 큰 방은 쿨터 씨가 썼고, 중간 방은 메이 양이, 그리고 가장 작은 방—내가 보기에는 한 세 평 남짓할 것 같았다—은 창고 대용으로 쓰이고 있었는데, 이번에 쳐들어온 불청객(?)들이 쿨터 씨 방에 다 못 들어가기 때문에 그 안에 있던 내용들을 거실 한구석에 내놓고는 남자들에게 침실로 내어주었었다.

하지만 일행들이 그 방에 들어가기에는 너무 좁은지라 쿨터 씨에게 양해를 구하고 주인은 거실로 내쫓(?)았던 것이다.

"이렇게 여러분을 모이시게 한 것은 앞으로의 일에 대해 의논을 하기 위해서입니다."

의자가 없어 여자인 나와 사르하를 빼놓고는 다 바닥에 주저앉은 일행들을 둘러본 애쉬가 운을 떼었다.

"어제 저와 몇몇 기사 분이 쿨터 씨와 마을 밖으로 나가 살펴본 결과 별다른 점은 찾아볼 수 없었습니다."

'흐음, 그럼 어제 쿨터 씨를 따라나선 건 사냥을 돕는 것보다는 주위를 살펴보는 게 목적이었군?'

"쿨터 씨도 별다른 말은 없었냐?"

신중한 표정의 스와카가 옆에 앉아 있던 반담에게 묻자 반담은 고개를 갸웃하며 어제 일을 떠올리는 것 같더니 잠시 후에 대꾸했다.

"…별로… 단지 평소보다 동물들이 눈에 많이 뜨인다고 하더군."

"그으래? 흐음… 그렇다는 건, 주위에 위험이 없다는 이야기인데……."
 스와카와 반담의 대화에 조용히 귀를 기울이고 있던 류미르가 입을 열었다.
 "좀 이상하군요. 전 그녀가 우릴 쫓을 거라 예상했는데 말입니다."
 "우리가 크게 다쳐서 다시는 귀찮게 굴지 않을 거라 생각한 게 아닐까요?"
 리틀 조로가 조심스레 끼어들었다.
 "그렇지는 않을 거다. 그때 크게 다친 건 아시리안님뿐이었어. 다른 이들은 단지 지쳤을 뿐이니까."
 스와카가 고개를 가로저으면서 친절히 부연 설명까지 덧붙이자 이번에는 흄이 입을 열었다.
 "그렇다면 우리가 도망을 쳤기 때문에 쫓지 않는 게 아닐까요?"
 "우리가 도망을 쳤기 때문이라고?"
 모두가 설명을 바라는 눈으로 흄을 보고 대표로 자카르가 물었다.
 "예. 그러니까 전에 그녀는 이성을 잃었기 때문에 본능만 남아 있다고 하지 않았습니까? 동물의 경우 도전해 오는 건 받아주지만 져서 자신의 영역 밖으로 도망친 패배자는 쫓아가지 않고 그냥 놔두죠. 지금도 그런 경우처럼 우리가 져서 도망갔으니 당분간은 자신에게 덤비지 않을 거란 생각을 가지고 있어서 그냥 놔둔 게 아닐까요?"
 "일리있군요. 게다가 며칠이 지났는데도 우리를 쫓아오는 기색이 없는 걸 보면 말입니다. 그렇지 않습니까? 우리가 그렇게 멀리 도망 온 것도 아닌데 말입니다."

자카르가 흄의 말에 고개를 끄덕이면서 동의를 구하듯 일행을 둘러보았다. 그러자 대부분의 일행이 그에 동의하는 빛을 띠었다.
하지만 나는 그 생각에 동의할 수 없었다.
"아린, 네 생각은 어때?"
내가 그에 동의하지 않는다는 걸 눈치 챈 듯 류미르가 물어왔다.
"곧 쫓아올 거야."
"하지만 아가씨, 쫓아올 거라면 벌써 왔지 않았을까요?"
내가 딱 잘라 말하자 흄이 금방 반박해 왔다. 그래서 난 그에게 좀 더 설명을 해주기 위해 입을 열었다.
"흄, 아까 그 동물 예로 든 거 말야… 패한 동물이 이긴 동물 영역 안에 있으면 이긴 동물은 어떻게 하지?"
"그거야 영역을 벗어나기 전까진 죽이려고 달려들죠."
"그럼 말이지, 우리가 싸우는 그녀에게 영역이 있다고 친다면 얼마만 할 것 같아?"
그러자 스와카가 먼저 깨달은 듯 감탄성을 발했다.
"아~ 그렇군요. 그녀에게는 이 나라 전체가 자신의 영역일 테죠."
"맞아요. 그리고 아마 그녀도 우리의 영역이 이 나라 전체라고 인식하고 있을 거예요. 그녀가 어딜 가든 쫓아갔었으니까… 그러니 우리가 이 나라를 벗어나던가 아니면 죽을 때까지 쫓아올걸요."
"그럼 왜 지금까지 가만있지?"
반담의 중얼거리는 듯한 소리에 같은 궁금증을 가진 일행의 시선이 해답을 구하려는 듯 모두 나에게로 쏠렸다.

"한 번 이기면, 이긴 방법을 또 쓰려 하겠죠? 아마 전 싸움에서 이긴 방법대로 또다시 자신의 수하를 만드느라 바빠서 주춤거리고 있는 걸 거예요."

"수하라면……?"

자카르가 고개를 갸웃하자 스와카가 참담한 어조로 대꾸했다.

"아마도… 이 산에 있는 몬스터들이겠지요. 사람까지 자신의 수하로 부릴 수 있을 정도라면 몬스터들쯤이야……."

"그럼, 전에 수하로 부리던 그 마을 사람들은 어떻게 됐을까요?"

그동안 가만히 있던 사르하가 불쑥 물었다.

"아마 버렸겠지. 이곳까지 끌고 오기엔 힘든 데다가 이곳에도 자신의 수하로 만들 녀석들은 얼마든지 있다는 걸 알 테니까."

나의 대답에 사르하가 흠칫 몸을 떨었다.

"죽였다는… 거예요?"

"죽이진 않았을걸? 우릴 쫓아오랴, 수하 만들랴 바빠서 죽일 시간도 없었을 거야. 단지 그냥 내비뒀을 거란 말이야."

"아~"

나의 친절한 설명에 사르하는 다행이라는 듯 환해진 얼굴로 연신 고개를 끄덕였다.

"그럼, 자작께선 우리가 앞으로 어떻게 했으면 좋겠습니까?"

그동안 묵묵히 이야기만 듣고 있던 애쉬가 결론을 내려는 듯 질문을 했다.

"한 번 더 싸워야죠. 그리고 이번에는 반드시 이겨야 합니다."

"싸울 때 승리를 바라는 건 당연한 거 아닙니까?"

나는 진지하고 단호하게 말했건만 녀석이 때를 망각하고 싸움을 걸려는 건지 입가에 비웃음을 머금고 말했다. 그렇다고 찍소리

못하고 뒤로 물러날 내가 아니었다. 게다가 지금은 좋은 기회~!

'호오, 너 잘 걸렸다.'

나는 속으로 사악한 미소를 씨익 짓고는 침착하게 입을 열었다. 지금이야말로 침착하고 논리적으로 말을 해야 할 때였으므로 평소보다 신중을 기해야 했다.

"물론 자작님의 말씀대로 당연한 거죠. 하지만 지금은 그 의미가 좀 다릅니다. 이번 싸움에서 우리가 또다시 패해 버린다면 그녀는 다음 싸움에서도 계속해서 자신의 수하를 만들어 대응할 것입니다. 만약 우리가 이번 싸움에서 진다면 우선적으로 수도로 돌아갈 게 아닙니까? 그런데 그때 그녀가 수도에까지 우리를 쫓아온다면 어떻게 될 것 같습니까? 전에도 수도까지 찾아왔었으니 앞으로도 그러지 말라는 보장도 없고 말이죠."

그 말에 모든 이들의 안색이 창백하게 변했다. 나는 거기에서 잠깐 숨을 고르고 결정타까지 날렸다.

"수도에는 사람이 꽤 많죠, 아마? 게다가 능력이 뛰어난 기사들도 많고."

"엄청나겠군……."

흄이 그때의 모습을 상상이라도 했는지 진저리를 치며 중얼거렸다. 그리고 그의 말에 모든 일행이 굳은 얼굴로 고개를 끄덕여 동감을 표했다.

"아린, 네 말은… 이번에 확실하게 이겨 수하를 만드는 것은 우리에게 통하지 않는다는 걸 인식시키자는 말이지?"

'역시 류미르.'

나는 류미르에게 생긋 웃어줬다.

"응, 바로 그거야."

"반드시 이겨야겠군요."

"반드시 이겨야 합니다."

애쉬와 자카르의 입에서 동시에 같은 내용의 말이 터져 나왔다. 그러자 그들은 놀라움에 찬 얼굴로 마주 보더니 곧 찬바람이 휭 일 정도로 고개를 휙 돌려 버렸다.

"하지만… 그녀가 몬스터까지 끌고 온다면 우리들의 힘으로 막기 힘들 텐데요. 게다가 이 마을에 있으면 이 마을까지 위험해지지 않겠습니까?"

스와카가 조심스레 입을 열었다.

"맞아요. 무척 힘들죠. 그래서 우리를 도와줄 사람들이 필요해요."

너무나 당연하다는 듯이 금방 튀어나온 나의 대답에 흄이 놀라는 표정으로 물었다.

"아가씨, 혹시 뭔가 생각해 두신 거라도 있으신가요?"

"응, 생각이야 있는데… 잘될지는 모르겠어."

"그게 뭡니까?"

"이 마을 사람들의 협력을 구하는 것."

"예?"

"에에~?"

나에게 질문을 한 흄과 옆에서 가만히 듣고 있던 류미르의 입에서 놀란 외침이 들렸고 그와 동시에 다른 일행들의 놀란 시선이 나에게 꽂혔다. 그들이 너무 놀라워해서 내가 오히려 어리둥절해졌다.

"뭐예요? 뭘 그렇게 놀래? 내가 불가능한 일을 하자고 하는 건가?"

"아린, 그 말 진심이야?"

류미르는 도저히 믿겨지지 않는다는 표정으로 나를 바라보며 물었다.

"진심이야. 뭐가 어때서 그래? 솔직히 말하면 우리가 이 산으로 도망 온 이상 그녀가 이 마을을 찾아오는 건 시간문제일걸? 우리가 이 마을에 피해를 주고 싶지 않아 떠난다고 해도 지금은 너무 늦었을 거야. 그러니 이왕 이렇게 된 김에 협력을 구하자고."
"하지만 이 마을 사람들이 응해줄까요?"
"우리 말을 믿지 않을 수도 있죠."
"게다가… 우리 때문에 피해를 보게 되었으니 가만있지 않을 텐데요."
흄과 스와카, 자카르가 부정적인 말을 하나씩 꺼내놓자 일행들이 동감한다는 듯 고개를 끄덕였다.
"그럼, 피해를… 보상해 준다고 하면 어떨까요?"
애쉬가 한 가지 방책을 내놓았다. 하지만 모든 이들의 얼굴은 밝지 못했다.
"먼저 그들이 우리 말을 믿느냐 믿지 않느냐가 관건 아닐까요? 아무리 피해를 보상해 준다고 해도 그 말 자체를 믿지 않을 수도 있으니까요."
스와카의 말을 뒤이어 반담도 한마디 했다.
"게다가 죽을 수도 있지."
그러자 흄이 혹시나 하는 표정으로 나를 돌아보았다.
"아가씨, 이에 대한 대책은……?"
하지만 그건 나도 별 뾰족한 수가 없었으므로 뭐라 대답해 줄 수가 없어 어색한 미소만 지어 보였다.
"그게, 나도 거기까진 생각을 못해서 말야. 모두들 머리를 맞대면 좋은 생각이 나지 않을까 기대했는데……"
그 말을 끝으로 일행은 모두 침묵 속에 퐁당 빠져 버렸다.

누구도 좋은 생각이 떠오르지 않는지 모두 입만 꼭 다물고 다른 사람들의 얼굴만 멀뚱멀뚱 쳐다볼 뿐이었다.

"뭔가 계기가 있으면 좋을 텐데… 저쪽이 우리에게 고개를 숙이고 들어올 만한 약점을 잡는다던가……."

자카르가 낮게 중얼거리는 소리가 들렸다.

하지만 얼굴 한번 내비치지 않은 그들이 우리에게 약점 잡힐 일이 있을 리가 없다. 우리가 왔는데 환대하지 않았다고 잡아 족칠 수도 없고.

"하아~"

누군가의 입에서 한숨이 새어 나오자 애쉬가 헛기침을 해 일행들의 시선을 자신에게 주목시켰다.

"험험, 아무래도 지금은 좋은 방법이 없는 것 같으니 각자 생각해 보기로 하죠. 어차피 신관님이 회복될 때까진 여기 머물러 있어야 하니까요."

그의 말을 끝으로 일행들은 회의(?)가 끝났음을 깨닫고 모두 자리에서 일어났다.

방 밖으로 나오니까 메이가 커다란 물통 두 개를 들고 막 밖으로 나가려 하고 있는 게 눈에 들어왔다.

"어, 메이, 물 뜨러 가는 거예요?"

그러자 메이가 현관 문으로 나가려다 말고 뒤를 돌아보며 배시시 웃었다.

"예, 식구가 많아지니까 물이 금방 떨어지네요."

"그 커다란 통에 물을 담아 혼자 어떻게 들고 오려고 해요? 내가 도와줄게요."

이 집에 묵게 해준 것만으로도 고마운데 우리 때문에 메이가 더 고생하는 걸 생각하니 왠지 미안해져 나는 그녀를 조금이라도 도우려고 그녀에게 다가가며 손을 내밀었는데 메이는 고개를 가로저었다.

"아뇨, 혼자 충분히 할 수 있어요."

"혼자 그걸 어떻게 들고 와요? 척 보기에도 무거워 보이는데."

"하지만 어제 막 일어나신 환자의 도움을 어떻게 받아요?"

절대로 그럴 수는 없다는 결연한 표정으로 나를 바라보는 메이의 얼굴에 나는 손을 떨어뜨릴 수밖에 없었다. 하지만 이대로 그녀 혼자서 물을 떠오게 할 수도 없는 일이어서 뭔가 좋은 방법이 없나 생각하면서 주위를 두리번거리자 마침 날 뒤따라오고 있는 흄의 모습이 눈에 띄었다.

"흐음, 내가 환자라는 게 맘에 걸린단 말이죠? 그럼 환자가 아닌 사람의 도움은 괜찮겠어요?"

말은 메이에게 했지만 시선은 내 바로 뒤에 서 있던 흄에게 보내며 의미심장하게 씨익 웃자 흄이 금방 내 뜻을 알아차리고 고개를 끄덕였다.

"알겠습니다. 제가 도와드리죠."

"어머, 안 그러셔도 돼요."

메이가 화들짝 놀라며 도리질을 쳤지만 그녀에게 도움을 주기로 한 걸 철회할 마음은 요만큼도 없었다. 그리고 흄하고 그녀 둘만 보내기도 좀 그래서 나도 거기에 꼽사리 끼기로 했다.

"괜찮아요, 메이. 아, 그런데 나도 할 일이 없으니까 따라가도 괜찮을까요?"

"에? 볼거리도 없는데요? 그냥 근처 냇가에 가는 것뿐이에요."

또다시 놀란 표정을 짓는 메이에게 나는 떼를 쓰듯 애교있게 웃어 보였다.

"괜찮아요. 산책 겸 같이 가요. 그래도 되죠?"

그러자 메이가 여동생을 보는 것 같은 표정으로 어쩔 수 없다는 듯이 웃어 보였다.

"그럼, 그러세요."

그렇게 해서 나는 양손에 물통을 든 흄을 뒤로한 채 메이와 팔짱을 끼고 집을 나섰다.

"냇가는 어디 있어요?"

"마을을 약간 벗어난 곳에 있어요. 마을 사람들 모두 그 물을 사용하죠."

"그렇구나."

"그건 그렇고, 제 옷은 안 불편하세요?"

내가 일어났을 때 메이는 내 짐이 따로 없는 것을 보고—마법 주머니는 무지 작으니까—자신의 옷을 빌려주었던 것이다. 처음에는 그냥 거절할까 하다가 마법 주머니에 대한 게 알려질까 봐 그냥 고맙다고 하고 받아 입었다.

덕분에 난 지금 단순한 디자인의 연녹색 원피스 형태의 치마를 입고 있었다.

"에? 아, 괜찮아요. 편한걸요."

"그래요? 어쨌든 저와 체격이 비슷해서 다행이에요."

마을 중심으로 뻗어 있는 길을 조금 따라 걷다 보면 바로 밖으로 구부러져 있는 오솔길이 나왔다. 그리고 그 길을 따라 얼마 걷지 않아 시냇가가 금방 보였다.

다른 곳은 무릎을 넘는 풀들이 무성하게 뒤덮고 있었지만 시내의 한쪽 가에는 많은 사람들이 사용해서 그런지 풀들 대신 자갈들이 깔려 있었고 곳곳에는 빨래하기 편하게 커다랗고 편편한 돌들이 냇물에 끄트머리를 약간씩 담그고 있었다.

냇물은 그렇게 크지도, 또 작지도 않은 크기로 내가 발을 담그면 무릎까지 올 정도의 깊이에 저 뒤쪽에서 달려오면 한 번에 풀쩍 건널 수 있을 정도의 넓이였다.

흄은 냇가가 보이자마자 아무 말 없이 자신이 앞으로 나서서 냇가에 물통을 담갔다.

그러자 냇가 안에서 헤엄을 치고 있던 송사리 같은 작은 민물고기들이 이쪽저쪽으로 재빠르게 도망가는 모습이 보였다.

"저기… 물통을 통째로 담으시면 흙탕물이 일어나거든요. 그러니까 바가지로 퍼 담으셔야 하는데……"

흄이 자신의 할 일을 대신해 주니까 미안했던지 꽤나 조심스레 지적을 해주는 메이였다.

"이런, 죄송합니다."

아마도 물통 안에 있던 바가지를 흄은 보지 못했던 듯했다.

"아뇨, 죄송할 것까진……"

흄이 물통에 반쯤 담겨져 있던 물을 버리고 냇물이 약간 흘러내려가길 기다려 바가지로 물을 퍼 담기 시작하자 메이는 자신이 뭐라도 해야 하는 게 아닌가 싶었는지 안절부절못하고 있었다.

그 모습을 보다 못한 내가 그녀에게 말을 건넸다.

"메이, 왜 그래요? 흙탕물이 들어갈까 봐 걱정돼서 그러는 거예요? 흄이 저래 뵈도 꽤 꼼꼼하니까 걱정할 거 없어요."

"아, 아뇨… 그게 아니라… 죄송해서……"

"에이, 뭐가 죄송해요? 오히려 우리가 미안하죠."

그러면서 흄 혼자 일하도록 나는 메이의 팔을 끌고 뒤쪽으로 한 걸음 물러나는데 인기척이 느껴졌다. 그리고 곧 이어 발자국 소리가 들려오기 시작했다.

저벅, 저벅, 저벅……

나는 마을 사람들이 물을 뜨러 왔나 보다 하고 태평한 생각으로, 그리고 처음 보는 마을 사람들에 대해 호기심을 느끼며 서 있는데 메이가 아까보다 더욱더 안절부절못하는 거였다.

"메이?"

조심스럽게 그녀의 팔을 툭 치면서 불러보자 메이가 다급한 표정으로 나를 돌아보았다.

"저, 아시리안님. 지금은 그냥 갔다가 잠시 후에 다시 오는 게……"

"에?"

내가 무슨 말인지 이해를 못하자 그녀가 침을 한번 꿀꺽 삼키고 다시 입을 열었다.

"저기, 조금 있다가 다시 물 뜨러 오죠."

무슨 말인지는 알겠는데 그 속뜻을 이해 못한 내가 어리둥절한 표정으로 그녀를 바라보았지만, 그녀는 날 보지도 않고 우리가 걸어온 길만 자꾸 힐끔힐끔 보고 있을 뿐이었다.

"하, 하지만……"

"그렇게 하세요."

내가 그녀의 뜻에 안 따른 채 가만히 있자 결국 메이는 막무가내로 얼떨떨한 나를 끌고 가려고 했다. 하지만 길은 하나뿐이라 곧 이쪽으로 다가오던 사람들과 마주치고 말았다.

그들은 냇가를 이용하러 오는 것처럼 보이는 처녀들이 아니라 장정이라고 불릴 만한 청년들이었다. 모두들 산속에 살아서 그런지 체격이 무척 좋아 보였는데, 이상하게도 메이를 바라보는 눈초리가 좋지 않았다.
"어라? 이게 누구야?"
"아아… 그 마을 끝에 있는 사냥꾼 딸이로구만?"
"뭐야, 여긴 왜 온 거야?"
다섯 명의 청년들은 우리 앞길을 막고 한마디씩 던졌다.
"물 뜨러 왔을 뿐이에요. 비켜주세요."
메이가 굳은 얼굴로 싸늘하게 말을 던졌지만 그들은 꿈쩍도 안 했다.
"하, 갑자기 건방지게 구네? 이게 어디서 대들어, 대들긴?"
"어라? 웬 아가씨랑 같이 있네? 못 보던 얼굴인데?"
"외지 사람인가?"
"이거 못쓰겠구만. 외지에서 온 걸 가엽게 여겨 마을에 살게 해 주었더니만, 우리 허락도 없이 함부로 외지인을 머물게 해줘?"
"헤에… 하지만 되게 예쁘게 생겼는데? 나 저렇게 예쁜 계집애는 첨 본다."
"비켜주세요. 당신들과는 상관없잖아요?"
이런 곳에도 건달들이 있는가 싶어서 녀석들을 어떻게 해줄까 하고 골몰하고 있는데 메이가 그런 나를 자신의 등 뒤로 끌어당기면서 다시 말했다.
"하, 얘들아, 이 계집이 감히 우리보고 비키랜다."
한 녀석이 메이를 손가락질하면서 자신의 패거리들을 돌아보자 그들이 노골적으로 비웃었다.

"뭐야! 우리가 보는 데서 냇가를 사용한 것도 크나큰 잘못을 저지른 건데, 거기에 허락도 없이 외부인을 끌어들이는 불경한 짓을 저질렀으면서 무릎 꿇고 빌지는 못할망정 대들기까지 해?"

"이거이거, 우리가 그동안 관대하게 봐줬더니 간덩이가 커졌나 보네."

"그럴 때는 맛을 보여줘야지."

"그만 해요. 더 이상 다가오면 제 아버지께 말씀드리겠어요."

메이가 단호하게 그들의 대화를 자르며 끼어들자 그들의 몸이 잠시 움찔했다. 아마 쿨터 씨가 이들에게는 함부로 하기 어려운 존재였나 보다.

하지만 곧 한 녀석이 큰 소리로 웃었다.

"파하하하, 그깟 외지 사냥꾼이 뭐가 대단하다고? 말해! 말해! 그런다고 우리가 겁낼 줄 알아? 그 자식이 알아봤자 뭘 하겠어?"

그러자 다른 녀석들도 힘을 얻은 듯 다시 비웃음을 띠면서 이죽거렸다.

"맞아맞아. 감히 우리에게 덤벼들 수나 있을까?"

"요 계집이 갑자기 되게 건방지게 구네."

"흐흐흐, 이런 계집을 가만두면 안 되지. 어때? 우리가 친절히 예절 교육 좀 시켜주자구."

"좋지."

그러면서 맨 마지막에 대꾸한 가운데 있던 녀석이 한 걸음 앞으로 다가와 메이의 팔을 잡으려 했다. 하지만 그보다도 먼저 내가 메이를 뒤로 끌어당겨 녀석의 손이 허공을 잡게 만들었다.

"어라라? 뭐야?"

메이의 팔 대신 허공에 손을 휘저은 녀석이 눈살을 찌푸린 채 고개를 돌려 나를 쓰윽 바라보았다.
"이 계집이 감히 내 일을 방해하네? 어떻게 할까?"
녀석이 나에게서 시선을 떼지 않은 채 자기 패거리에게 묻자 패거리들이 낄낄 웃어대며 기꺼이 대꾸해 주었다.
"같이 혼내주자고."
"그럼그럼."
"그럴까?"
동료들의 말에 녀석은 히죽히죽 웃으며 나에게 손을 뻗었다.
"캬, 이 피부 좀 봐라. 이렇게 흰 피부 너희들 봤냐? 어떻게 잡티 하나 없냐? 게다가 되게 보드랍게 보인다 야."
하지만 그전에 메이가 나를 뒤로 당겨 나는 한 걸음 뒤로 물러나야만 했다. 덕분에 그 녀석은 또다시 허공을 잡는 꼴이 되고 말았다. 하지만 그래도 기분은 안 나쁜지 더 크게 히죽히죽 웃으며 우리에게 한 걸음 더 다가왔다.
"낄낄낄, 너무 겁주지 마라. 봐라, 겁먹었잖냐?"
메이가 나를 끌고 뒤로 주춤주춤 물러나는 걸 보고 뒤에 서 있는 녀석들의 웃음소리가 더욱 커졌다.
그런 녀석들을 가만 보고 있을 수만은 없었지만 녀석들이 누구인지 몰랐기 때문에 나는 메이에게 작게 속삭였다.
"메이, 이 녀석들 누구예요?"
"마을 청년들이에요."
"메이를 자주 괴롭히나 보죠? 내가 그냥……."
하지만 메이는 내 말이 채 끝나기도 전에 다급하게 나를 말렸다.
"안 돼요. 저 중앙에 있는 남자가 마을 촌장의 아들이라구요. 잘

못 건드렸다간 아시리안님 일행이 마을에서 쫓겨날 거예요."

메이는 무척 걱정스럽게 말했지만 그녀의 뒷말은 내 귀에 들어오지 않았다. 오직 메이가 말한 '촌장의 아들'이란 소리가 내 귀에서 메아리쳐 울렸다.

'`촌장의 아들' 이라구? 호오~ 바로 그거야.'

"으아악~!!"
콰당!
"컥!!"
콰당탕!
"꾸에에엑~"
털푸덕!!
"우악!"
퍼억!
"캑!!"
쿵!

이게 무슨 소리인가 하면, 나와 메이에게 찝쩍대던 5명의 마을 청년 녀석들이 실프에 의해 날려져서 마을 중앙 땅바닥에 패대기쳐지는 음향과 함께 녀석들이 내지른 비명 소리였다.

다른 때 같았으면 녀석들에게 물을 실컷 먹인 뒤 자근자근 밟아주고 공중에서 몇 번 회전을 시켜주거나, 부모도 못 알아볼 정도로 얼굴이 퉁퉁 붓고 멍이 들 때까지 패주거나, 남들 앞에 얼굴도 못 들 정도로 창피를 주겠지만 지금은 딴 목적이 있어서 그냥 곱게 날려서 땅에 내려놓았을 뿐이었다.

하지만 그것만으로도 하도 요란하게도 소리를 질러서 얼마 되지 않아 마을 곳곳에서 사람들이 무슨 일인가 하는 얼굴들로 하나둘 나타났다가 바닥에 얽히고설켜 패대기쳐진 청년들을 보고는 당황해했다.

"어떻게 해요. 이제 곧 촌장이 나올 거예요."

내 등 뒤에서 어쩔 줄 몰라 하는 메이의 말이 끝나자마자 정말 어떤 남자가 앞으로 나섰다.

"이게 무슨 일인가!"

"촌장이에요."

메이가 그를 보고 떨리는 목소리로 설명해 주었다.

그 촌장이라는 남자는 내가 흔히 보아왔고 촌장 하면 떠오르는 이미지를 완전히 깨버리는 그런 남자였다.

비록 키는 그렇게 크지 않았지만, 반담 못지 않은 떡 벌어진 어깨에 새카맣게 그을린 피부, 소매가 없는 티를 입고 있어서 근육질의 팔뚝이 그대로 드러났는데 그 팔뚝에는 하얀 흉터가 자잘하게 나 있었다. 피부가 너무 검어서 흉터가 더 부각되어 보이는 듯도 했다.

머리는 빛 바랜 거친 금발인데 너무 탈색되어서 하얀색에 가까웠고, 홈이 살짝 파여진 각진 턱과 딱 다물어진 입술은 그의 성격이 꽤 똑 부러질 것처럼 보이게 했다. 그리고 그의 이마의 중앙에서부터 오른쪽 뺨까지 그어진 날카로운 흉터는 눈을 가로지르고 있어서 그는 한쪽 눈으로만 나를 날카롭게 쏘아보고 있었다.

하지만 그런 그의 얼굴에는 굵직한 주름이 있어서 그의 나이가 꽤 많음을 알려주고 있었다.

"넌 누구지? 처음 보는 얼굴인데?"

나이에 걸맞지 않은 굵직하고 정정한 음성으로 나에게 물었다.

"외지인입니다. 사정이 있어서 쿨터 씨 댁에 잠시 신세를 지고 있습니다."

촌장이 다짜고짜로 반말로 나가는 게 꽤나 기분이 나빴지만 나는 생각하는 바가 있었기에 예의를 갖추어 그에게 대답했다. 하지만 그는 내 예의 바른 행동에는 관심이 없었고, 오직 내가 외지인이라는 말에 눈썹을 치켜 올리며 차가운 눈빛을 발했을 뿐이었다.

"외지인… 이라고? 반갑지는 않군. 그런데 무슨 일이 있었던 거지? 이애들은 네가 그랬나?"

"예, 냇가에서 물을 뜨려고 하는데 저들이 나타나서 치근덕대더군요. 그래서 가볍게 응징을 가했을 뿐입니다."

그의 눈이 또 한 번 번득였다.

"그런가? 하지만 마을 중앙에서 이러는 이유는 아닌 것 같군. 혹시, 저애들의 일로 뭔가 요구할 거라도 있는 건가?"

'호오… 보통이 아니군. 이런 산속에 처박혀 늙어갈 인물은 아닌 것 같은데?'

촌장의 생각지도 못한 예리함에 나는 속으로 감탄을 터뜨렸다. 그런데 그때 내 뒤에 조용히 서 있던 훔이 내 옆으로 오더니 낮게 속삭였다.

"사람들의 움직임이 이상합니다."

촌장을 어떻게 내 뜻대로 움직일지 고민하느라 주위에는 신경도 쓰지 않고 있다가 훔의 말에 퍼뜩 정신을 차리고 주위를 둘러보았더니, 주위에는 아까는 잠깐 보였던 여자들과 아이들이 어디로 언제 사라졌는지 보이지 않았고, 20대 초반의 청년들부터 중년층의 건장한 남자들에 이르기까지 약 20여 명이 우리 주위를 빙 둘러싸고 긴장감을 공기 중에 퍼뜨리고 있었다.
 촌장은 내가 주위를 한번 둘러볼 때까지 기다려 주더니 '허튼 짓은 못하겠지?' 란 의기양양한 태도로 입을 열었다.
 "너, 보통 사람은 아닌 것 같군. 솔직히 말해. 여긴 뭐 하러 왔지? 네 정체는 무엇이냐?"
 나에게 은근한 살기까지 내보이면서 압력을 가해오는 촌장의 태도에 나는 단지 피식 웃어 보였다. 그리고 친절히 대답해 주려는 찰나 여러 명의 사람들이 빠르게 달려오는 소리가 들렸다.
 "아시리안님!"
 "아린!!"
 자카르와 류미르의 목소리였다.
 "오, 굳 타이밍이야."
 낭패를 본 듯 팍 일그러지는 촌장을 향해 나는 다시 한 번 피식 웃으며 입을 열었다.
 "자, 이제는 협박 말고 서로 예의를 갖추면서 대화를 하는 게 어떨까요? 나는 이렇게 예의를 갖추고 있는데 상대방이 예의를 무시하고 나오면 저도 예의를 무시해 버리고 싶어지잖아요. 하지만 그럼 우리 둘 다 기분이 좋지 않겠죠, 안 그래요?"
 촌장은 뭐 씹은 표정으로 단지 입만 꾹 다물고 있을 뿐이었고, 대신 흄이 나에게 작지만 의아함이 깃든 목소리로 물어왔다.
 "어떻게 하신 겁니까?"
 "아아, 저 치한들을 처리할 때 실프 하나를 류미르에게 보냈어."
 "그러셨군요."
 우리를 둘러싸고 있던 장정들의 한쪽이 뚫리더니 급하게 뛰어온 일행들이 들어왔고 덕분에 마을 장정들은 촌장의 뒤로 물러났다.

"메이, 괜찮으냐?"

"아버지!"

쿨터 씨도 같이 뛰어와서는 숨을 헐떡이며 메이에게 다급하게 물었고 아버지를 본 순간 메이는 안도한 목소리로 그를 부르며 그에게 안겼다.

"무슨 일입니까?"

애쉬 녀석이 나에게 다가와 물었다.

"이 마을의 협력을 구하려던 참이었어요. 그런데 우연찮게도 이 마을에 대한 사실을 하나 알게 되는군요."

나는 애쉬에게 친절히 대답해 주며 이어 쿨터에게로 시선을 돌렸다.

"당신은 알고 있겠죠? 이 마을의 비밀이 뭔지……. 이런 산속에서 살기에는 너무나 뛰어난 사람이 촌장을 하고 있고, 외지인이란 말에 민감하게 반응을 하고요. 사냥꾼이라고는 하지만 모두들 몸이 너무 좋군요. 게다가 시골 사람 특유의 포근하고 인정감 어린 모습이 아니에요. 그렇다는 건, 이들이 처음부터 이곳에 살던 사람이 아니라는 이야기가 되겠지요?"

쿨터의 얼굴이 굳어지며 천천히 고개가 끄덕여졌다.

"맞습니다."

그의 얼굴이 긍정을 표시하자 나는 자신감을 얻어 계속 말을 이어갔다. 그러자 일행들이 모두 조용히 내 말에 귀를 기울이고 있는 게 보였다.

"이곳은 테아칸 왕국과의 국경 역할을 하고 있죠. 덕분에 사람들의 왕래가 거의 없어요. 국경 수비 역할을 하고 있는 건 이 산맥 밑에 영지를 가지고 있는 귀족들이 대신 하고 있으니까. 그렇게 인적없는 산속에 마을을 짓고 사는 건 뭔가 사정이 있다는 건데… 게다가 지금 국가에서는 한 사람이라도 보호하기 위해 작은 마을에 있는 사람들은 병사들이 있는 큰 마을로 이주시키고 있는데 이 마을은 병사들이 없음에도 불구하고 옮겨가지 않고 그대로 머물고 있다는 건, 영주 측에서도 이 마을이 존재하고 있다는 사실을 모르고 있다는 거군요. 안 그래요?"

쿨터의 고개가 한 번 더 끄덕여졌다.

"예."

"도망자들이 세운 마을이로군."

조용히 듣고만 있던 애쉬가 결론을 내리듯 날카롭게 눈을 빛내며 입을 열었다. 그러자 쿨터가 이제는 모든 것을 체념한 듯한 표정으로 한숨을 내쉬면서 대답했다.

"후우~ 그렇습니다. 이곳은 그런 사람들이 세운 마을이죠."

"쿨터 씨, 그럼 당신도 그런 도망자들 중 한 사람인가요?"

자카르가 약간 가라앉은 어조로 물었다.

하긴, 그가 저런 반응을 보이는 것이 당연하기는 했다.

쿨터 씨의 쾌활함과 다정함에 우리 모두는 그에게 호감을 느끼고 있었는데, 만약 그가 도망자라면 이곳 영주의 아들 입장으로 그를 체포해야 할 의무가 있었던 자카르로서는 참으로 안 좋은 상황이었다.

쿨터의 몸이 약간 움찔했다.

하지만 그가 뭐라고 입을 열기 전 촌장이 그보다도 먼저 입을 열었다.

"그는 아니다. 우리 마을에서 유일하게 죄를 짓지 않은 사람이지."

촌장의 대답에 자카르는 안도의 한숨을 내쉬었지만 류미르는 자신의 일처럼 분개하면서 촌장에게 물었다.

"그래서 그를 배척했던 거군요. 쿨터 씨의 성격에 친구가 없었던 것도 그런 이유였어요. 그런데 그럴 거면서 왜 그를 받아들였나요?"

촌장은 류미르의 분노에 눈썹 하나 까딱하지 않았지만 순순히 대답은 해주었다.

"처음에는 마을에 받아들이지 않으려고 했다. 하지만 그가 우리들의 일을 산밑의 마을에 절대로 발설하지 않겠다고 맹세를 하는데다가, 우리는 수배 대상이었기에 산밑의 마을에 생필품을 사러 가기가 여의치 않았다. 그래서 그를 받아들인 거지. 그가 마을에 내려갈 때 인질로 삼을 수 있는 딸까지 같이 있었으니까……."

"그랬었군요. 그래서 당신은 우리를 마을에 가지 못하게 했군요. 우리가 발각되면 서로 곤란해지니까."

애쉬가 쿨터를 바라보며 침중한 음성으로 말하자 쿨터가 서글픈 눈으로 애쉬를 바라보았다.

"어떻게 하실 생각입니까? 제 생각이 틀리지 않다면 당신들은 기사나 귀족일 것입니다. 제가 눈치 챈 걸 촌장이 눈치 채지 못할 리 없고, 저들은 아마도 당신들을 이 마을에서 내보내려 하지 않을 것입니다."

애쉬가 여전히 날카로운 눈빛을 발하는 촌장을 힐끔거리고 쿨터는 한숨만 푹푹 쉬고 있는데 그들 사이에 내가 끼어들었다.

"협상을 하죠."

그러자 일행과 마을 사람들의 시선이 나에게 쏠렸다.

"협상을 하자구요. 당신들도 좋고 우리들도 좋은 방법이 있는데 들어보실래요?"

"…무슨 방법이오?"

약간 머뭇대던 촌장의 목소리가 약간 수그러들면서 말투도 반말에서 하오체로 올라왔다.

그가 망설이는 것이 맘에 걸리기는 했지만 관심을 보였으니 그나마 다행이었다. 게다가 말투를 보니 조금이나마 우리를 존중해 준다는 것 같기도 했다. 하긴, 어차피 이대로는 그쪽이나 우리 쪽이나 안 좋은 상태였으니까.

'음… 이 관심을 좋게 끝맺어야 할 텐데 말야……'

"당신은 요즘 우리 나라에 무슨 일이 있는지 혹시 아십니까?"

촌장은 눈살을 찌푸리면서 뭔가를 생각하는 듯하더니 결국은 고개를 저었다.

"모르겠소. 솔직히 말하면 쿨터와 마을 청년 몇몇이 얼마 전에 산밑으로 내려갔는데 평소 자주 거래를 하던 마을이 텅텅 비어 있더군. 그래서 무슨 일이 있는 건 알았지만, 그게 무슨 일인지는 모르오."

희망은 있다고 생각하면서 나는 침착하게 입을 열었다.

"일 년 전에 각 도시를 돌아다니면서 모든 사람을 몰살시키는 자가 나타났습니다. 그의 능력은 무척 대단하여 웬만한 도시의 기사나 마법사들은 그를 막을 수가 없었지요. 덕분에 피해는 무척 커졌고 국가적으로 그를 막기 위해 각 영지마다 군사를 파견하였으며, 그를 막을 수 없는 작은 도시나 마을 사람들은 근처에 있는 큰 도시나 영주의 성안으로 이주하게 했지요."

"그랬었군. 그런데 그게 당신들과 무슨 상관이오?"

"우리는 국왕 폐하의 명을 받들어 그자를 잡기 위해 파견되었습니다."

그러자 촌장의 눈이 미심쩍게 빛나더니 우리 일행들을 하나하나 살펴보기 시작했다. 그리고는 믿을 수 없다는 목소리로 중얼거렸다.

"당신… 들이?"

그러다 반담과 흄을 보고는 납득이 간다는 눈치였지만 애쉬나 자카르, 그리고 내 쪽으로 와서는 심하게 일그러졌다.

"안 믿기는군."

'이런, 다시 반말로 내려왔잖아?'

"믿고 안 믿고는 당신 자유입니다."

속으로 약간 당황했지만 겉으로는 꽤나 냉정하게 말했는데 촌장이 슬그머니 웃음기를 띠더니 팔짱을 끼고 있던 손들 중 하나를 슬쩍 올려 턱을 만지며 은근한 목소리로 물었다.

"중앙에서 처치 곤란 인물들이었나?"

"중앙?"

순간적으로 그의 말을 이해하지 못하고 어리둥절한 표정으로 되묻자 스와카가 촌장을 날카로운 눈으로 바라보며 입을 열었다.

"중앙이란 수도를 지칭하는, 군대에서 흔히 사용하는 말입니다. 특히 지휘층에서 사용하는 말이지요. 병사들에게는 수도나 지방이나 별다를 게 없으니까요. 그런 용어를 자연스럽게 사용하는 걸 보니 당신은……."

촌장은 계속되려는 스와카의 말을 헛기침으로 잘라 버렸다.

"험, 그건 당신들과는 상관없는 일이오. 어쨌든, 그래서?"

계속 말하라는 듯 나에게 시선을 주는 게 맘에 안 들었지만 말투가 다시 하오체로 올라온 데다 협상은 끝내야 했으므로 나는 말을 이었다.

"이번에 자카르 영지에서 그자와 한 번 붙었지만 저희가 졌습니다. 그래서 저희는 그를 피하여 산속으로 온 것인데, 지금까지 그자의 행동으로 봐서는 몇 번이나 그를 막은 우리를 쫓아올 것이라 예상되어집니다."

촌장은 내 말을 믿지 않는 듯한 표정으로 비웃음까지 띠면서 입을 열었다.

"흐음… 하지만 쫓아온다 한들 혼자의 힘으로 여기를 찾는 건 어려워. 이 마을은 이래 봬도 사람들 눈에 잘 안 띄는 곳에 있거든."

'에구구… 말이 다시 반말로 내려갔어.'

나는 냉정함을 잃지 않으려 애를 쓰면서 계속 말을 이었다.

"그자는 마검사입니다. 마법과 검술 실력이 뛰어나지요. 전에 맞붙었을 때는 그자가 한 마을의 사람들에게 환각 마법을 걸어 그의 노예로 만들어 우리에게 덤벼들었습니다. 이번에도 그런 방법으로 찾아올 겁니다. 아마도, 이 산에 있는 몬스터들을 자신의 노예로 만들을 것이라 생각합니다만?"

그제야 가소롭다는 듯한 빛까지 띠고 있던 촌장의 얼굴이 가라앉았다.

"몬스터라… 이거 참 공교롭게 되었군. 그렇다면 찾아내는 건 시간문제인가? 흐음… 그렇다면, 우리에게 원하는 일이란 곧 쳐들어올 몬스터들을 당신들과 같이 막아달라는 것이오?"

머리 회전이 빠른 그에게 감탄하며 나는 고개를 끄덕였다.

"그렇습니다. 지원병을 부를 시간이 없는 데다 당신들은 이곳에서 살았으니 이곳 몬스터들과 대항하기에 가장 적합하다고 생각합니다."

촌장은 잠시 생각해 보는 듯하더니 긍정적인 표정으로 입을 열었다.

"만약, 우리가 당신들을 돕는다면 우리에게 돌아오는 이익은 무엇이오?"

이번에는 애쉬가 나섰다.

"우선은 당신 마을에 대한 일을 함구해 드리겠습니다. 더불어 이번 일에 동참해 주시는 분들께는 한 사람당 200셀씩 드리죠. 어떻습니까?"

200셀이라면, 5년 이상 군복무를 한 군인의 한 달 월급보다 더 많은 금액이었다.

하지만 뛰어난 용병, 그러니까 스와카나 반담 같은 특급 용병을 고용하기에는 턱없이 부족한 금액이었다.

애쉬는 마을 사람들을 특급 용병은 아니지만 그래도 2급 용병, 아니면 쉬운 일을 맡긴 1급 용병 대우를 해주고 있었던 것이다.

어쨌든 목숨을 걸어야 할 상황이었으니까.

그러나 아쉽게도 촌장도 그 사실을 잘 알고 있었는지 탐탁지 않다는 얼굴로 땅에 침을 탁 뱉었다.

'윽! 디러… 예전에 한국에서 침 뱉으면 벌금 2만원이었는데……'

내가 인상을 팍 쓰며 그 모습을 보자 촌장이 히죽 웃어주며 능글맞게 입을 열었다.

"200셀이라… 목숨을 걸어야 할 일에 200셀이면 너무 적지 않소?"

그러자 이번에는 자카르가 그 특유의 멋진 웃음을 머금고 나섰다.
"물론, 돈으로만 당신들을 사려면 싼값이지요. 하지만 돈 말고도 다른 조건도 있잖아요."
그래도 촌장은 택도 없다는 표정으로 맞섰다.
"우리 마을에 대해 입을 다물어주겠다는? 흐음, 하지만 당신들 말을 어떻게 믿소? 게다가 돈을 주겠다는 것도 믿기 어렵소만?"
"제 이름을 걸죠. 전 이곳 영지의 주인 자벨리안 집안의 장남, 자카르 폰 자벨리안입니다."
자카르의 자신만만한 표정과 말에 촌장의 뒤에 서 있던 마을 사람들 사이에서 놀란 외침과 헛바람을 들이키는 소리가 간간이 들려왔지만, 아쉽게도 촌장은 눈 하나 깜짝 하지 않았다.
"그걸 어떻게 믿지?"
"저희 가문의 문장 패를 보여드릴 수 있습니다."
촌장의 그런 반응을 생각지도 못했던 듯 자카르가 당황하면서 얼른 대꾸했지만, 촌장은 계속 미적지근한 태도를 보였다.
"내가 그 대단하신 가문의 문장을 몰라서 말이지······."
그러자 애쉬가 나섰다.
"뭘 원하시는 겁니까?"
그제야 촌장이 능글맞게 씨익 웃었다.
"계약금이 필요한데? 우리가 당신들을 믿을 수 있게 말이야. 아아, 그리고 한 사람당 300셀씩은 줘야겠어."
"하지만······."
자카르가 뭐라 말을 하려는 찰나 촌장이 휘휘 손을 내저으며 그의 말을 잘랐다.

"우리 마을에 대해 입다물어 주겠단 말이지? 솔직히 말해도 상관은 없어. 어차피 자네 집안에서나 국가에서나 이 조그마한 마을을 없애기 위해 위험을 무릅쓰고 병사들을 파견하지 않을 테니까 말야."

"그럼 뭐 하러 외지인을……."

자카르가 다시 당혹스럽게 외치려 했지만 이번에도 촌장에 의해 말이 끊어졌다.

"아, 그거야 지레 겁먹은 거지. 도둑은 길을 가다가 지나가는 병사만 봐도 긴장하는 법이니까."

그 명성이 자자한 자카르도 촌장의 머리와 연륜에는 당하지 못하고 입을 다물 수밖에 없었다.

"계약금은 어느 정도면 될까요?"

그의 말에 응하겠다는 듯 애쉬가 묻자 촌장의 희색이 만연해졌다.

"계약금? 아, 잠깐만! 계산 좀 해보고… 음, 마을에서 나설 수 있는 사람이 20명 정도니까… 한 사람당 300셀씩이면 6,000셀이군. 거기서 3,000셀은 계약금으로 걸어줘야 하지 않을까? 아, 그리고 이건 당연한 거지만 확인차 묻는 건데 마을의 건물이 부서지거나 여자들, 그리고 애들이 다치면 그에 대한 보상은 당연히 해주겠지?"

'저 사람은 군대에 있었던 게 아니라 장사를 했었나? 웬 돈 계산이 저리 빨라?'

내가 속으로 혀를 내두르고 있을 때 애쉬는 인상을 찌푸리며 생각에 잠겨 있더니 곧 정리했는지 촌장을 바라보았다.

"물론 부차적인 일은 보상하겠습니다. 하지만 저희가 지금 가지고 있는 돈이 약 10존드(1,000셀)밖에 없습니다만… 그걸로는 안 되겠습니까?"

"10존드? 흐음, 그걸로는 좀 부족한 감이 있는데 말야… 게다가 일이 끝나도 언제 잔금을 받을지는 미지수인 상태에서 좀…….."

'10존드라면 꽤 큰돈인데 그걸 가지고도 부족 운운을 하다니… 저 인간은 틀림없이 큰돈을 만지고 살았던 사람이야.'

애쉬가 촌장의 만족스럽지 못한 표정에 난감해하고 있을 때 내가 나서줬다.

"좋아요. 당신 말대로 3,000셀을 계약금으로 걸기로 하죠. 그리고 일이 끝나면 곧장 잔금을 치르겠어요."

그러자 황당한 표정의 애쉬 시선과 촌장의 의아한 시선이 나에게로 쏟아졌다. 나는 그런 그들의 시선을 당당히 받으며 계속 말을 이었다.

"대신 이 마을에 우리 일행을 한 사람 더 불러도 되겠죠? 어차피 이 마을이 알려지는 건 상관없다고 했으니까요. 그에게 돈을 가져오라고 하죠. 어때요?"

촌장이 의아한 눈으로 애쉬를 바라보았다.

"또 다른 일행이 있었나?"

애쉬도 의아한 눈으로 나를 바라보며 대꾸했다.

"아뇨, 없었습니다. 아시리안님, 설명 좀 해주시겠습니까?"

"별거 아니에요. 단지 우리로는 부족할 것 같으니 도와줄 마법사를 한 명 더 부르려구요."

내 이 친절한 설명에도 이해를 못했는지 여전히 어리둥절한 표정의 애쉬와 촌장을 보고 스와카가 끼어들어 보충 설명을 해주었다.

"그러니까, 아시리안님께선 그 마법사가 텔레포트로 이곳에 올 때 같이 돈까지 가져오게 하려고 하시는 거군요?"

"맞아요, 스와카."

"그런 방법이 있었군."

오랜만에 애쉬 녀석의 감탄을 들으며 촌장을 바라보았더니 그는 눈살을 찌푸리며 고민을 하는 듯하더니 결국 고개를 끄덕여 허락을 표했다. 결국 계약은 그렇게 성립되었고 우리는 곧장 몬스터를 맞을 준비를 위한 의논에 들어갔다.

그리고 그 다음부터는 촌장이 나를 대하는 눈빛이 조금은 조심스러워졌다.

이곳까지─물론 여기서 스와카가 마법진을 만들어준다고는 하지만─텔레포트해 올 마법사를 너무 쉽게 부를 수 있다는 것과 거금을 금방 준비해 가지고 올 수 있을 집안이라면 꽤 대단하다고 생각했기 때문일 것이다.

"그런 집안의 계집애가 이런 덴 뭐 하러 왔담."

그런데 저 말은 왜 나오는 건지…

우리는 곧 닥쳐올 '그 존재' 부대에 대항하기 위한 준비를 하기 시작했다.

우선은 마을을 요새화하기 위하여 류미르가 땅의 정령들을 불러내어 마을 사람들과 마을 주위에 방어책 만들기에 착수했고, 나는 아빠에게 연락하여 돈과 마법사를 부탁했다.

"마법사?"

생각지도 못한 말을 들었다는 듯 놀라움을 표시하는 아빠에게 나는 고개를 끄덕였다.

"예, 우리하고 이곳 사람들만으론 약간 부족한 감이 있어서요.

보내줄 사람 있어요?"
 "마법사라… 알았다. 괜찮은 마법사를 빨리 알아보마. 오후에 다시 연락해 봐라."
 아빠는 잠시 생각하는 표정으로 있더니 곧 생각을 정리했는지 고개를 끄덕이며 말을 맺었다.
 리틀 조로는 자신이 불러낼 수 있는 대로 실프들을 불러내어 온 산을 수색케 했다.
 '그 존재'가 이 산에 있는지, 그리고 그의 부하들이 있는지, 있다면 얼마쯤이고 어디에 있는지 등등을 알아보기 위함이었다.
 사르하도 어느 정도 회복하여 내 등의 상처를 완쾌시킬 수 있었고, 세이몬에게도 신성력을 쏟겠다고 말하여 그녀를 말리느라 식은땀을 흘려야 했다.
 아무리 마검을 가지고 있어 신성력을 받지 못한다고 말해도 마검은 마검이고 인간은 인간이라고 주장하는 바람에 진땀을 흘렸던 것이다.
 결국은 좀 더 회복된 다음에 세이몬을 깨우자는 쪽으로 결론이 났고, 다행히 세이몬이 무의식 중에 자신의 목숨이 왔다 갔다 하는 걸 알았는지 그날 저녁 드디어 눈을 떴다.
 "우웅… 잘 잤다."
 마치 밤에 잠이 들어 아침에 일어나는 것처럼 기지개까지 켜며 상쾌하단 얼굴로 일어나는 세이몬 녀석을 바라보니 그동안 걱정한 게 쓸데없는 짓 한 것 같아 한 대 때려주고도 싶었지만, 그보다도 무사히 녀석이 깨어난 것에 대한 안도감이 더 커서 나도 모르게 안도의 한숨이 흘러나왔다.
 "후아~ 정말 다행이다, 세이몬. 오랜만이지?"

"아하하하, 안녕, 아린?"

세이몬은 사르하와 내가 자신을 내려다보고 있자 무슨 일인지 몰라 어리둥절한 표정으로 어색하게 웃으며 나에게 인사를 해왔다.

"그래그래."

"아시리안님, 역시 제가 신성력을 쏟았으면 좀 더 일찍 일어나셨을 거예요."

"사르하, 사르하, 넌 좀 더 네 신성력을 아낄 필요가 있어. 그리고 이제 세이몬도 깨어났으니 잘됐잖아."

사르하는 '그래도…' 하는 표정으로 입을 열었다.

"아직 덜 회복되신 것 같은데 지금이라도 신성력을 부어드릴까요? 그럼 몸이 금방 상쾌해지실 거예요."

'앤 됐다는 데도 왜 그렇게 신성력을 못 써서 안달인지… 역시 애들은 하지 말라고 하면 더 하고 싶어하는 법인가?'

나는 속으로 한숨이 나오는 것을 참으며 사르하를 불렀다.

"사르하아아~? 이제 곧 다시 싸움이 시작될 텐데 그때를 대비해야지 않겠어? 그때 네 신성력이 모자르면 모두들 힘들어질 거야."

그제야 사르하는 납득한 표정으로 고개를 끄덕였지만 여전히 세이몬에게 신성력을 쏟아주려는 미련을 버리지 못했다.

"응… 그건 그렇네요. 하지만 몸이 안 좋은 것 같으면 말씀해 주셔야 해요."

"그래그래."

그날 저녁, 아빠는 우리 집(정확히 말하면 아빠 가문) 가신이자 마법사인 죠슈아 말고도 왕실 수석 마법사인 마이터 그레이턴까지 보내주겠다고 했다.

이들은 내가 소르드 왕국에 오자마자 아빠와 만났을 때 잠깐 봤었던 사람들이었다. 그때 수도까지는 같이 왔었지만, 그 뒤로는 어디로 가버렸는지 코빼기도 비치고 있지 않아 잊어먹고 있었다가 아빠가 설명을 해주자 그제야 생각이 났다.

"대단하군요. 한 사람도 아니고 두 명씩이나, 그것도 한 분은 전 세계에서 다섯 분밖에 안 계시는 대마법사들 중 한 분이신 마이터 그레이턴 경이시라니… 놀라울 따름입니다. 역시 재상님의 능력은 대단하다고나 할까요?"

내가 스와카에게 그 둘이 온다고 마법진을 만들어달라고 부탁했을 때 스와카가 놀라면서 내뱉은 말이었다.

"대마법사?"

내가 무슨 말인지 모르고 의아한 표정으로 되묻자 스와카가 놀라서 당황한 표정으로 나를 바라보았다.

"모르셨습니까? 마법 길드에 두 분, 지금은 돌아가셨지만 은거 마법사로 알려진 도나휴 경, 그리고 방랑하고 있다는 방랑 마법사 켄틴, 마지막으로 곧 오신다는 마이터 그레이턴 남작, 이렇게 다섯 분이 현재 마법 길드에 등록되어 있는 대마법사이십니다."

"그런 거예요? 헤에, 대마법사는 몇 서클을 사용할 수 있는데요?"

나는 단순히 호기심을 가지고 물어본 것뿐인데 스와카가 더욱 더 의아한 눈으로 나를 쳐다보았다.

"그거야 당연히 7서클부터 대마법사란 호칭을 받지 않습니까? 이건 마법을 익힌 사람들에게는 상식인데요?"

"으음… 그랬군요. 난 그런데 도통 관심이 없어서……"

"하아, 아무리 그래도 그걸 모르고 계시다는 게 더 놀랍군요."

이제는 미심쩍다는 눈으로 나를 바라보는 스와카를 향해 나는 생긋 웃으며 얼버무렸다.

"자자, 스와카, 그럴 수도 있는 거예요. 그나저나 내일 아침 일찍 온다니까 지금 마법진을 그려야죠?"

"예, 예, 알겠습니다. 하지만 아무리 그래도 그런 상식도 모르다니, 아시리안님은 어지간히 수업 시간에 집중을 안 하시는 학생이었나 보군요."

스와카는 고개를 설레설레 저으며 작게 혀까지 찼다.

그 품이 꼭 누가 나를 가르쳤는지는 모르지만 그분께 동정을 보내는 듯했다.

나는 그런 그에게 씨익 웃어주며 얼른 그 자리를 벗어났다. 하지만 불량 학생으로 오해를 받은 게 썩 기분 좋지는 않았다.

'…그게 그렇게 되나?'

혼자서 쓴웃음을 짓자니 예전에 내가 처음 마법을 익히던 때가 생각이 났다.

'그때는 정말 신기했었는데……'

하지만 그렇다고 누구에게 마법을 배운 게 아니었다. 내가 마법을 배울 때 엄마는 가르치기 귀찮다면서 나보고 혼자 알아서 하라고 했었으니까.

'그리고 혼자 책을 보고 마법을 연습하는 날 한심하게 봤었지. 어차피 성장하면 자연스레 하게 되는 걸 벌써부터, 그것도 주문까지 외워가며 할 필요가 뭐가 있냐고 하시면서 말야. 지금 생각해 보면 참 무책임하고 게으른 엄마였다니까.'

옛 생각에 잠겨 걷다 보니 어느새 마을 바깥쪽에 다다라 있었다. 그리고 보이는 건 사람의 키 2배 정도 되어 보이는 방어책이었다.

아직도 그 위에서는 마을 사람들을 비롯하여 일행들이 열심히 작업을 하고 있었다.

'그렇게 게으르면서 내 곁을 떠나는 건 왜 그렇게 서둘렀어요? 일찍 갈 필요는 없는데……'

눈에 뭐가 들어갔는지 눈에 보이던 방어책과 그 위에 일하는 사람들이 뿌옇게 보여 나는 얼른 고개를 떨구었다.

다음날, 아직 이른 아침이라 안개가 발목을 감싸고 있건만 마을 사람들이 왕실에서 마법사가 온다는 소리를 듣고 구경하러 몰려 나와 스와카가 만든 마법진을 빙 둘러쌌다.

"환영… 인파인가?"

"그것보다는 구경꾼들 같은데?"

류미르와 세이몬이 황당하다는 듯이 말을 주고받을 때 마법진이 웅웅거리는 소리를 내면서 희미한 빛을 내뿜기 시작했다.

"온다."

누군가의 외침을 신호로 마법진 가운데에서 강력한 빛의 기둥이 한 번 치솟더니 그 빛이 사라지면서 두 사람이 나타났다.

둘 다 마법사라는 걸 나타내주듯 로브를 입고 있었는데 그들 앞에는 그들의 짐인 듯한 꾸러미 몇 개가 놓여 있었다.

애쉬가 그들을 맞이하기 위하여 앞으로 나섰다.

"어서 오십시오, 두 분. 애쉬 레드포드입니다."

그런데 황당하게도, 여전히 깡마른 고집 센 이미지를 간직하고 있는 마이터 그레이턴이 마법진에서 걸어나오더니 애쉬의 곁을 쓰윽 지나쳐 내 앞으로 뚜벅뚜벅 걸어왔다.

"흐음… 여전히 아름다우시군요. 여기서 만날 줄은 몰랐습니다만, 어쨌든 다시 만나서 반갑습니다, 플레이저 영애."

"하.하.하. 저도요, 그레이턴 남작. 그런데 레드포드 자작이 당신을 마중 나왔는데……."

내가 황당한 표정으로 그의 인사를 받고 뒤에 서 있는 애쉬를 가리키자 마이터는 뻔뻔스러운 표정으로 뒤에서 황당하다는 표정으로 서 있는 애쉬를 힐끔 보더니 어깨를 으쓱해 보였다.

마치 자신과는 상관없다는 것처럼.

"험, 그건 저도 알고 있습니다. 하지만 남자에게 마중받는 것보다는 예쁜 아가씨에게 받는 게 더 기분 좋지 않습니까?"

일행을 비롯한 마을 사람들이 일순간 휘청거렸다.

"다시 뵙습니다, 아가씨. 절 기억하시겠는지요?"

평범하지만 온화한 인상의 중년 남자가 마이터 뒤에 서 있다가 앞으로 나와 나에게 꾸벅 고개를 숙였다.

"물론이에요, 죠슈아. 그런데 정말 오랜만에 만나는군요. 아빠 밑에 있다고 들었는데……."

"하하하, 그게 저… 사정이 좀 있어서 그동안 왕실에 있었습니다."

죠슈아가 마이터의 눈치를 힐끔 살피면서 어색하게 웃자 마이터가 코웃음을 쳤다.

"흥, 내 눈치 볼 것 없이 솔직히 말해도 돼. 나한테 그동안 붙잡혀 있었다고."

"스, 스승님……."

"스승님?"

죠슈아의 말에 내가 놀라 되묻자 죠슈아가 싱긋 웃었다.
"아, 예. 예전에 재상 각하의 도움으로 저분 밑에서 마법을 배운 적이 있었습니다. 지금도 간간이 도움을 받고 있죠."
"헤에, 그런 일이 있었군요. 아, 어쨌든 그건 그거고, 이분은 이 마을의 촌장님이세요. 서로 인사하시죠?"
내가 옆에 서 있던 촌장을 가리키자 그가 한 걸음 이쪽으로 다가왔다. 마이터가 그의 소개를 기다린다는 듯 그를 빤히 바라보자 촌장의 입이 열렸다.
"촌장입니다."
순간 내 일행의 시선이 황당감에 물들었다.
보통 처음 만나는 사람, 그것도 앞으로 같이 싸우게 될 동지와 인사를 할 때는 '내 이름은 누구누구입니다. 앞으로 잘 부탁합니다' 등등의 인사를 하는 거 아닌가?
그런데 그런 건 다 생략하고 다짜고짜 촌장이라니……
촌장이라고는 내가 벌써 말했는데.
마을 사람들은 촌장의 성격을 잘 알고 있던 탓인지 모두 그러려니 하는 표정들이었다.
마이터가 그런 촌장을 보고 씨익 웃더니 대답했다.
"마법사다."
일행은 휘청거렸고, 마을 사람들은 '똑같은 놈 하나 더 왔구나' 하는 표정이었다. 그리고 죠슈아는 땅을 쳐다보며 한숨만 푹 쉬었다. 그러자 마이터가 죠슈아를 바라보며 눈을 부라렸다.
"뭐 하냐? 너도 네 소개를 해야지?"
죠슈아가 화들짝 놀라면서 얼른 촌장을 바라보며 어색하게 웃었다.

"아, 예. 저도 마법사입니다."

나는 황당해서 죠슈아를 쳐다보았지만, 마이터는 무척이나 흡족한 표정으로 죠슈아를 쳐다보고 있었다.

마치 '내가 잘 키웠군. 역시 내 제자다' 하는 듯했다.

패싸움

> 끝내기에는 택도 없을 거다, 이 아가씨야. 너하고 그 하이 엘프 녀석이 합쳐도 1,000살짜리 녀석 마력이 될까 말까 할 텐데 그걸로 될 거 같아?

마이터와 죠슈아가 도착한 지 이틀이 지났다.

마이터와 죠슈아가 우리 일행들 중 스와카와 우리 셋(나하고 류미르, 세이몬)과 마을 주위를 둘러보며 방어 결계에 대해 심각히 의논을 하고 있는 동안 마을 사람들과 나머지 일행들은 마을 둘레에 방어책을 만들기에 온 힘을 쏟고 있었다.

아무리 류미르가 땅의 정령들을 불러내어 도왔다고는 하나 그걸 튼튼하게 다듬고 마무리 짓는 일은 사람들이 해야 하는 일이었기에 며칠이 걸려도 완성을 못했던 것이다.

하긴, 아무리 작은 마을이라고 하나 그 마을을 다 둘러싸야만 하는 방어책을 만든다는 것은 꽤나 큰일이었다.

더욱이 작은 마을답게 사람들이 많은 것도 아니었고, 우리 일행이 도와준다고 해도 전문적으로 이런 일을 하는 사람들이 아니었기에 솔직히 말해 힘쓰는 일 외에는 별 도움이 되는 것 같지도 않았다.

그래도 언제 쳐들어올지 모르는 몬스터 떼를 대비해 마을 사람들 모두, 남녀노소 할 것 없이 잠도 제대로 자지 못하고 자신들의 할 일도 제대로 하지 못한 채 방어책을 만드는 한편, 한쪽에서는 창고 속에 처박혀 있던 무기들까지 꺼내어 다듬고 화살을 만드는 등등 준비가 착착 진행되고 있었다.

하지만 그런 그들의 얼굴에는 여유라고는 찾아볼 수 없을 정도로 모두들 긴장하고 초조해했다.

그 이유는 어제 리틀 조로가 실프들로 하여금 이 근처를 둘러보게 한 후 결과를 말해 준 것 때문이었다.

"주위가 너무 조용하대요. 어제까지는 동물들도 몇몇 보였는데 지금은 한 마리도 보이지 않는대요."

"얼마 안 남았군."

리틀 조로의 말을 듣자마자 촌장이 신음을 내뱉듯이 중얼거렸고 그 말을 들은 마을 사람들이 일을 전보다 서두르기 시작했던 것이다.

방어책에서 불과 10여 미터 떨어진 숲과 마을의 경계선에 마을을 한 겹으로 싼 방어 결계를 치고 돌아왔을 때에는 해가 뉘엿뉘엿 지고 있었다. 오늘 완성한 결계까지 합하면 몬스터들이 마을을 둘러싼 방어책까지 도착하기 위해서는 우리가 만들어놓은 방어 결계를 두 군데나 돌파해야만 했다.

방어책에도 직접 몇 가지 방어 결계를 해놓고 싶었지만 날도 저물어가고 있는 데다가 아직 방어책이 미완성인 관계로 내일을 기약하고 마법사들은 지친 몸을 이끌고 자신의 숙소로 돌아갔다.

그와 함께 유일하게 완성된 방어책에 달린 육중한 나무 문이

닫히면서 촌장의 커다란 목소리가 마을 안을 울렸다.

"어이, 모두들! 오늘은 이만 하도록 하지!"

그의 말이 끝나자 그동안 마을 안을 시끄럽게 만들었던 망치 소리가 점점 사라지더니, 대신 휴식과 저녁 식사를 반기는 소리가 여기저기에서 시끄럽게 터져 나왔다.

"저녁은 이쪽이에요."

"얘들아, 너희들은 아버지들을 모셔 오너라."

"아버지, 저녁 드시래요."

"이봐, 그만 하고 저녁 먹으러 가지고."

"먹기 전에 좀 씻자. 어우, 이 땀 좀 봐."

"어딜 더러운 손으로 집어? 후딱 가서 손 닦고 왓!!"

"와아아~!"

어린 꼬마애들이 아줌마들의 지시를 받아 자신들의 아버지를 모셔오는 한편 다른 쪽에서는 더러운 손으로 빵을 몰래 집어먹다가 수프가 묻은 국자를 들고 있는 아주머니에게 들켜서 혼나기도 하는 소란스러운 상황이 연출되고 있었다.

사안이 사안인만큼 현재 마을은 커다란 작업장이 되어 일도 같이 하고 식사도 같이 하는 형편이었다.

그래서 방책 근처의 공터에는 마을 여자들이 모든 사람들이 먹을 식사를 만들기 위한, 지붕만 있는 천막으로 만들어진 임시 급식소가 만들어졌고, 그 앞에는 식사를 위한 또 다른 공터가 마련되어 있었다.

따로 식탁과 의자는 마련할 시간이 없었으므로 모두 땅바닥에 옹기종기 모여 앉아 식사를 하는 형편이었지만, 누구 하나 크게 불평하는 사람은 보이지 않았다.

아이들도 새로운 경험을 하는 것이 더 신기하고 재미있는지 식사 때마다 저희들끼리 모여 시끌벅적하게 식사를 하곤 했다.

그런 모습을 조금은 안심한 마음으로—그런 것까지 불편해하면 내가 마을 사람들에게 너무 미안할 것 같았으니까—급식 줄에 서서 바라보고 있자니 내 앞의 아주머니가 익숙하고 재빠른 손놀림으로 커다란 쟁반에 오늘 저녁 식사 메뉴인 스파게티와 수프, 빵을 잔뜩 담아주었다.

"자아, 여기 있습니다."

"아, 감사합니다."

마이터를 비롯한 죠슈아, 스와카, 류미르는 마을을 둘러싼 강력한 방어 결계를 만드느라 너무 마나를 소비해서 공터에 나와 식사를 하기에는 지쳐 있었으므로, 나와 세이몬이 그들이 먹을 음식을 가지고 우리가 묶고 있는 숙소로 가져다 줘야만 했던 것이다.

"오늘도 무사히 지나가는 건가 봐."

먼저 음식을 타고 나를 기다리고 있던 세이몬이 내가 그의 옆으로 걸어오자 같이 걸어가면서 입을 열었다.

"그러게. 솔직히 빨리 끝나고 수도로 돌아가고 싶긴 하지만, 그것도 저 방어책이 완성된 다음의 일이니… 방어책이 완성될 때까지는 오지 않기를 바랄 수밖에."

"그래도 매일 초조해서 기다리고 있자니 미치겠다. 차라리 어떻게 되든 그냥 일어나 버렸으면 좋겠어."

세이몬이 답답한지 부루퉁한 얼굴로 투덜거렸다.

그 모습을 보고 있자니 누군가에게 불평할 수 있는 사람은 참 좋겠다는 생각이 들었다. 세이몬뿐만 아니라 나도 무척이나 답답했기에 누군가에게 투덜거리고 싶은 심정이 간절했기 때문이다.

그러나 이곳에 있는 사람들 모두 나보다 더 답답하고 초조할 거란 걸 잘 알고 있는 상황이었으므로 딱히 누구에게 쏟을 상대가 없었다. 아빠에게 이 심정을 말해 볼까 했지만, 그랬다간 아빠는 분명히 그 사람들 신경 쓰지 말고 '그 존재'와 정식으로 붙으라는 말을 할 게 뻔했으므로 참았다. 그리고 이렇게 된 것도 다 내가 스스로 고집을 부린 결과였으니까 스스로 감당해야만 할 것 같았다.

나는 내 답답한 심정을 억누르고 밝은 미소를 지어 보였다.

"너만 초조한 거 아냐. 그리고 아마도 며칠 안에 쳐들어올 것 같으니까 조금만 참도록 해."

음식이 식을까 봐 빠른 걸음으로 숙소로 들어가 보니 사르하가 지친 마법사들에게 막 신성력을 부어주고 자리에서 일어나고 있었다.

'에구, 조금 더 일찍 왔으면 큰일 날 뻔했네.'

속으로 안도의 한숨을 내쉬고 방 안으로 들어서는데 문이 열린 기척에 뒤를 돌아보던 사르하가 나를 보고 생긋 웃었다.

"아, 아시리안님 오셨어요?"

"사르하, 회복 마법을 쓴 거야? 신성력을 아끼라니까. 저 사람들은 내일이면 쌩쌩해질 텐데 뭐 하러 해주니?"

혹시나 우리에게도 해준다는 말이 나올까 싶어서 일부러 냉정한 말을 내뱉자 마이터의 눈썹이 치켜 올라갔다. 그러더니 곧 그의 입에서 고의적으로 만들어냈음이 분명한 기운없는 목소리가 흘러나왔다.

"에구구구… 허리야… 요즘 나이가 있어서 그런지 괜히 온몸이 쑤신다니까. 젊은 사람들은 이런 걸 알기나 하는지 원."

순진한 사르하는 엄살을 진짜로 믿는지 그에게 동정의 눈초리를 보내더니 의기양양한 눈으로 나를 돌아보았다.

"헤헤헤, 거 보세요. 그리고 전 신관이라고 하는 일도 없는데 이런 거라도 해야죠."

"그래도 너무 많이 쓰지는 말아."

뭔가 하고 싶어서 좀이 쑤신다는 얼굴이었기에 나는 더 이상 뭐라고 할 수는 없어서 그렇게만 말하고 말았다. 그러자 이번에는 사르하도 순순히 고개를 끄덕였다.

"예에~"

"자자, 식사하세요. 어느 정도 회복되었을 테니 모두 식탁으로 모이실 수 있죠? 사르하, 너도 우리랑 같이 식사할래?"

세이몬이 식탁에 음식을 늘어놓고 의자를 가져다 놓으며 말하자 사르하가 고개를 살래살래 저으며 배시시 웃었다.

"아뇨, 전 나가서 리틀 조로랑 같이 먹을게요."

"리틀 조로? 난 못 본 것 같은데, 어디 있는지 알아?"

리틀 조로를 찾느라 식사를 제때 못 먹을까 봐 걱정스런 표정의 세이몬이 묻자 사르하는 얼굴을 살짝 붉히며 배시시 웃었다.

"예. 방책 위에서 있겠다고 했어요. 그럼 식사하세요, 전 가볼게요."

그렇게 말한 사르하는 우리가 더 잡을까 봐 얼른 밖으로 빠져나갔다.

"좋~ 을 때다. 나도 저런 때가 있었지. 암, 암."

마이터가 언제 엄살을 부렸냐는 듯한 정정한 몸짓으로 의자에 털썩 주저앉으면서 사르하가 나간 문을 바라보며 고개를 끄덕거렸다.

"호오, 남작님이 연애를 했다고 하면 아무도 안 믿을 것 같은데요?"

스와카가 포크를 집어 들며 씨익 웃자 마이터가 눈을 부라렸다.

"누가? 나도 왕년에는 잘 나갔던 몸이라고. 내가 지금은 요 모양 요 꼴이지만 한 20년 전에는 길거리에 한번 나가기만 하면 모든 여성들의 눈길을 사로잡았다고. 너무 귀찮게 하는 여자들이 많아 내가 길거리를 나가려고 하지 않았었다니까."

"진짜예요, 죠슈아?"

마이터의 말을 믿지 못한 이들의 눈길이 죠슈아를 향하자 죠슈아가 식은땀을 흘리며 얼버무리려 했다.

"하.하.하. 글쎄요… 저는 잘……."

그러자 마이터가 버럭 언성을 높였다.

"뭐야? 사람이 그렇다면 그런 줄 알아야지, 뭘 의심하고 그래?"

"그럼, 그렇게 인기가 많으셨는데 왜 아직까지 독신이십니까?"

마이터의 부라림에도 여전히 미심쩍다는 눈빛을 지우지 못한 스와카가 묻자 마이터는 코웃음을 쳤다.

"흥, 너처럼 여자들에게 인기없는 녀석이 설명해 줘봤자 어떻게 날 이해하겠냐? 그러니 넌 몰라도 된다."

"엥? 아니, 제가 여자들에게 인기가 있는지 없는지 남작님께서 어떻게 아십니까?"

스와카가 황당하다는, 그리고 약간 찔린다는 얼굴로 외치자 마이터가 그의 기색을 눈치 챘는지 의기양양한 표정으로 대꾸했다.

"그거야 내가 여자들에게 인기있다는 걸 못 믿으니까 그렇지. 자고로 자신이 여자들에게 인기없는 놈들은 남들도 다 인기없는 줄 알고 인기있다 그러면 못 믿는 법이거든."

"예? 아니, 그, 그런……."

스와카가 당황했는지 떠듬거리며 말을 잇지 못하자 마이터는 더욱 의기양양해져 호탕하게 웃어 젖혔다.

"푸하하하, 거봐. 내 말이 맞지?"

마이터의 말에 스와카는 얼굴이 새빨개졌고 머리 위에서는 김이 모락모락 피어 오를 것만 같았다.

"맞긴 뭐가 맞는단 말입니까?"

"에이, 거짓말하면 못 써. 사실을 인정해야지."

"아녜요!"

평소에는 항상 여유가 있고 평상심을 잃지 않은 스와카였지만 여자 문제에 관해서는 이상하게도 콤플렉스가 있었는지 쉽게 이성을 잃고 흥분했는데 그걸 오늘, 그것도 하필이면 짓궂은 마이터에게 걸려 꽤나 놀림을 당하게 되었다.

우리는 스와카가 좀 가엽기는 했지만 이런 재미있는 구경거리를 놓칠 맘은 조금도 없었기에 그들 사이에 끼어들지 않은 채 여유있게 버섯으로 만든 소스의 독특한 맛의 스파게티를 먹으며 구경하고 있었다.

"어허, 흥분하면 몸에 해로워. 사람이 자고로 오래오래 살고 싶으면 항상 건강을 생각해야지."

"제가 언제 흥분했다고 그러십니까?"

"거봐, 지금 하고 있잖아?"

"안 했습니다."

"했다니까."

"…안 했다고요."

이성이 되돌아오기 시작했는지 스와카의 목소리가 약간 침착해졌다.

"거참, 젊은 녀석이 황소처럼 고집이 세어서야. 어디 여자들에게 인기가 있겠어? 내가 그렇다면 그런 줄 알 것이지."

그러자 마이터가 스와카가 이성을 찾았다는 걸 눈치 채고는 이 재미있는 놀이를 여기서 그만두고 싶지는 않았는지 다시 여자 문제를 들먹였고, 거기에 그대로 넘어가 버린 스와카가 다시 흥분된 목소리로 외쳤다.

"글쎄, 제가 언제 여자들에게……"

하지만 그의 말은 끝까지 이어지지 못했다.

리틀 조로의 다급한 목소리가 바람에 실려 퍼지고 있었기 때문이다.

"큰일 났어요. 지금 몬스터들이 몰려오고 있어요. 레드포드 자작님, 플레이저 자작님! 큰일 났어요. 비상이에요, 비상!!"

녀석은 너무 다급한 나머지 이곳에서 우리의 작위를 마을 사람들에게 숨기기로 한 걸 잊어버리고 크게 떠들어대고 있었다.

하지만 아무도 우리의 신분에 대해 신경 쓸 여유가 없었다.

방 안에서 느긋하고 흥미로운(?) 저녁 식사를 즐기고 있던 나를 비롯한 일행들이 방문을 박차고 밖으로 나왔을 땐 모두들 자신들의 저녁 식사를 내팽개치고는 방어책 위로 달려가고 있었다.

"침착해! 아직 도착하지 않았어. 모두들 자신의 무기를 챙겨. 그리고 미리 이야기된 대로 자신의 자리로 가도록 해!"

촌장이 공터 중앙에서 크게 외치고 있었다.

여자나 아이들이라고 집 안으로 숨는 것이 아니었다.

비록 맨 앞에서 방어하는 것은 아니었지만 뒤에서 보조하는 일을 맡아 바쁘게 이리저리로 뛰어다니고 있었다.

그 모습에 드디어 시작하는구나 하는 실감과 함께 전에 느껴보지 못했던 새로운 긴장감이 온몸을 휘감고 돌았다.

이번에 이기지 못하면 이 사람들이 다 죽을 거라는, 그래서 어떻게 해서든 이겨야겠다는 필사적인 각오를 새삼 다지며 뒤에 서 있는 일행들을 돌아보았다.

"이제 시작이군요."

마이터가 자신있는 표정으로 웃었다.

"헐헐헐, 이때를 위해 그 먼 거리를 달려온 겁니다."

류미르와 세이몬도 마주 씨익 웃어주었다.

"우린 준비됐어."

스와카와 죠슈아까지 고개를 끄덕이는 걸 보고 나는 기운차게 말했다.

"자, 그럼 가볼까요?"

아직 난간도, 탁자도 없는 방어책 위에 급조된 지휘관 실에는 벌써 촌장들과 나머지 일행들이 모여 있다가 우리를 맞았다.

"어디까지 왔어요?"

내가 막 달려온 일행의 대표로 문자 애쉬가 먼저 와서 상황을 살펴보고 있던 일행의 대표로 대답했다.

"약 50미터 떨어진 곳에 멈춰 서 있습니다. 숲에 몸을 숨기고 기회를 기다리고 있는 듯합니다."

"작전은요?"

몬스터가 쳐들어왔다는 소리를 들은 지 얼마나 되었다고 벌써 작전이 짜여졌겠는가. 하지만 애쉬는 벌써 생각해 봤는지 내 질문에 막힘없이 곧바로 줄줄 대답했다.

"저와 촌장님은 여기서 총지휘를 맡겠습니다. 마법사님들과 사르하 신관, 그리고 리틀 조도 여기 같이 계십시오. 나머지 일행 중에서 플레이저 자작과 친구 분들을 제외한 분들은 일정한 간격 차로 방어책 위의 마을 사람들과 같이 있어주십시오. 다급한 상황일 땐 그들을 지휘하셔야 합니다."

반담을 비롯한 기사들이 알았다고 대답을 한 후 미완성된 원두막 같은 지휘실을 나가 방어책 위를 뛰어갔다.

그들이 나가는 모습을 확인한 애쉬는 나와 류미르, 세이몬을 바라보았다.

"당신들의 역할은 알고 계시겠죠? 당신들 셋이서 '그'를 막아주셔야겠습니다."

"그러죠."

어차피 시키지 않았어도 나설 생각이었다.

"행운을 빌겠습니다."

기꺼이 고개를 끄덕이는 나를 물끄러미 바라보던 애쉬가 전에는 하지 않던 말을 뜬금없이 던지더니 즉각 몸을 돌려 촌장 옆으로 가 숲만 뚫어져라 노려보기 시작했다.

"어떻게 나올까?"

애쉬가 우리에게서 떨어지자 류미르가 낮게 속삭였다.

"전과 같을 거야. 나를 자신이 맡고 마을 쪽으로 몬스터들을 총공격시키겠지."

"이곳에서는 화염계 마법을 쓰기 힘들어. 하지만 저쪽에서는 그런 거 고려 안 하고 쓰겠지? 상당히 골치 아플 거야."

류미르가 걱정스런 어조로 말하며 숲을 둘러보았다. 아무래도 자신이 엘프이다 보니 숲이 걱정되는 듯했다.

"괜찮을 거야. 피해가 전혀 없을 수는 없겠지만, 그걸 최소한으로 막기 위해 마법사를 더 불러온 거니까."

그런 그에게 안심하라는 뜻으로 자신있게 말했지만 류미르는 걱정스러운 표정을 지우지 못했다.

"저들만으로 힘들 텐데? 몬스터 막으랴, 숲에 불나는 거 막으랴, 거기다가 혹시 우리가 싸울 때 일어날 마법 여파를 막으려면……."

가만히 듣고 있던 세이몬이 한쪽 구석에서 자기들끼리 숲과 방책을 가리키며 열심히 의논하고 있는 세 마법사를 바라보며 미덥지 않다는 듯 중얼거렸다.

"그렇겠지. 하지만 저들도 꽤 실력이 있으니 상당한 도움이 될 거야. 지금은 저들을 믿을 수밖에 없어. 그리고 우리는 될 수 있는 한 이곳과 멀리 떨어진 곳으로 유인해 가야지. 몬스터들과의 싸움도 힘든데 우리까지 부담 주면 안 되니까."

"이번 싸움이 힘들긴 힘들구나. 우리가 이렇게 누군가 다른 사람들의 도움을 받으면서 싸운 적이 있었던가?"

류미르가 회의적인 어조로 중얼거리자 세이몬도 같은 표정으로 고개를 설레설레 저었다.

"한 번도 없었던 것 같아."

"야아~ 너희들, 왜 그래? 이렇게 자신없으면 어떻게 제대로 싸우겠어?"

세이몬까지 그런 표정을 짓자 나는 정말 걱정되어서 일부러 콧소리까지 섞어 투덜대자 류미르와 세이몬이 피식피식 웃었다. 그래도 그나마 표정이 펴진 것 같아서 나도 마주 미소 지어주려는데 그들 뒤로 보이는 푸른 숲 속에서 숲과는 어울리지 않은 붉은

빛이 보였다.

'그 존재'가 혼자서 숲을 벗어나 천천히 걸어오고 있는 것이었다.

"온다!"

나도 모르게 긴장된 목소리가 입에서 튀어나오자 류미르와 세이몬이 즉각적으로 뒤로 돌아 지휘관실 끝자락인, 난간이 만들어질 예전이었던 장소로 달려가 숲을 내려다보았다.

'그 존재'는 방책에서부터 30미터 떨어진 곳까지 오자 고개를 들어 이쪽을 지그시 쳐다보았다.

"나오라는 건가 봐."

세이몬이 어쩔 거냐는 표정으로 나를 돌아보았다.

"나오라면 나가야지. 그런데 그전에, 누구 공중전에 자신있나?"

"공중전? 허공에서 하는 거? 난 자신없는데? 검을 쓰려면 디딜 곳이 필요해."

세이몬이 자신없는 표정으로 고개를 절레절레 젓자 류미르가 나섰다.

"그럼 내가 해보지. 아린, 넌 어차피 정면에서 부딪칠 거지?"

나는 '그 존재'에게서 눈을 떼지 않은 채로 천천히 고개를 끄덕였다.

"응. 세이몬은 멀리 돌아서 저 녀석 뒤쪽으로 가줘. 류미르는 공중으로 가주고. 그런 뒤에 알아서 잘 싸워줘."

"오케이!"

"알았어."

"그럼, 잘해보자고!"

녀석들이 고개를 끄덕이고 지휘실에서 나가 '그 존재'의 시야에서 멀어지는 걸 확인한 나는 세이몬과 류미르가 자리를 잡을 시간을 만들기 위해 일부러 천천히 허공으로 날아올라 '그 존재'와 10미터 떨어진 곳에 내려서려고 했다.

하지만 내가 미처 땅에 내려서기도 전에 '그 존재'가 그 자리에서 풀쩍 뛰어오르면서 허리에 차고 있는 검을 엄청 빠른 속도로 뽑아냄과 동시에 휘둘러서 나에게 검기를 날리는 것이었다.

"우왓!"

막고 자시고 할 사이도 없이 빠르게 쏘아져 오는 붉은 검기에 놀란 나는 몸에서 마나를 빼어내 그대로 떨어져 내렸고, 그 검기는 아슬아슬하게 내 머리 위를 스치고 하늘로 날아 올라가 버렸다.

"젠장, 기습을 하다닛!"

뒤로 날아간 검기가 어떻게 되었나 보고 싶었지만 코앞에서 쏘아져 들어오는 '그 존재'의 모습에 허둥지둥 허리에 찬 검을 뽑아 마나로 감쌌다.

하지만 내 몸을 지탱할 여력은 없었기에 나는 '그 존재'의 검을 정면으로 맞부딪친 뒤 곧바로 튕겨져 나가 방책의 밑 부분에 처박혀 버리고 말았다.

쿠당탕탕—!

그리고 덤으로 붉은 마력탄이 날아와 작렬했다.

콰앙!

커다란 폭발음과 함께 화려한 먼지 구름이 피어 올라 시야를 가렸다.

"콜록, 콜록… 에구에구, 조금만 더 늦게 방어막을 쳤더라면 갈 뻔했군. 끙차~"

공중을 떠도는 먼지 구름 때문에 눈물까지 찔끔대며 기침을 하고는 볼썽사납게 처박힌 몸을 바로 세우고 온몸을 장식하고 있는 방책의 무너진 더미를 치우고 일어났을 때 내 눈앞에 보이는 건 엄청나게 큰 함성을 지르면서 달려 들어오고 있는 몬스터의 떼였다.

"에엑? 저 녀석들은 왜 벌써 쳐들어오는 거야?"

놀라서 허둥지둥대며 떠오르려고 하던 나는 곧 방어책 앞 10미터쯤에 방어 결계가 설치되어 있다는 걸 기억해 냈다.

"아, 맞다. 결계가 있었지?"

"괜찮습니까?"

급하게 할 필요가 없었는데도 놀란 마음에 허둥지둥거린 걸 생각하며 쓴웃음을 짓고 있는데, 쳐들어오는 몬스터들이 내는 함성을 의식해서인지 크게 고함지르는 소리에 위를 올려다보니 애쉬가 이쪽을 내려다보고 있었다.

"아직 안 죽었어요!"

마주대고 같이 고함을 지르자 그가 알았다는 듯 고개를 끄덕이더니 다시 두 손을 입가에 모아 대고는 소리치며 한 손을 치켜들어 하늘을 가리켰다.

"'그'가 위에서 기다리고 있어요!"

과연 애쉬의 손가락을 따라 시선을 들어 올리자 그의 머리 너머로 '그 존재'가 허공에 유유히 떠 있었다.

이쪽을 바라보고 있었던 듯 곧 '그 존재'와 내 눈이 마주쳤고, 그러자 '그 존재'는 사악한 웃음을 지으며 나를 공격하려는 듯 천천히 내 쪽으로 손바닥을 펼쳐 보였다.

"이런, 여기에 맞으면 다 박살날 텐데… 결국 내가 정면으로 막아야 하나?"

나는 빨리 여기에서 멀어지지 않은 나 자신을 탓하며 이곳을 다 막아낼 수 있는 방어막의 크기가 얼마 만해야 하는지 계산하고 있는데, 순간 숲 쪽에서 난데없이 검은 기운의 폭풍이 밀려와 허공에 떠 있는 '그 존재'를 덮쳐 갔다.

그리고 그와 동시에 몬스터들이 방책 주위에 쳐놨던 첫 번째 방어 결계에 도착하여 사정없이 지져 주는 전류의 맛을 보며 트위스트를 추고 있었다.

쿠아아아악~

언제 들어도 기분 나빠지는 목소리를 들으며 나도 재빨리 허공으로 올라갔다. 그리고 가뿐하게 세이몬의 검기 폭풍을 막아낸 '그 존재'를 향해 손을 뻗었다.

"레이 프리즈!"

내 손에서 뻗어 나간 마나들이 빛나는 금빛 고리를 형성하여 '그 존재'를 묶어 행동을 구속하였고, 나는 곧바로 그런 상태의 '그 존재'를 끌고 될 수 있는 한 마을에서부터 멀리 떨어져 나왔다.

그러자 '그 존재'는 나를 죽일 듯이 노려보면서 온몸에 힘을 줘 공중에서 멈춰 선 동시에 강렬한 마나를 방출시켜 내가 만든 금빛 고리를 압박해 들어가기 시작했다.

하지만 그걸 방관만 하고 있을 내가 아니었다.

나는 금빛 고리를 계속 유지시키기 위해, 그리고 '그 존재'는 행동을 묶는 고리를 부수기 위하여 '그 존재'와 나의 마나 줄다리기가 팽팽히 맞서고 있는데, 갑자기 '그 존재'의 머리 위에서 작은 물방울들이 하나둘 모여들더니 곧바로 지름이 1미터는 되어 보이는 커다란 물방울이 되어서 '그 존재' 위로 떨어져 내렸다.

난데없이 물벼락을 맞은 '그 존재'와 내가 어리둥절해 있는 사이 류미르의 자신감에 찬 목소리가 들려왔다.

"스턴!"

그의 목소리와 함께 '그 존재' 주위에 엄청나게 높은 전압의 전류가 생성되었다. 얼마나 전압이 높았는지 전류가 서로 부딪쳐 일으키는 스파크가 마치 천둥 같아 보였고, 파지직파지직거리는 효과음 또한 대단했다. 그러한 전류의 화려한 빛이 점점 커지더니 어느 순간 먹이를 발견한 매처럼 순식간에 '그 존재'에게 달라붙었다.

"크아아악—!!"

물에 젖어 있던 '그 존재'에게 전류는 엄청난 충격을 주었는지 '그 존재'는 잘 보여주지 않는 엄청나게 고통스러운 표정을 지으며 괴성을 질러댔다.

얼마나 강력한 전압이었는지 '그 존재'와 약간 떨어진 나에게까지 스파크가 일으킨 열기가 느껴질 정도였다.

"특별히 소금물로 준비했는데, 효과가 있어서 다행이군."

너무나 괴로워하면서 몸을 뒤틀고 있는 '그 존재'의 모습에 약간은 씁쓸함을 느끼며 몸서리치는 나에게 류미르가 내 옆으로 다가오면서 말을 건넸다.

나는 약간 어벙한 표정으로 류미르에게 물었다.

"소금물? 저자에게 쏟아 부은 게 소금물이었단 말야?"

"응. '전류' 계통의 마법은 소금물 속에서 더 큰 효과를 발휘하더라고. 그래서 지금 한번 적용해 봤지."

마치 선생님이 학생에게 가르치는 것 같은 약간 거만한 말투로

패싸움 **253**

설명하는 류미르의 행동에 화가 나는 대신 나는 놀란 심정으로 그에게 다시 물었다.

"야, 너 소금물이 전류가 잘 통한다는 거 어떻게 알았어?"

그러자 더 놀란 류미르가 나를 바라보았다.

"어? 넌 그거 어떻게 알았냐? 난 그거 어쩌다가 우연히 알게 된 건데? 예전에 우리 마을에서 어떤 애가 장난치다가 소금물을 뒤집어썼는데 그때 딴 애가 그애한테 가볍게 '스파크—짜릿짜릿한 정도의 전류를 흐르게 한다—'를 걸었다가 엄청 놀란 적이 있었거든. 그런데 넌 어떻게 알았냐?"

모를 줄 알았던 내가 원래부터 알고 있었다는 듯이 말하자 약간 당황한 듯한 류미르가 나에게 되묻는 질문에 나는 화들짝 놀랐다.

"엥? 나?"

'아차차, 말을 잘못했다. 모르는 척하고 물었어야 했는데······.'

"아아, 예전에 에··· 그러니까, 아, 맞아, 연금술! 그래, 연금술을 약간··· 배웠었거든··· 하하하······."

'에구구··· 화학이 그러니까 이 시대의 연금술 맞기는 맞지?'

황급히 변명한 거였지만, 류미르는 다행히도 납득했다는 듯 고개를 끄덕이며 아직도 괴로워하는 '그 존재' 쪽으로 시선을 돌렸다.

"연금술 배운 거 가지고 뭘 그렇게 당황해해? 그냥 연금술 좀 배웠다고 하면 되는 것을. 너희 종족 중에서도 연금술을 연구하는 드래곤이 있나 보지?"

"에? 아하하하··· 글쎄······."

슬쩍 말을 얼버무리며 위험한 고비를 무사히 넘겨 안도의 한숨을 류미르 몰래 내쉬고 있는데, 아래쪽에서 검은색의 날카로운 검기가 '그 존재' 쪽으로 쌩 하니 날아왔다.

'그 존재'는 몸이 저릿저릿한 가운데서도 목숨의 위협을 느꼈는지 얼른 몸을 비틀어 단지 머리카락을 약간 잘리는 정도로 몸을 보존할 수 있었다.

그와 함께 아래쪽에서 세이몬의 화난 외침이 들려왔다.

"야, 너희들! 뭐 하는 거야? 공격 안 해?!"

류미르와 나는 세이몬의 말에 어색한 미소를 지으면서 서로를 바라보았다.

그리고 류미르가 먼저 내 눈치를 살피면서 조심스럽게 물어보았다.

"공격… 할까?"

아무래도 우리는 무의식적으로 너무 괴로워하는 '그 존재'를 보고 공격하는 것을 피하고 있었나 보다.

"해야… 위험!"

나는 채 말도 못 끝내고 얼른 류미르 앞을 가로막으면서 방어막을 펼쳤다. 수십 개의 불덩어리들이 우리를 향해 날아오는 것을 본 탓이었다.

콰과과광—!

극대화된 버스트 프레아였지만, 이전에 '그 존재'가 하던 공격들에 비해 많이 약해져 있어 내가 막아내는 데 별 어려움이 없었다.

하지만 그 폭발이 사라지고 난 뒤 보이는 것은 예전보다 더 더욱 분노하여 마치 몬스터 같은 괴성을 내는 '그 존재'의 모습이었다.

"크르르르~!"

 사람의 모습을 하고 있으면서 어떻게 저런 소리를 낼 수 있는지 의아했지만, 그렇다고 장난스럽게 물어볼 수도 없는 게 사납게 눈빛을 번쩍이면서 온몸에 붉은 마나를 회오리처럼 피워 올리고 있는 '그 존재'의 모습은 소름이 오싹 끼칠 정도로 무서워서 감히 말을 붙여볼 엄두는 내지도 못하게 만들고 있었다.

"일방적인 공격 마법은 안 통해도 전격 마법은 통하나 본데?"

 얼른 류미르가 나에게 떨어지면서 외쳤다.

"네가 소금물을 뿌려서 그럴 거야. 하지만 한번 당했으니 다시는 당하지 않을걸?"

 다른 뭔가 효과적인 공격 마법이 없을까 열심히 머리를 굴리면서 '그 존재'의 시야에서 벗어나려고 몸을 움직이는데 세이몬이 날아 올라왔다.

"야! 너희들, 뭐 하는 거야? 좋은 기회를 놓쳐 버렸잖아?!"

 세이몬은 아까 우리가 공격을 안 한 게 어지간히도 안타까운 모양이었다.

"쳇, 아까워라. 이제 이길 수 있나 했더니만… 뭐 하고 있었어?"

"미안해, 잠시 딴생각을 했어."

 류미르가 변명한답시고 내뱉은 말이었지만, 그것이 세이몬을 더욱 분노하게 만들었다.

"딴생가아아아악~? 지금 그걸 말이라고 하냐? 전투 중에 딴생각을 하다니? 죽고 싶어 환장했어?!"

 세이몬의 반응에 류미르가 '이크!'란 표정으로 얼른 얼버무렸다.

"아, 아니, 그게… 그러니까…… 에잇, 그래서 미안하다고 했잖아!"

 열심히 딴 변명거리를 생각해 내려 애를 쓰던 류미르는 결국 적당한 핑계가 생각나지 않는지 생각하는 걸 포기하고는 자신을 노려보는 세이몬에게 대들었다. 그러자 세이몬도 같이 큰 소리로 따지고 들었다.

 "이게 미안하다고 하면 끝날 일이냐? 밑에서 싸우는 나도 생각을 해줘야지!!"

 "알았어. 이제부터 조심할게. 그러니 그만 해라. 나도 잘못한 거 알고 있다구."

 솔직히 말한다면 류미르만 딴(?)생각 한 게 아니라 나도 그랬지만, 나는 지금 '그 존재'의 시선을 피하느라 용쓰고 있었고, 세이몬은 류미르에게 단지 트집을 잡는 것뿐이어서 나에게까지 뭐라고 하지는 않았다.

 류미르도 그걸 알고 있어서인지 세이몬이 전혀 누그러지지 않자 자신이 먼저 목소리를 누그러뜨리고 세이몬의 눈치를 살폈다. 그러자 세이몬은 의기양양한 표정이 되어 그쯤에서 그만둬 줬고, 나는 사악하게도 그들 사이의 투닥거림이 소강 상태를 보이자 그제야 둘을 불렀다.

 "얘들아, 다 싸웠냐?"

 그러자 그 즉시 류미르의 날카로운 눈빛이 나에게 날아왔다.

 "아리이이이인~? 너 혼자 그렇게 빠져나가기야?"

 하지만 나는 능청스럽게 그의 말을 받았다. 몸은 여전히 빨리빨리 움직이면서.

 "이봐, 류미르. 지금 내 모습 안 보여? 난 너희들처럼 한가한 몸이 아니라구."

"으이구… 말은 잘한다."

류미르는 졌다는 듯 고개를 설레설레 저으면서 여전히 집요한 시선으로 나를 쫓는 '그 존재'를 바라보았다.

"무슨 좋은 생각 없어?"

세이몬도 '그 존재'를 날카로운 눈으로 노려보며 물었다.

엄청 화가 나서 그런지 온몸의 마나가 전보다도 더욱더 많이, 그리고 더 강렬하게 휘몰아치자 도저히 뚫을 곳을 못 찾겠는지 암담한 표정들이었다.

"그래서 말인데 세이몬, 너 혹시 저 사람을 어떤 곳으로 유인할 수 있겠냐?"

나는 '그 존재'의 머리 위로 덤블링을 하면서 외쳐 물었다.

"뭐어? 그런 건 꿈도 못 꿔. 막는 것도 간신히 막는 데다 저 사람은 오직 아린만 쫓아가는걸? 내가 엉덩이를 까고 두드린다고 나를 거들떠보겠어?"

세이몬이 어림도 없는 소리라며 고개를 젓자 나는 다시 물었다.

"그러면, 너하고 류미르 둘이 같이 쓸 수 있는 공격 마법 없냐? 저자를 한 번에 보내 버릴 수 있는 아주 강력한 걸루."

그러자 이번에는 류미르가 난처한 표정으로 입을 열었다.

"세이몬, 너 마법 익힌 거 있어?"

세이몬도 똑같은 표정으로 고개를 저었다.

"아니, 난 마법이라고 따로 익힌 건 없어. 단지 마나를 자유자재로 다룰 수 있을 뿐이라고……."

"그래? 음… 그럼 방법이 없나? 아, 류미르. 너 전에 너희 마을에서 정령들을 이용해 저자를 쫓아낸 적 있었지?"

류미르는 또다시 난처한 표정으로 고개를 저었다.

"그건 나 혼자만의 힘으로 한 게 아냐. 여러 명이 힘을 합친 거였다고."

"에휴, 그럼 별수가 없구나. 하는 수 없지. 세이몬, 네가 공격해서 시간 좀 끌어줘. 그동안 류미르랑 내가 밑으로 내려가서 어떻게든 해볼게. 오케이?"

결국 류미르와 내가 힘을 합하기로 결정을 본 나는 세이몬에게 협조를 구했고, 그는 단서가 붙긴 했지만 기꺼이 고개를 끄덕였다.

"좋아. 단지 나 오래 못 붙잡고 있는다?"

"알았어. 내가 네 뒤쪽으로 갈 테니까 그때 부탁해. 하나, 둘, 셋!!"

셋을 외침과 동시에 나는 다시 한 번 '그 존재'의 머리를 뛰어넘어 세이몬 바로 뒤로 내려왔고, 그 순간 준비하고 있던 세이몬이 자신의 검기를 날리면서 '그 존재'의 시야를 방해했다.

그리고 세이몬이 '그 존재'를 맞아 시간을 끌어줄 동안 류미르와 나는 얼른 땅으로 내려왔다.

"아린, 어쩌려고 그래?"

류미르가 다급한 표정으로 물어왔다.

"류미르, 너 '카오틱 디스팅레이트' 쓸 줄 알아?"

'라 필타'의 업그레드 버전으로 7서클의 마족 공격용 마법이었지만, 류미르와 같이 힘을 합할 수 있는 적당한 다른 마법이 생각나지 않았다.

"아, 그래. 하지만 겨우 쓸 수 있을 뿐인걸. 제대로 쓸 수 있을지는 자신없어."

류미르가 자신없는 표정으로 대답했지만 어차피 나도 같이 힘을 쓸 거였으므로 위험스럽진 않을 것이었다.

"됐어. 쓰기만 하면 어떻게든 되겠지."

나는 주위에서 적당한 공터를 찾아내고는 내 머리카락을 하나 뽑아내 마나를 불어넣은 다음 입속으로 중얼거렸다.

"크리에이트 이미지."

그러자 내 머리카락에서 마나가 기묘하게 움직이더니 점차 머리카락이 부풀어 오르면서 내 모습으로 화했다.

"아린?!"

류미르가 옆에서 놀란 어조로 외쳤다.

"그냥 환각이야. 단지 환각만 일으킨다면 눈치 챌 것 같아서 내 기운을 좀 불어넣었을 뿐이야."

그걸로는 '그 존재'를 잡아놓을 수 없을 것 같아서 나는 내친김에 노움을 한 명 불러내었다.

"너는 누군가가 '이 녀석'을 죽이려 하면 그 즉시 땅 밑을 살짝 꺼지게 만들어라."

아무리 뛰어난 사람이라고 해도 땅 밑이 갑자기 꺼진다면 당황해서 순간적으로 아무것도 할 수 없을 것이었다. 나는 그 순간을 노릴 생각이었다.

노움이 알았다는 듯 고개를 끄덕이고 사라지자 나는 공터 근처의 나무들이 있는 곳을 가리키면서 류미르에게 말했다.

"너는 저쪽에 가서 숨어 있어. 그리고 주문을 외워놓았다가 내가 신호하면 그 주문을 쓰는 거야. 알았지?"

"아, 그래. 시키는 대로 하기는 하겠는데 잘 될지는 모르겠네? 그 녀석이 타격받을지도 의문이고."

류미르가 여전히 별로 자신없다는 표정으로 중얼거렸지만 작전을 바꿀 생각은 없었다.

"그건 해봐야 아는 거야. 하지만 '카오팅 디스팅레이터' 자체도 강력한 주문인 데다가 나도 같이 쓸 거니까 큰 타격은 받겠지. 자, 시간없어. 빨리 숨어."

내가 류미르의 등을 밀어내자 류미르가 다급한 얼굴로 입을 열었다.

"하지만 아린, 난 그 주문을 쓰고 나면 지쳐서 딴 마법은 못 쓰게 될 거야."

"알았어. 어떻게든 되겠지."

그러자 류미르가 눈살을 살짝 찌푸렸다.

"너 말야, 너무 무책임한 거 알아?"

"알어알어, 전에도 말했잖아. 그럼 난 간다."

내가 먼저 숨을 곳으로 몸을 돌리자 뒤에서 류미르의 한숨 소리가 들리더니 곧 그가 자신이 숨을 장소로 움직이는 소리가 들렸다.

"아아, 내 기척을 죽여야지. 컨실 셀프!"

기척을 완전히 죽여놓고 가만히 기다리고 있자니 얼마 안 있어 하늘로부터 어떤 존재가 쏜살같이 내려오더니 내가 만들어놓은 내 분신 뒤로 떨어져 내렸다.

하지만 내 분신은 단지 환각을 이용한 인형이었으므로 '그 존재'가 뒤에서 살벌하게 노려보고 있어도 꼼짝도 하지 않은 채 가만히 서 있기만 했다. 그러자 '그 존재'의 얼굴에 잠시 의아한 빛이 스쳐 지나가더니 주위를 두리번거리는 것이었다.

나는 순간적으로 가짜란 걸 들킨 줄 알고 가슴이 덜컹 내려앉았는데, 다행히도 '그 존재'는 주위를 둘러보아도 다른 곳에서는 '내 기척'을 못 느꼈는지 고개를 갸웃하면서도 내 분신 쪽으로 시선을 돌리더니 결국 '내 분신'이 진짜라고 잠정 결론을 내린 듯 그쪽으로 조심스레 한 발 한 발 다가서는 것이었다. 그러더니 무서운 살기를 내뿜으며 순간적인 빠른 속도로 붉은 마나가 넘실대는 검을 들어 올려 밑으로 내려쳤다.

그러자 '내 분신'은 등이 이 등분되어 사라졌고 그 모습에 '그 존재'가 놀란 틈을 타 준비하고 있었던 노움이 '그 존재'의 다리가 무릎까지 땅속에 파묻히게 만들었다.

그 순간을 놓치지 않고 나는 자리에서 벌떡 일어나며 외쳤다.

"지금이야!!"

"카오팅 디스팅레이터!"

'라 필타'의 업그레이드 마법이라고는 하지만 '라 필타'를 시전했을 때와는 비교도 안 되는 엄청난 빛의 기둥이 땅을 뚫고 뻗어 나가 '그 존재'를 감쌌다. 류미르와 내 마법이 합쳐진 것이라 빛 기둥의 굵기는 그 공터를 차고도 넘칠 지경이었고, 길이도 하늘을 뚫을 것만 같았다.

그 빛에 휩싸인 '그 존재'는 처음에는 약간 거뭇거뭇한 그림자만을 보이더니 얼마 버티지 못하고 사라져 버렸다.

한참이 지난 후에야 빛의 기둥이 점차 가늘어지더니 결국 사그라들었고 공터에는 커다란 구덩이만 남아 있었을 뿐 다른 모든 것은 흔적도 없이 사라져 있었다.

"어떻게 된 거야? 굉장한 마력이었는데?"

세이몬이 공중에서 바닥으로 착지하며 다급하게 말했다.

"모르겠어. 하지만 존재가 느껴지지 않는 걸 보니 성공한 게 아닐까?"

류미르가 창백한 얼굴로 비틀비틀 걸어오면서 대답했다.

"정말이야, 아린?"

세이몬이 기쁘다는 얼굴로 나를 홱 돌아보았지만 나는 성공했는지 실패했는지 확실하게 몰랐기 때문에 대답할 수 없었다.

물론 주위에 '그 존재'의 모습도 느낌도 없지만 왠지 모를 꺼림칙한 감이 있었기 때문이다.

"잠깐만 기다려 봐."

나는 대답을 잠시 미루고 얼른 아빠를 불러냈다.

"아빠!"

"그래, 준비는 잘되어 가나?"

"오늘 한바탕했어요. 그런데 말이죠, '파멸되어 가는 존재'는 어떻게 죽죠?"

"엥? 그게 갑자기 무슨 말이야?"

뜬금없는 질문에 아빠가 약간 황당하다는 표정으로 나를 바라보기에 나는 좀 더 자세히 설명했다.

"류미르랑 같이 '카오팅 디스팅레이터'를 시전해서 정면으로 맞췄거든요. 흔적도 없이 사라지긴 했는데, 그게 죽… 아니, 끝난 건지 아닌지 몰라서요."

'죽음'이라는 단어가 입 밖으로 튀어나오려다 얼른 다시 들어갔다. 아무래도 그 단어는 쓰고 싶지 않았던 탓이었다.

아빠는 한숨을 폭 쉬더니 입을 열었다.

"끝내기에는 택도 없을 거다, 이 아가씨야. 너하고 그 하이 엘프 녀석이 합쳐도 1,000살짜리 녀석 마력이 될까 말까 할 텐데 그걸로 될 거 같아? 그리고 말이다, 우리 종족은 죽음에 이르면 본체의 모습으로 돌아간단다. 본체로 돌아간 모습을 보지 못했으면 아마 도망간 걸 거야."

"에… 그런 거예요?"

나는 실망감과 안도감이 반반씩 섞인 묘한 감정을 느끼며 되물었다.

"그래, 그런 거다. 그러길래 할머니 능력을 쓰라니까."

아빠가 답답한 듯 인상을 찡그렸지만 나는 단지 배시시 웃어보일 뿐이었다.

"나중에요."

"나중에 언제?"

"때가 되면 쓰겠죠."

막연한 대답이었지만, 아빠는 그 대답 속에 담겨 있는 '싫다'는 뜻을 알아차리고 뒤로 물러섰다.

"으이그… 그래, 알았다, 알았어. 그건 네가 알아서 하고, 말을 들으니 어쨌든 막아내긴 한 것 같구나. 그럼 곧 수도로 돌아올 수 있겠지?"

"그렇겠죠."

"흐음… 마법사가 내가 보낸 둘하고, 용병하고 너와 엘프가 있으니 올 때는 공간 이동으로 올 수 있겠구나?"

"아, 그렇군요. 그럼 일찍 갈 수 있겠네요. 그럼, 그때 봬요."

"오냐, 하지만 오기 전에 연락해야 한다?"

"알았어요. 그리고 좀 있다 저녁에 자세한 상황 알려드릴게요."

"그래, 기다리고 있으마. 그리고 아린아?"

"예?"

갑작스런 아빠의 부름에 내가 의아한 얼굴로 쳐다보자 아빠가 따스한 눈길과 부드러운 미소를 지으며 입을 열었다.

"이번에도 수고했다."

"예에… 헤헤헤."

기쁘기도 하고 쑥스럽기하고 미안하기도 해서 나는 실없이 웃어 보였다.

"에이, 그럼 결국 또 그 자식을 찾으러 가야 한다는 거야? 겨우 끝났나 싶었는데……"

아빠의 모습이 사라지자 옆에서 같이 듣고 있던 세이몬이 시무룩한 얼굴로 투덜댔다.

"어쩔 수 없지 뭐. 자자, 이러고 있지 말고 어서 마을 쪽으로 가보자. 그쪽은 어떻게 되었는지 모르잖아."

활기 찬 어조로 위로하는 듯이 세이몬의 어깨를 껴안아 마을 쪽으로 이끌며 류미르는 고개만 살짝 돌려 나에게 의미있는 미소를 지어 보였다.

그 미소는 마치 '다행이지?' 라고 묻는 듯했다.

'다행이라……'

차마 아니라고 말할 수가 없어 나는 괜히 하늘을 보았다.

'후후후, 어쩌면……'

그런데 갑자기 류미르가 몇 걸음 걸어가지 않아 비틀거리며 쓰러졌다.

"에구구구……"

덕분에 같이 걸어가던 세이몬이 놀라서 그를 얼른 부축했다.

"야, 왜 그래?"

"아아, 아까 너무 무리했나 봐. 세이모오오온~ 나 너무 기운없어."

류미르가 평소 녀석답지 않게 기운없는 목소리로 칭얼대며 애처로운 눈빛으로 세이몬을 바라보자 세이몬이 적지 않게 당황했다.

항상 당당하고 침착하던 녀석이 죽는소리를 하니 무척 놀란 듯했다.

"야, 괜찮아? 일어설 수 있어?"

"아구구구, 힘이 없어서 서 있지도 못하겠어… 아, 빈혈기까지……."

류미르가 더욱더 엄살을 부리면서 한 손으로 이마를 짚고 뒤로 넘어가는 시늉을 하자 세이몬이 어쩔 줄 몰라 녀석의 등 뒤를 받치면서 나를 돌아보았다.

"아린, 어떻게 좀 해봐. 이 녀석 죽겠어."

'순진하기는…….'

난 벌써 류미르가 장난기 어린 얼굴로 눈을 찡끗하는 걸 봤기 때문에 쓴웃음만 지어줄 뿐 별달리 손을 쓰려고 하지 않았다.

그러자 세이몬이 벌컥 화를 내며 외쳤다.

"아린, 류미르가 이렇게 됐는데 가만있기야? 네가 그렇게 냉정할 줄 몰랐어!"

'그 녀석 꾀병이야!'

라고 까발릴 수는 없는 일이어서 나는 나에게 이런 일을 당하게 하는 류미르를 살짝 노려봐 주고는 세이몬에게 얼른 침착하고 부드러운 미소를 띠며 입을 열었다.

"진정해, 세이몬. 류미르는 단지 기운이 빠진 것뿐이니까 조금만 쉬면 괜찮아질 거야. 그리고 솔직히 나도 마법을 너무 써서 약간 힘이 들어서 가만있는 거야."

그러자 세이몬은 금방 당황하며 얼굴을 붉혔다.

"아, 그랬던 거야? 미안, 오해해서……"

'정말 엄청 순진하다니까.'

내가 속으로 웃고 있을 때 세이몬은 걱정스러운 얼굴로 류미르를 부축하고 있었다.

"류미르, 괜찮겠어? 어디 일어나 봐."

"히에에에에에~ 에구구구~ 세이모오오오온~~"

희한한 신음 소리를 내며 류미르가 세이몬에게 매달리자 세이몬은 울 것 같은 얼굴로 류미르를 일으켜 세워 자신이 업었다.

"류미르, 조금만 참아. 내가 얼른 마을에 데려다 줄게. 마을에는 신관이 있으니까 금방 널 회복시켜 줄 거야. 아린, 넌 걸을 수 있어?"

'에구, 착하기도 하지.'

그 와중에서도 세이몬은 걱정스러움과 미안함이 뒤섞인 얼굴로 돌아보았다. 날 못 챙겨주는 게 되게 미안한 듯했다.

"난 괜찮아. 걱정 안 해도 돼."

"그래? 그럼 어서 가자."

세이몬은 한 팔로는 류미르가 등에서 떨어지지 않게 잡고 한 팔로는 내 손목을 잡아 빠른 발걸음으로 마을로 향했다.

마을에서는 아직 전투가 끝나지 않은 채였다.

마이터와 죠슈아 등이 심혈을 기울여 만들어놓은 제일차 방어 결계와 제이차 방어 결계는 군데군데가 파괴되어 제구실을 못하고 있었고, 몬스터들은 벌써 방어책 밑에까지 다다라 있었다.

하지만 비록 미완성인 방어책이었지만 그래도 몬스터들의 공격에도 무너지지 않고 제구실을 하고 있었고, 리틀 조로가 방어책이 무너지려 하면 재빨리 땅의 정령들을 불러내어 보수하는 등 열심히 보호하고 있었다.

마이터와 죠슈아는 간간이 달려드는 몬스터들에게 마법을 날리고 있었고 방어책 위에 있는 마을 사람들도 그들에게 열심히 활을 날리고 있었다. 하지만 몬스터들의 숫자가 너무 많아 그런 그들을 뚫고 방어책을 기어 올라가는 녀석들이 있었는데, 그런 녀석들은 방어책 위에서 대기하고 있던 기사들이 도맡아서 처리하고 있었다.

다행인 것은 아직 방어책 안으로 뛰어든 몬스터나 하늘을 나는 몬스터가 없어 그나마 수월하게 막아내고 있었고 사상자도 없는 것 같아 보였다.

"우와, 되게 많다."

"어이구, 많이도 끌어 모았네."

그 모습에 세이몬과 내가 혀를 내두르자 류미르가 걱정스런 어조로 나에게 말했다.

"아린, 어쩌지? 이러다간 끝도 없을 것 같은데?"

"하긴, 되게 오래 안 쳐들어왔잖아. 이 산맥에 있는 몬스터들을 싸그리 몽땅 끌어 모으느라 그랬나 봐."

류미르의 질문에 내가 감탄만 하고 있자 류미르는 그게 맘에 안 들었는지 약간 화가 난 어조로 입을 열었다.

"아린, 그렇게 감탄만 하고 있을 거야? 네가 어떻게 좀 해봐."

"저들이 알아서 잘하고 있는데 뭘."

내가 여전히 시큰둥한 반응이자 류미르가 좀 당황스러웠는지 얼떨떨한 어조로 물었다.

"아린, 너 왜 그래? 너답지 않게시리."

"내가 뭘?"

전혀 모르겠다는 얼굴로 류미르를 바라보자 류미르가 고개를 갸웃거리며 내 얼굴을 살펴보더니 의아한 듯 입을 열었다.

"진짜 아린인 것 같긴 한데……"

류미르의 그런 말에 오히려 내가 어리둥절해졌다.

"뭐? 그게 무슨 말이야?"

그러자 류미르가 배시시 웃었다.

"아하하하… 아니, 혹시 아까 네가 만든 분신하고 진짜가 바뀌었나 싶어서… 너, 진짜이긴 한 거지?"

"류미르, 너 바보지? 아까 그건 내가 환각으로 만든 거라고 했잖아. 움직이지도 못하는 인형에 불과한 거라니까."

내가 인상을 팍 찡그리며 그를 째려보았지만 류미르는 그런 내 시선을 덤덤히 받아내며 피식 웃었다.

"너답지 않게 구니까 그렇지. 평소의 너라면 당장 도와주고도 남지 않았냐?"

그제야 류미르가 왜 그런지 깨달은 나는 녀석의 시선을 슬쩍 피해 몬스터 쪽으로 돌리며 흥미없다는 듯이 어깨만 으쓱해 보였다.

"헹, 것두 도와주고 싶은 마음이 들 때 그랬지. 마을 녀석들, 대가도 많이 받는데 저 정도는 해결해야 하는 거 아냐?"

류미르는 그런 나를 물끄러미 쳐다보다가 뭔가 알겠다는 듯한 표정으로 싱긋 웃었다.

"오호라, 마을 사람들이 너한테 뭔가 밉보였구나? 흐음, 너한테 밉보일 만한 게 뭐가 있나? 아, 혹시 전에 촌장이 계약할 때 되게 틱틱거린 거 가지고 화가 난 거야?"

난 류미르가 꼭 다 안다는 것처럼 나를 예쁜 동생 쳐다보듯 보는 게 넘 싫었다.

'나보다 나이도 어린 게 나보다 어른인 것처럼 행동한단 말야.'

"쳇, 그럼 안 되냐? 하지만 그것 말고도 촌장이랑 계약하려고 촌장 아들내미 제대로 패주지 못한 것도 맘에 안 들어."

내가 기분 나빠져서 일부러 틱틱거리며 대꾸하자 류미르가 나를 달래는 듯한 미소를 지었다.

"에이, 아린. 하지만 마을 사람들뿐만 아니라 네 일행들도 같이 싸우고 있잖아."

"괜찮아. 이 정도 일에 어떻게 될 사람들이 아니니까."

그런데 그때 몬스터들과 마을 사람들과의 싸움을 구경하면서 류미르와 나의 대화를 묵묵히 듣고 있던 세이몬이 슬그머니 끼어들었다.

"그런데, 얘들아?"

"응? 왜 세이몬?"

내가 대답하기도 전에 류미르가 먼저 명랑한 어조로—세이몬이 업어줘서 되게 기분이 좋았는지—대답했다.

그러자 세이몬 왈.

"류미르 목소리는 되게 멀쩡하다? 벌써 다 회복된 거야? 아까는 다 죽어가더니."

정곡을 찔린 류미르는 '아차' 하는 얼굴로 다시 팍 죽은 목소리를 내기 시작했다.

"에구구구… 세이몬이 업어줘서 쪼~끔은 기운이 나는 것 같아……."

"아아, 그런 거야?"

"으응, 그런 거야."

세이몬의 어조가 좀 묘해서 류미르는 의아한 표정을 지으면서도 여전히 기운없는 목소리를 고수했다.

하지만…….

쿵!

"아얏, 세이몬, 무슨 짓이얏!!"

세이몬이 업고 있던 류미르를 잡고 있던 손을 그냥 놓아버린 것이다.

그래서 류미르의 엉덩이는 땅과 감격적인 해후를 하면서 기쁨의 비명을 질렀고 덕분에 류미르의 얼굴은 오만상이 다 찌푸려졌다.

"헤에, 벌써 다 회복된 거 같네? 아니면 처음부터 기운이 팔팔했던지. 안 그래, 류.미.르?"

세이몬이 천천히 몸을 돌려 팔짱을 딱 끼고 류미르를 매섭게 노려보자 류미르가 얼굴이 하얗게 질려서 식은땀을 흘려댔다.

"하.하.하… 세이몬, 그게 말이지……."

'들켰구만.'

나는 뒤에 어떻게 될지 지켜보기 위해 슬그머니 뒤로 몇 발자국 물러났다.

"감히 날 속여?!"

"세이몬, 난 정말 힘이 없었다구… 정말이야!"

"웃기지 마! 힘없는 녀석이 날 속일 힘은 있었냐?!"

세이몬은 분노에 찬 외침을 터뜨리면서 팔짱 낀 손을 푸는가 싶더니 번개같이 자신의 검을 빼내어 류미르를 내려쳤다.

"우아악, 무슨 짓이야?!"

류미르가 앉은 상태에서 얼른 몸을 돌려 칼을 피하면서 외쳤지만 세이몬은 콧방귀만 뀔 뿐이었다.

"흥, 잘 피하는 걸 보니 힘이 펄펄 넘치는구만?"

그러면서 류미르가 있던 땅에 꽂힌 검을 빼내어 다시 매섭게 휘두르자 류미르가 안 되겠는지 자리에서 몸을 일으켜 뒤로 한 번 제비돌기를 하여 세이몬으로부터 훌쩍 물러났다.

"세이몬, 진정해. 진정하라구. 난 정말 힘이 없단 말야!"

류미르가 필사적으로 외쳤지만 한번 속은 세이몬은 여전히 분노하면서 검을 휘두를 뿐이었다.

"시끄러! 내가 또 속을 줄 알아?!"

"우아악, 정말이라니까!"

"거짓말! 흥, 하지만 걱정 마. 내가 네 힘을 확실히 빼줄 테니까!!"

세이몬이 자세를 낮추며 검을 횡으로 잡는가 싶더니만 그걸 옆으로 그대로 그어내면서 무시무시한 검기를 류미르에게 날렸다.

"우갸갸갸, 너, 정말 날 죽이려는 거야?"

"확실히 죽여주지."

"우악, 엘프 살려!"

류미르는 세이몬이 정말 자신을 노리고 검을 휘두르자 놀라서 몸을 피했고 그런 류미르를 세이몬이 무섭게 쫓아갔다.

하지만 정말 공교롭게도 그들이 피하고 쫓느라 달려간 곳은 몬스터들이 바글바글한 마을 방어책 앞이었다.

"세이몬, 제발 진정해!"

"너 같으면 진정하게 생겼어?"

콰앙!

쿠어어어~!

"우아아아악, 내가 잘못했어. 잘못했다니까!"

"시끄러! 그런 사과는 받아주지도 않을 테다!!"

퍼버벅!

꽤에에에엑~!

"우갸갸갸, 그렇다고 정말 이러기냐?"

"이럴 거다. 그러니 각오해!!"

싹둑, 싹둑, 사사삭~!!

컥!

캑!!

"엘프 살류~!!"

갑작스레 몬스터 사이로 뛰어든 두 녀석 때문에 마을 사람들은 화살 날리는 걸 멈추고 멍하니 쳐다보았다. 덕분에 마을 사람들은 잠시 휴식을 취하며 재미있는 구경을 하게 되었지만, 류미르와 세이몬을 자신들 틈으로 껴준 몬스터들은 죽을 맛이었다.

세이몬이 사정없이 검과 검기를 날리는데 류미르는 그걸 단 한 개도 맞지 않고 모두 피해 버렸고 류미르 대신 주위에 있던 몬스터들이 고스란히 그걸 맞았기 때문이었다.

"세이모오오온~~ 제발 한 번만 봐줘!!"

"닥쳐!!"

콰과광!

꾸에에엑!

케에에에엑!!

장장 30분이 넘는 시간 동안 쫓고 쫓기는 추격전을 벌인 끝에 류미르는 정말 지쳐 버려 헥헥대면서 내 뒤로 숨었다.

패싸움 273

"헉헉헉… 아린, 헉헉… 나 좀 헥… 살려줘어어… 헥헥헥……"

하지만 류미르를 쫓아온 세이몬은 숨 하나 흐트러지지 않은 채 검을 꼭 부여잡고 살기 어린 눈으로 내 앞에 버티고 서서 차갑게 말했다.

"아린, 비켜. 그 녀석 가만 안 놔둘 거야."

"세이모오오온… 헥헥, 내가… 헥, 정말, 정말, 헉헉… 잘못했다니까… 헥헥… 그러니… 헥, 좀… 헥헥, 봐주라… 응? 헥헥, 나 정말… 헥헥, 죽을 거… 헥, 같다… 헉헉……"

류미르는 정말 숨이 금방이라도 넘어갈 것처럼 시뻘게진 얼굴에 거친 숨을 몰아쉬고 있었다.

"세이몬, 지금은 좀 봐줘. 이러다가 류미르 정말 죽겠다."

"싫어, 아린. 류미르가 너무 나빴단 말야."

세이몬이 너무나 단호하게 고개를 젓자 나는 식은땀이 흘렀다. 솔직히 말하면 류미르가 세이몬을 속일 때 나도 다 알고 있었으면서 일부러 모른 척했던 게 찔렸던 탓이었다.

"아아, 나도 류미르가 무지무지무지 나빴다는 건 잘 알고 있어. 그러니까 지금 봐주고 나중에 이걸 빌미 삼아서 류미르에게 맛있는 거 무지 많이 사달라고 하면 되잖아. 안 그래?"

"맛있는 거?"

세이몬이 약간 흔들린다는 표정으로 물었다. 그와 더불어 그의 검이 스르르 밑으로 쳐지는 걸 본 나는 열렬하게 고개를 끄덕였다.

"그래, 맛있는 거. 우리 곧 수도로 돌아가잖아. 거기 가면 류미르랑 밖으로 나가서 맛있는 거 많이 사달라고 해서 먹어. 아, 그래, 그리고 옷이랑 그런 것도 사달라고 하고. 응? 류미르가 너 사달라고 하는 대로 다 사줄 거야."

그러면서 뒤에서 나에게 매달려 있는 류미르를 툭툭 치자 류미르도 얼른 고개를 끄덕였다.

"헥헥, 그, 그래… 헉헉… 내가 다 헉, 사줄게!"

그러자 세이몬의 얼굴이 더욱더 흔들렸다.

"정말 다 사줄 거야?"

"헥헥, 그래, 헥… 약속, 헉, 해!"

"뭐든지?"

"그래, 하아, 하아……."

"진짜지?"

"응!!"

몇 번이나 다짐하던 세이몬은 그제야 함박웃음을 지으며 냉큼 고개를 끄덕였다.

"좋아, 그럼 이번 한 번만 용서해 주지."

그리고는 몸을 획 돌리더니 놀란 목소리로 외쳤다.

"어? 아까 그 몬스터들 다 어디 갔어?"

"어디 갔긴, 어디 갔겠냐? 다 제 집으로 돌아갔지."

내가 좀 황당해서 대꾸해 주자 세이몬이 둥그레진 눈으로 나를 돌아보았다.

"아린, 벌써 사람들이 몬스터들을 다 쫓은 거야?"

나는 순간적으로 다리 힘이 풀려 휘청일 뻔했다.

"세이몬, 그 몬스터들 다 네가 쫓았어."

그러자 세이몬은 더 더욱 영문을 모르겠다는 표정이었다.

"내가? 언제?"

"아까."

"정말? 난 그런 적 없는데?"

나는 속에서부터 우러나오는 한숨을 한 번 쉰 다음 세이몬을 향해 다정히 웃어줬다.

"그런 거 기억할 필요 없어. 자, 이제 마을로 가서 저녁 먹자. 오늘 하루 열심히 뛰었잖아, 그치?"

"응, 응!!"

"그럼 가자고."

〈 9권에 계속 〉

기사와 건달
(Knight & Libertine)

장삼 판타지 장편 소설 / 1~3 / 값 7,500원

2001년식 新 인간시장!
중세의 기사와 소림사의 고승, 그리고 당대의 건달(乾達)이
시공을 초월해 펼치는 풍자와 역설의 미학

"나 박달삼은 맥시…뭐냐, 하여간 크루터님에게 충성을 바칠 것이며 최선을 다해 주인겸 형님으로 모실 것을 맹세합니다. 하지만 주인님이 사나이답지 않은 비겁한 짓을 하거나 먼저 배신을 때릴 때는 말짱 꽝이 되는 것은 물론, 언제라도 뒤통수를 치겠다는 것 또한 맹세합니다."

돌주먹 건달(乾達)에서 기사의 시종이 된 박달삼.
소멸의 위험을 기꺼이 감수하고라도 이루어야 하는 사명을 위해, 세상을 더럽히는 쓰레기 같은 인간들을 쓸어버리기 위해, 그리고 사랑하는 사람을 위해….
죽일 놈은 죽이고, 혼나야 할 놈은 혼내는 기사와 시종의 행보는 거칠 것이 없다.

제너시스
(cosmo 0013)

강현준 판타지 장편 소설 / 1~2 / 값 7,500원

신비로운 비밀로 가득한 세계
곧 우리가 경험할지도 모를 가까운 미래
판타지, 그 이상의 판타지!!

사이케델리아
(PSYCHEDELIA)

이상규 판타지 장편 소설 / 1~12(완결) / 값 7,000원

판타지 문학계의 시한폭탄 사이케델리아! 그 최종판!

사이케델리아는 기존의 판타지 소설을 벗어나 현실 세계를 도입한 새로운 판타지 소설이다.

"부탁이라니?"
"응, 간단한 거야. 우리 세계로 넘어와서 신하고 악마하고 패죽이면 되거든."

환타지 세계—아르카디아—에서 온 두 명의 미녀 영관(靈官)라케시스와 클로토.
그들이 천신과 천마를 소멸시키기 위해 선택한 중용자(中庸者)는 권강한! 바로 나다.
하지만 나는 다른 세계가 어떻게 되든 상관없어.
'그냥 죽으라고 해' 라고 말했지만, 글쎄…… 라케시스가 나를 강아지로 만들어 버리지 뭐야?!
어쩔 수 없는 강압에 의해 또다시 환타지 세계로의 여행을 시작하게 되는데,
아아…… 나의 앞날은 과연 어떻게 될까…….

신인작가 모집

시작이 반이라고 했습니다.
작가의 길에 대한 보이지 않는 벽을 과감히 깨뜨리십시오!
청어람은 작가 지망생 여러분들의
멋진 방향타가 되어 드리겠습니다.

저희 도서출판 청어람에서는
판타지 소설 신인 작가분들을 모집합니다.
판타지 소설을 사랑하시는 분들의 많은 참여를 바랍니다.
소정의 원고(A4용지 150매)를 메일이나 우편으로 보내주시면
검토 후 출판 여부를 알려 드리겠습니다.

주소:경기도 부천시 원미구 심곡1동 350-1 남성B/D 3F · 우편번호420-011
TEL:032-656-4452 · FAX:032-656-4453
e-mail:eoram99@chollian.net